아버지에게서 받은

100개의 편지

아버지에게서 받은
100개의 편지

군에 간 대한민국 아들에게 전하는

아빠의 마음

김상민 지음

티움

서문

군 생활은 이야기를 만들어가는 과정

후텁지근한 날씨의 6월 뙤약볕은 너무나 따갑습니다. 임시 주차장에서 신병교육대 운동장까지 걸어가는 10분의 시간이 참으로 길게 느껴집니다. 30년 전 아버지가 경험한 입대 이야기를 들려주며 농담을 건네도 별다른 반응이 없던 아들의 얼굴에는 긴장감이 역력합니다. 신병교육대에 들어서니 머리를 짧게 깎은 젊은이들이 보입니다. 아직 어른이 되지 않은 풋풋한 얼굴입니다. 어설프게 줄을 서서 입대식을 끝내고, 마지막으로 부모 앞을 지나 막사로 걸어가는 젊은이들. 모두 의연하게 보이려고 정면만 바라보며 부모의 얼굴을 애써 외면합니다. 아들의 뒷모습이 막사 저편으로 사라지자 엄마는 마침내 참았던 눈물을 흘립니다.

아들이 군복을 입은 지 5주가 지났습니다. 오늘은 고된 훈련을 마치고 퇴소식을 하는 날입니다. 엄마는 새벽부터 일어나 부산을 떱니다. 온가족이 다시 찾은 신병교육대 운동장. 한참을 기다렸다가 퇴소식을 하려고 들어오는 젊은이들을 보니 5주 전 모습과 전혀 다릅니다. 대오를 맞춰 들어오는데 멀리 아들의 얼굴이 보입니다. 얼굴도 갸름해지고 몸도 날렵해졌습니다. 우렁찬 함성, 절제된 동작, 각도가 잡힌 거수경례 등을 보니 진짜 군인의 기운이 느껴집니다. 진짜 군인으로 가는 첫 관문을 무사히 통과한 아들이 참으로 대견합니다.

인생은 여러 가지 통과의례의 집합체라고 합니다. 통과의례란 한 개인이 더 높은 단계로 발전하는 관문으로, 그 관문을 스스로 통과할 때 새로운 세상이 열립니다. 자녀가 관문을 하나씩 통과할 때마다 부모는 안심과 기쁨을 느끼고, 통과하지 못하면 걱정과 안타까움을 표출합니다.

자녀의 성장과정을 돌이켜보면 가장 기쁜 기억이 아이가 스스로 두 발로 서서 뒤뚱뒤뚱 걸어갈 때입니다. 인간의 가장 큰 특징인 두 발 보행이 가능함을 보여줬기 때문입니다. 그러다가 말을 시작하고, 글자를 쓰고, 초등학교에 입학하면 더할 나위 없는 행복을 느낍니다. 고등학교를 졸업해 원하는 대학에 붙고, 군대를 마치고, 취업을 하고, 결혼을 하고…… 인생의 과정은 이처럼 관문에서 관문으로 이어집니다.

대한민국 남성이라면 꼭 통과해야 할 관문이 국방의 의무입니다. 국가 안보가 무엇보다 중요한 나라에서 '누군가는 반드시 해야 할 일'이 바로 군 복무입니다. 입대하는 아들도 "아무도 하기 싫어하지만, 누군가는 꼭 해야 하잖아" 하고 대견스럽게 이야기합니다.

생전 처음 맞부딪히는 낯선 장소에서, 낯선 사람들을 만나, 낯선 생활을 하는 인생 최대의 경험. 할아버지와 아버지도 겪었지만 그래도 항상 걱정과 두려움으로 다가오는 게 군 복무입니다.

아들이 성장하고 군 입대를 하는 과정에서 부모의 역할은 사뭇 다릅니다.

'어머니 혹은 엄마'는 호칭이나 이름을 뜻하는 명사가 아니라고 합니다. '어머니 혹은 엄마'라고 부를 때는 거기에 "자녀가 원하는 것은 무엇이든 다 들어준다"는 의미가 담겨 있어 동사가 된다는 것입니다. 아이들이 배가 고플 때, 넘어져서 다칠 때, 음식을 엎지를 때, 옷이나 물건을 찾지 못할 때, 무엇인가 사고 싶을 때, 용돈이 떨어졌을 때, 심지어 밖에서 사고를 쳤을 때도 '엄마'를 찾습니다. 엄마를 부르면 많은 문제가 해결됩니다. 그런 측면에서 엄마는 자녀들에게 단순한 호칭 이상의 존재로 각인이 됩니다.

'아버지 혹은 아빠'는 '허수애비(허수아비+애비)'라는 말이 있습니다. 직장일이 바쁘다는 핑계로 육아나 가정 일에 소홀한 아빠를 일컫는 표현입니다. 자녀들이 어렸을 때는 아빠들이 20~30대인 경우가 많아 직장에서 직급이 상대적으로 낮고, 그런 상황에서 "아이를 돌보러 집에 빨리 가야 한다"고 말하기도 어려운 게 현실입니다. 주중에는 업무와 모임, 회식 등으로 귀가가 늦고 주말에는 피곤을 푼다는 이유로 자녀와 함께 시간을 보내지 못합니다. 최근 스마트폰이 보급되면서 같이 있는 날에도 각자 따로 놀기 일쑤입니다. 청소년 두 명 중 한 명은 아버지와 매일 30분도 마주하지 않는다는 여성가족부의 2017년 실태조사도 있었습니다. 특히 아버지와 아들 사이가 더욱 서먹서먹하기 마련인데, 그래서 나온 말이 '부자무친(父子無親)'

입니다. "아버지와 아들은 친하지 않다"는 뜻입니다.

아버지와 아들 사이도 미묘합니다. 어느 가정을 보더라도 아버지와 아들 사이는 각별하기보다 서로 서먹서먹한 경우가 훨씬 많습니다. 러시아의 소설가 투르게네프는 이에 대해 "아버지는 아들을 이해할 수 없다. 둘은 두 개의 완전히 다른 세대에 속해 있기 때문이다"고 설명했습니다.

군 입대를 하는 과정에서도 아버지가 할 일은 거의 없습니다. 그저 "몸 건강히 잘 다녀와!" 하고 당부하는 게 전부입니다. 그래서 아버지가 아들을 위해 해줄 수 있는 게 무엇이 있을까 고민하다가 생각한 게 손편지입니다. 매일매일 아들이 군 생활에 잘 적응하고, 미래를 위해 어떻게 생각하고 실천할지를 적어보는 것이었습니다.

입대한 다음 날부터 쓰기 시작한 편지를 신병교육대 게시판에 매일 올렸더니 부모들의 반응이 매우 따뜻했습니다. 그래서 자대 배치 이후에도 하루하루 아들을 포함한 젊은이들에게 도움이 될 만한 글을 써서 전자우편으로 보냈습니다. 엄격한 내무반 생활이라 매일 편지를 확인할 수는 없겠지만, 나중에라도 읽어보고 배움의 기초로 삼았으면 하는 바람을 담았습니다.

그렇게 하루하루가 쌓이더니 드디어 10월이 되었습니다. 100개의 글을 썼더니 어느덧 아들의 계급장이 이등병에서 일등병으로 바뀌었습니다. 한가위 연휴를 맞아 면회를 갔더니 이제 어엿한 군인의 풍모가 완연하게 내비칩니다. 입대하기 전에 군살로 뒤덮인 몸매도 날렵하고 건강하게 변해 있었습니다. 그러한 아들에게 한마디

툭 던졌습니다.

"군대 보내길 잘했네!"

어느덧 해가 바뀌었습니다. 정말 추웠던 겨울도 지나 봄이 사각사각 다가오는 소리가 들립니다. 아들은 오늘도 묵묵히 군복을 입고 하루하루를 보내고 있습니다. 훈련이 끝나고 개인 정비시간에는 책도 많이 읽는다고 합니다. 그러한 모습을 보니 대한민국의 남자라면 인생에서 단 한번은 꼭 거쳐야 할 '군대 관문'을 무사히 훌륭하게 통과할 수 있을 것이라는 확신이 듭니다.

라틴어 격언에 '이 세상은 이야기(Mundus est Fabula)'라는 말이 있습니다. 세상은 사람들 하나하나가 겪어 나가는 이야기의 모음집이라는 의미라고 합니다. 세상에 많은 이야기를 써내려간 사람은 아름답고 풍성한 인생을 만든 것이고, 이야기가 부족한 사람은 그만큼 인생의 보람이 적다고 해석할 수 있습니다. 군 복무 기간은 비록 힘들지만 영원히 기억되는 많은 이야기를 만들어주는 공간인 만큼, 아들이 성장과 성숙의 이야기를 많이 담는 시간이 되었으면 하는 바람입니다.

유대인의 지혜가 담긴 『탈무드』에 보면 다음과 같은 표현이 있습니다. 처음 만난 군 동료들과 생활하는 젊은이들이 한번 음미해볼 가치가 있다고 여겨집니다.

누가 현명한 사람인가? 모든 사람에게서 배우는 사람이다.

누가 강한 사람인가? 자신을 통제할 수 있는 사람이다.

누가 존귀한 사람인가? 자신의 동료들을 귀하게 여기는 사람이다.

아일랜드 켈트족의 기도문은 여러 가지입니다. 그중의 하나가 아들과 같은 장병에게 힘이 되는 기도문입니다.

당신이 가는 길에 언제나 길이 나타나기를
바람은 언제나 당신의 등 뒤에서 불고
당신의 얼굴에는 따스한 햇빛이 비치기를
가끔 당신이 가는 길에 비가 내리더라도 곧 무지개가 뜨기를
우리 다시 만날 그날까지
신께서 당신을 굳건히 보살펴주기를!

또 영국의 낭만파 시인 퍼시 셸리의 시 「서풍의 노래」에는 "오오, 바람이여, 겨울이 오면 어찌 봄이 멀었으리오?" 하는 구절이 있습니다.

군 입대를 앞둔 젊은이, 군 복무를 하고 있는 젊은이, 군 복무를 마친 젊은이들이 모두 「켈트족 기도문」과 「서풍의 노래」를 잘 음미해봤으면 좋겠습니다.

오늘도 군에 자녀를 보낸 부모님, 동생을 보낸 누나, 형을 보낸 동생, 남친을 보낸 곰신들과 함께 모든 국군 장병을 응원하고 격려합니다.

서문 군 생활은 이야기를 만들어가는 과정 4

<u>1장</u>   신병교육대 시절

001마음의 씨앗 14   002시간의 상대성 18   003익숙한 것과 결별하기 20

004인내는 지혜의 절반 23   005평화의 수호자들에게 25

006훈련은 진정한 건강함을 향해 가는 과정 28   007괄목상대하는 젊은이 31

008함께 성장하는 선의의 경쟁 34   009고마운 사람보다 필요한 사람 38

010금요일에 '최선의 의미'를 생각하며 41   011배려하는 마음 44

012젊음은 초승달 47   013폭포와 절벽의 차이 50   014지혜로운 언행 53

015서로를 지켜주는 삶 56   016대지약우, 지혜로운 사람은 어리석은 사람과 같다 59

017지금의 소중함 61   018만약의 세계 65   019하늘과 별을 보자 68

020장마와 태풍 71   021청춘의 벽, 바보의 벽 74   022한솥밥과 초복 77

023긍정 마인드 80   024인연의 고마움 83   025세렌디피티 86

026마음공부 '일체유심조' 90   027헌법수호자 93   028우수한 인재의 조건 96

029인향만리, 사람의 향기는 만리까지 퍼진다 100   030인생대학 103

031행복총량의 법칙 106   032걱정 줄이기 109   033진짜 교육 112

034지혜는 또 다른 근력 116   035제복이 존중받는 나라 119

036그까이거 정신 123   037졸업은 시작이다 128

2장 군 복무 적응 시절

038새로운 여행 132 03920년 후를 그려보며 135

040미래를 대비하는 일 138 041노인은 지혜를 축적한 도서관 141

042위기는 발전 동력 146 043골든 링크의 시절 150

044인생은 숙성의 과정 154 045매일 색칠하기 158

046정신력이 실력이다 162 047평화롭게 다투는 지혜, 개시개비 166

048태도가 100점 인생을 좌우한다 169 049계절의 변화, 인생의 변화 172

050행복은 살아가는 과정 175 051나는 무엇을 하고 있는가 179

052아름다운 것은 아직 태어나지 않았다 182

053광복절에 생각하는 독립 185 054시간 관리 188

055진정성 있는 진짜 사람 193 056실천과 성실은 작은 것부터 196

057K9 자주포 사고를 보며 199 058맥줏값의 차이와 갑질문화 202

059몽상과 상상 – 시간은 쌓여간다 205

060과거지향적인가 미래지향적인가 210

3장 진짜 의젓한 군인이 되다

061애꾸눈 장군의 비밀 병기 216 062친구와 친구 그 이상 220

063사람을 안다는 것 224 064말하는 방식 – 직간과 풍간 228

065'얀테의 법칙'을 아시나요? 232 066재능과 열정의 결합 235

067프란치스코 교황의 운(運) 238 068배려하는 마음 241

069비난과 욕설을 당했을 때 244 070비난과 욕설을 가했을 때 247

071가짜 자존심, 진짜 자존감 253 072나는 어떤 나무일까 257

073보는 각도를 달리하라 260 074좌절을 극복하는 비법 263

075여우형인가 고슴도치형인가 267 07630년 전 오늘 271

077관찰의 힘 274   078문제없는 삶이란 277

079천사의 얼굴, 악마의 얼굴 280   080승리의 비결은 끈기 283

081'화장발 힐링'을 멀리하라 288   082나쁜 습관의 단사리 292

083경청, 듣는 사람이 이긴다 296   084넓게 보는 사람 300

085군에서 느끼는 열한 가지 행복 303   086지혜의 가치, 땀의 가치 306

087냉철하게 편견 버리기 310   088내 탓 남 탓 314

089유머와 동행하는 삶 317   090합리적인 젊은이와 차부뚜어 선생전 321

091'희망고문'에 현혹되지 마라 328   092펀치볼과 십승지 332

093인생은 지구력이다 335   094네 가지 유형의 친구 분류법 339

095공부를 왜 해야 할까요 343   096열린 마음으로 미래를 준비하자 348

097돈 공부는 빠를수록 좋다 352   098주인의식과 방관자 의식 356

099한가위를 맞는 마음 360   100일병 진급을 축하하며 365

1장

———

신병교육대 시절

001

마음의 씨앗

씨앗은 생명의 소(小)우주입니다. 조그마한 씨앗이 햇빛을 쬐고 비바람을 맞으며 성장해 크나큰 나무로 성장하고, 거기에 열매가 맺히는 과정을 보면 경이롭기만 합니다.

영국의 극작가이자 비평가인 조지 버나드 쇼는 다음과 같이 얘기했습니다.

"조그마한 도토리에 축약돼 있는 강렬한 에너지를 생각해보라! 도토리 한 개를 땅에 심으면 엄청나게 팽창하여 거대한 참나무로 우뚝 선다! 양 한 마리를 땅에 묻어 보라. 아무 일도 일어나지 않으며 그저 썩어갈 뿐이다."

사람에게도 씨앗이 있습니다. 마음의 씨앗입니다. 어떻게 마음먹느냐에 따라서 말이 달라지고, 표정이 달라지며, 기분이 달라지고, 행동이 달라져서 결국 인생이 달라집니다. 좋은 마음의 씨앗을 심으면 훌륭한 열매를 맺고, 나쁜 마음의 씨앗을 심으면 나쁜 결실을 거둡니다. 사람은 모두 스스로 마음의 씨앗을 심고, 스스로 마음의 열매를 거둡니다.

나폴레옹은 이렇게 강조합니다.

"행동의 씨앗을 뿌리면 습관의 열매가 열리고, 습관의 씨앗을 뿌리면 성격의 열매가 열리며, 성격의 씨앗을 뿌리면 운명의 열매가 열린다."

마음의 씨앗이 열매를 맺기까지는 수많은 고난과 역경의 과정이 필요합니다.

시인 장석주는 〈대추 한 알〉이라는 시에서 이렇게 말합니다.

저게 저절로 붉어질 리는 없다

저 안에 태풍 몇 개

저 안에 천둥 몇 개

저 안에 벼락 몇 개

저게 저 혼자 둥글어질 리는 없다

저 안에 무서리 내리는 몇 밤

저 안에 땡볕 두어 달

저 안에 초승달 몇 날이 들어서서

둥글게 만드는 것일 게다

대추야

너는 세상과 통하였구나

동물 다큐멘터리 중에 아메리카원앙 이야기가 있습니다. 아메리카원앙은 호숫가나 열대 늪지, 또는 강가 저지대에 사는데 보통 수면에서 9m가량 되는 높은 나무에 둥지를 만듭니다. 어미는 천적이 쉽게 접근하지 못하게 세심하게 둥지의 위치를 정하고 한번에 6~10개의 알을 낳습니다. 새끼는 태어난 지 이틀 만에 둥지를 떠나 물로 향하는데 그 과정이 꽤 흥미롭습니다.

먼저 어미 원앙이 날개를 퍼덕이며 둥지에서 물로 내려앉는 시범을 보입니다. 새끼는 높은 둥지에서 수면을 바라보고 잔뜩 겁을 먹습니다. 성공한다는 보장도 없습니다. 그래도 본능적으로 물에 뛰어들어야 살아갈 수 있다는 것을 알기에 두려움을 뒤로하고 미처 자라지도 않은 날개를 버둥거리며 뛰어내립니다. 그 모습이 거의 추락에 가깝습니다. 위태롭지만 첫 주자가 성공하면, 이를 본 형제자매는 줄줄이 물로 뛰어듭니다. 모든 새끼가 물에 도착하면 그때 어미원앙은 새끼들을 거느리고 물위를 유유히 헤엄칩니다. '두려움을 이겨내고 물에 뛰어드는 원앙'은 삶의 큰 관문을 거친 후 본격적인 성장 과정에 접어듭니다.

삶은 늘 새로운 관문을 통과하는 과정입니다. 그 과정에서 마음의 씨앗을 잘 키운 이들이 달콤한 열매를 수확하고, 자신의 우주를 만들어갈 수 있을 것입니다.

군 생활은 인생에서 단 한번 경험하는 힘든 관문입니다. 군복을 입고 생활하는 것을 마냥 힘들어하지 말고, 오히려 그동안 몸에 익은 잘못된 행동이나 습관을 고치는 계기로 삼았으면 하는 바람입니다. 새로운 세상에서 첫날 밤을 보낸 젊은이들이 여름의 불볕더위

속에서 땀과 눈물을 딛고 대한의 늠름한 수호전사가 되기를 여러 신병 부모님, 그리고 장병 여러분과 함께 기원합니다.

002

시간의 상대성

영국의 한 신문사가 재미있는 행사를 기획했습니다. "런던에서 맨체스터까지 가장 빨리 가는 방법은 무엇인가" 하는 질문에 가장 적절한 답을 응모한 사람에게 상을 주겠다는 것입니다. 수많은 사람이 참여해서 비행기, 자동차, 전투기, 로켓 등의 수단을 제시했습니다. 그런데 당첨자는 전혀 예상 밖이었습니다. 한 초등학생 어린이가 응모한 '좋은 친구와 함께'라는 답변이 최고의 평가를 받은 것입니다. 많은 사람이 답을 보고 저절로 고개를 끄덕였다고 합니다.

노벨 물리학상을 받은 아인슈타인은 '상대성 이론'에서 시간에 대해 이렇게 설명합니다.

"손을 뜨거운 난로 위에 1분만 올려놓으면 그 시간이 한 시간처럼 느껴질 것이다. 좋아하는 사람과 한 시간 동안 앉아 있다 보면 그 시간이 마치 1분처럼 느껴질 것이다. 그게 바로 상대성이다."

영국의 케임브리지대학에 가면 '시간을 먹는 시계', 일명 '시간을 먹는 자'라고 하는 시계가 있습니다. 2008년에 공개한 이 시계는 메뚜기가 시간을 게걸스럽게 먹어치우는 형상으로 시간도 유한한 존재라는 사실을 우리에게 일깨워줍니다.

돈과 재산, 능력 등과 달리 시간은 모든 사람에게 동일하게 주어집니다. 그렇다고 시간이 모든 사람에게 똑같은 가치로 다가오는 것은 아닙니다. 헤프게 낭비하는 사람에게는 허송하는 세월이며, 알차게 쓰는 사람에게는 성장하는 시간이 됩니다. 그런 측면에서 "시간을 낭비하는 사람의 인생은 짧다"고 비유하기도 합니다.

많은 성현이 '시간의 주인이 되는 사람이 결국 인생의 주인'이 된다고 말합니다. 예를 들어 독일의 철학자 쇼펜하우어는 "시간은 시간을 잘 활용하는 사람에게는 한없이 친절하다"고 했습니다.

군대를 다녀온 분들이 모두 공감하는 표현이 '거꾸로 매달아도 국방부 시계는 돌아간다'는 것입니다. 제대할 날만 기다리는 마음은 알겠지만, 그렇다고 군에서 보내는 시간을 모두 낭비해서는 안 됩니다. 입대한 젊은이들이 '좋은 친구(동료)들과 함께' 복무기간을 소중한 배움과 경험의 기회로 만들어갔으면 좋겠습니다.

003

익숙한 것과 결별하기

2013년에 작고한 구본형이란 분은 변화경영 컨설턴트로 명성이 자자했습니다. 그가 쓴 책 중에 『익숙한 것과의 결별』이 있습니다. 기업이 새롭게 도약하려면 변화를 해야 하는데 그게 마냥 쉽지만은 않다고 설명합니다.

흔히 세상을 바꾸는 방법으로 혁명과 개혁을 말하며, 개혁은 혁명보다 어렵다고 설명합니다. 혁명은 일순간에 세상을 바꾸는 작업인데, 나중에 살펴보면 대부분 껍데기는 많이 변한 것 같지만 실상은 별로 달라진 게 없습니다. 일순간에 모든 것을 바꾸려는 혁명은 늘 실패의 운명을 맞이하기 쉽습니다.

개혁은 하루하루 바꿔가는 것입니다. 현재에 만족하지 않고 조금씩 만들어가는 과정입니다. 하루하루 진행하는 발전 과정은 매우 더디게 느껴지지만, 어느 정도 시간이 지나면 그 결과는 창대한 모습으로 드러납니다.

세상이나 사람이나 현재를 바꾸는 과정은 매우 어렵습니다. 어떤 사람은 매일매일 1시간씩 운동하자고 계획을 세우고, 어떤 사람은 5kg을 빼겠다고 다이어트에 도전하고, 또 어떤 사람은 건강을 위해 담배를 끊겠다고 다짐합니다. 하지만 작심삼일이라는 말처럼 많은 사람이 얼마 지나지 않아 이를 지키지 못합니다. 자신을 개혁하기가 도를 닦기보다 힘들다고 할 수 있습니다.

일상을 바꿔가는 개혁의 과정은 '익숙함과 결별하는 과정'이기도 합니다. 이는 새로운 것을 받아들이는 과정입니다. 새로운 환경을 맞이할 때 어떤 사람은 기쁨과 설렘으로 대하고, 어떤 사람은 공포와 두려움으로 대합니다. 어떤 사람은 강력하게 저항하기도 합니다.

젊은이라면 대체로 기쁨과 설렘으로 새로운 미래를 맞이합니다. 새로운 환경을 극복하기 위해 분투합니다. 그래서 젊은이들에게는 미래가 있다고 말합니다.

경영학자인 피터 드러커는 "미래를 예측하는 가장 좋은 방법은 미래를 창조하는 것이다"라고 했습니다.

미래 창조는 젊음의 특권입니다. 그런 의미에서 익숙한 것과 결별하는 것은 새로운 인생의 출발이자 삶이 발전할 수 있는 원동력입니다. 새로운 환경에 적응하고자 노력하는 우리 젊은이들이 힘든 복무기간을 자신의 미래를 만드는 시간이자 자양분으로 삼았으면 좋겠습니다.

젊은이들과 달리 나이든 부모 세대는 대체로 미래를 공포와 두려움으로 대합니다. 많은 이가 가정의 품을 떠나 군에 들어간 자녀들을 보면서 슬픔을 느꼈을 것입니다. 슬픔이란 익숙한 것을 잃었을 때 느끼는 감정이기 때문입니다.

이럴 때는 불교의 경전 『법화경』에 나오는 옛말을 생각하면 좋겠습니다.

"회자정리 거자필반(會者定離 去者必返), 즉 만나는 사람은 헤어지게 되고, 떠난 자는 반드시 돌아온다"는 인간관계에 대한 말입니다.

인내는 지혜의 절반

사전에서 '실력'이란 단어를 찾아보면 '사람이 실제로 어떤 일을 해낼 수 있는 능력'이라고 나옵니다. 실력을 영어로 바꾸면 'skill, ability, capacity, competence' 등의 단어가 됩니다. 학벌은 포함되지 않습니다. 여기서 ability는 어떤 일을 할 수 있는 육체적, 정신적 기술이나 능력을 의미하고, skill은 특정한 직업이나 일을 수행하기 위해 배우거나 연습해서 얻은 능력을 말합니다. 학교와 학원에서 배우는 것은 대부분 스킬(skill)에 해당하는데, 이게 반드시 인생의 성공으로 이어지는 것은 아닙니다.

주어진 업무를 성공적으로 마치려면 여러 가지 요소가 필요합니다. 해당 분야에 대한 지식도 필요하지만, 그보다 더 중요한 것은 일을 수행하는 끈기와 인내, 이를 뒷받침하는 체력, 그리고 일을 도와주는 믿음직한 친구도 있어야 합니다. 학교에서 1등한 학생이 사회에서도 1등으로 이어지지 않는 이유는 '진짜 실력'에는 이처럼 복합적인 요인이 작용하기 때문입니다.

한국 사회를 지칭하는 용어 중에 '분노의 사회'라는 표현이 있습니다. 요즘 유행하는 용어인데 사람들이 쉽게 참지 못하고 자신의 생각을 말과 행동으로 마구 쏟아낸다는 의미입니다. 인내와 절제가 부족하다는 지적도 많고, 경쟁이 심화되다 보니 인성교육이 잘 이뤄지지 않는다는 목소리도 적지 않게 들립니다. 어느 전문가는 초고속 인터넷과 스마트폰에 길들여진 젊은이일수록 기다릴 줄 아는 인내심이 부족하다고 분석하기도 합니다.

이러한 젊은이들에게 군 생활은 참으로 독특한 과정입니다. 자유로운 삶에서 벗어나 절대적으로 복종해야 하는 병영 생활에 적응하려면 인내와 절제가 필수이기 때문입니다. 그런 측면에서 긴 인생을 생각하면 군 생활은 최고의 보약이 될 수도 있습니다.

인내하라고 하면 많은 젊은이가 "견디면 상황이 나아지느냐"고 반문하기도 합니다. 이에 대해 한 미국 코미디언이 재미있으면서도 의미 있는 한마디를 던졌습니다.

"견디면 상황이 나아진다고 말할 수 있으면 좋겠지만 그건 모를 일이다. 다만 확실한 건 견딜수록 당신은 더 나은 사람이 된다는 것이다."

로마시대의 철학자 에픽테토스는 "인생의 가장 중요한 법칙은 참을 줄 아는 것이고, 지혜의 절반은 인내에 있다"고 했습니다.

자유를 만끽할 수도 없고, 정신과 육체적으로도 고단한 과정이지만 그 속에서 어려움을 극복할 수 있는 용기와 인내심을 키우는 '진짜 실력 있는 젊은이'로 성장하기를 함께 기원해봅니다.

평화의 수호자들에게

서양 역사를 거슬러 올라가다 보면 반드시 로마가 나옵니다. "모든 길은 로마로 통한다"는 말처럼 방대한 제국을 이룬 로마는 서구 역사의 원류입니다. 로마의 설립 시기를 기원전 753년으로 잡으면 서로마 역사는 1229년, 동로마 역사는 무려 2206년간 이어집니다.

로마가 이처럼 장수한 원동력은 전쟁국가이기 때문입니다. 로마는 전쟁하는 나라이고, 전쟁을 준비하는 나라였습니다. 로마를 건국한 로물루스와 레무스는 '전쟁의 신' 마르스의 쌍둥이 아들이었다는 신화도 있습니다. 건국 시조의 태생부터 전쟁과 함께 살았다는 것입니다. 로마에는 '야누스의 신전'이 있는데 이 신전은 평화로울 때에는 문이 닫혀 있다가 전쟁을 하면 열려 있었다고 합니다. 로마제국의 영광, 즉 '팍스 로마나(로마에 의한 평화)'를 실현한 아우구스투스 통치 시절(41년 동안 통치)에는 단 한 번만 닫혀 있었다는 얘기가 전해집니다. 이 말은 결국 늘 전쟁을 대비하고 전쟁을 하여 평화를 지켜갔다는 얘기이기도 합니다.

이탈리아 반도에 자리 잡은 로마와 달리 한반도에서는 늘 전쟁의 비극이 이어졌습니다. 전쟁터 속에서 국민은 죽어가는데, 이 땅의 지식인들은 유비무환의 자세를 잊은 채 무지몽매와 궤변을 일삼기 일쑤였습니다. 예를 들어 1590년 김성일은 일본에 통신사 부사로 다녀와 일본이 침략을 하지 않을 것이라는 잘못된 판단을 선조에게 보고했습니다. 조선 후기에 어떤 유학자는 백성이 올바른 도덕을 가지면 100만 오랑캐가 쳐들어와도 몽둥이로 막을 수 있다고 말하기도 했습니다.

1905년 미국과 일본은 '일본이 조선을 점령한다'는 것을 약속한 가쓰라-태프트 밀약을 맺습니다. 당시 조선 주재 미국 공사 호러스 알렌이 시어도어 루스벨트 미국 대통령에게 조선에 대한 지원을 요청하자 루스벨트는 "당신은 왜 패배할 나라를 지지하려 하는가. 스스로를 위해 단 일격도 가할 수 없는 나라를 위해 미국이 헛되이 개입할 수는 없다"고 단칼에 거절합니다.

한반도는 세계에서 가장 긴장도가 높은 지역입니다. 우리의 안보를 위해서는 국민의 단합된 안보 의지, 튼튼한 국방력, 굳건한 안보 동맹 등 여러 가지가 필요합니다. 안보를 위해 동원할 수 있는 모든 수단을 다하는 것입니다. 외침을 전혀 걱정할 게 없을 것 같은 호주도 미국과 군사동맹을 맺을 정도입니다.

국가의 생존은 도덕 우위가 아니라 실력 우위에서 보장받을 수 있습니다. 한 나라의 국력은 무기, 돈, 두뇌, 지혜 등으로 측정되는데, 바로 군사력, 경제력, 기술력, 문화력 등을 말합니다. 중국은 군사력과 경제력에서 우리를 훨씬 앞서 있고 기술력도 이제 우리를 추월하고 있습니다. 일본의 군사력은 2016년 기준으로 세계 7위이며, 한국은 11위입니다. 진정한 실력자는 자신의 실력부터 먼저 아는 게 중요합니다. 힘의 논리가 지배하는 국제사회에서 마냥 화만 내는 나라는 어리석은 나라이며, 내밀하게 힘을 기르고 국익을 도모해야 현명한 나라입니다. 나라의 크기에 관계없이 다른 나라를 대할 때는 실리와 실용을 지향해야 하며, 실리가 없는 도덕적 접근은 이상이 아니라 무지몽매에 기초한 몽상에 가깝습니다.

오늘은 한국전쟁(6.25 전쟁) 57주년으로 북한군이 일요일 새벽 남침한 날입니다. 당시 대한민국은 힘이 없었고 전쟁을 제대로 준비하지 않았기에 북한의 침략에 속수무책으로 당했고, 수많은 인명 손실과 경제적 피해를 입었습니다.

로마의 전략가인 베게티우스는 "평화를 원하거든 전쟁을 준비하라"고 외쳤습니다. 전쟁을 준비하는 국가만이 평화를 누릴 자격이 있습니다. 나라와 국민을 위해 한시도 긴장의 끈을 놓지 않는 최전방 장병들이야말로 진정한 '평화의 수호자들'입니다. 뒷전에서 몽상적인 안보를 외치는 이들과는 전혀 다릅니다. 그들에게 '파이팅'을 외쳐봅니다.

006

훈련은 진정한 건강함을 향해 가는 과정

돌이켜보면 학창 시절 체육 시간에 가장 많이 들었던 말이 "건강한(건전한) 신체에 건전한 정신이 깃든다"가 아닌가 합니다. 신체와 정신의 관계를 가장 쉽게 표현한 이 말의 기원은 로마시대까지 거슬러 올라갑니다.

로마가 대제국을 건설한 뒤 지배계급은 사치와 향락에 빠집니다. 많은 부모가 자식을 위해 신에게 온갖 제물을 바치며 기원하고 한편에서는 무상으로 배급해주는 빵과 원형 경기장에서 펼쳐지는 서커스에만 열광하는 사람들로 북적입니다. 사회 전체가 이렇게 건강하지 못한 모습을 보이자 풍자시인 유베날리스는 이를 비판하면서 진정 무엇인가를 바란다면 "건강한 신체에 건전한 정신이 있기를 기원해야 한다"고 말합니다.

유베날리스의 말을 널리 회자시킨 사람이 바로 영국의 철학자인 존 로크입니다. 그는 도덕적, 지적, 신체적으로 완전한 인간을 육성하는 데 가장 중요한 것은 스포츠라고 강조합니다. 특히 자신의 책

『교육론』에서는 "건강한 신체에 건전한 정신이란 말은 짧지만 세상에서 최고의 행복한 상태를 가장 잘 표현한 것"이라고 말합니다. 몸이 건강할 때 건전한 정신을 갖출 수 있다는 점에서 존 로크의 말은 지금도 기본 상식으로 통합니다.

인재는 크게 '알고 있는 인재'와 '할 수 있는 인재'로 나뉜다고 합니다. '알고 있는 인재'는 머리만 있으면 된다는 생각에 빠져 있지만, '할 수 있는 인재'는 머리 외에 강인한 마음과 정신을 갖추고 있으며, 그 기초는 바로 튼튼한 체력입니다. 땀을 흘리지 않고 챔피언이 된 선수는 없으며, 강인한 체력 없이 '공부 마라톤'에서 이기는 사람도 없습니다. 머리만 있되 체력이 허약하다면 무슨 일이든 중도에 포기하기 쉽습니다.

우리가 열광하는 수많은 스포츠 스타들을 보면 타고난 재능도 있지만 대부분 극도로 자신을 절제하고 남보다 더 땀을 흘린 경우가 많습니다. 예를 들어 우리나라의 유명한 골프선수 박세리와 최경주 같은 훌륭한 선수도 매일매일 피나는 연습을 한 결과라고 합니다. 어느 유명한 골프선수는 이렇게 얘기했습니다.

"하루를 연습하지 않으면 내가 알고, 이틀을 연습하지 않으면 캐디가 알고, 사흘을 연습하지 않으면 갤러리(관중)와 온 세상이 안다."

아무리 훌륭한 재능도 건강한 신체와 건전한 정신에 기초한 훈련과 노력 없이는 그저 잠재력으로 남을 뿐입니다.

험난한 시절을 살아온 기성세대는 요즘 젊은이들을 보고 몸은 커졌는데 체력은 약해졌다고 말합니다. 학교와 학원 공부에 시달리고, 나머지 시간에는 TV, 스마트폰, 컴퓨터 게임에 몰두하다 보니 약해졌다는 것입니다. 그처럼 신체가 약해지다 보면 정신적으로 유약할 수밖에 없습니다. 하루도 빠지지 않고 신체 단련이 필요한 이유입니다.

　지난주 난생 처음 군복을 입은 젊은이들이 이번 주부터 본격적인 훈련에 들어갑니다. 훈련은 자신의 몸을 단련하고 정신을 키우는 것으로 '진정한 건강함'을 향해가는 과정입니다. 즉, 진정한 군인으로 거듭나게 하는 훈련이기도 합니다. 무더위가 본격적으로 시작돼 매우 힘든 훈련이 되겠지만, 흘린 땀의 양만큼 더욱더 강해진다는 믿음으로 모두 잘 극복했으면 좋겠습니다.

괄목상대하는 젊은이

한국인이 특히 좋아하는 『삼국지』에 오나라 왕인 손권의 부하 장수 여몽이 등장합니다. 그는 평소에 무술만 쌓고 학식이 부족하다는 평가를 받았습니다. 손권이 이를 염려하여 나라의 큰일을 하려면 글을 읽어 지식을 쌓아야 한다며 문무를 겸비하라고 당부했습니다. 여몽은 이 말을 듣고 열심히 공부했습니다.

어느 날 평소 여몽을 별 볼일 없는 인물로 평가했던 재상 노숙이 여몽을 만나고 나서 과거와 전혀 달라진 풍채와 학식에 깜짝 놀라 그 비결을 물었습니다. 이에 여몽은 이렇게 말했습니다.

"선비라면 사흘을 떨어져 있다 다시 만났을 땐 눈을 비비고 다시 대해야 할 정도로 달라져 있어야 합니다(士別三日, 卽當刮目相對)."

이로부터 괄목상대는 이전과 전혀 다른 사람으로 느낄 만큼 성장하고 발전하여 새롭게 거듭난 사람을 일컫는 고사성어가 됩니다.

우리는 자신뿐만 아니라 자녀들도 나날이 발전하고 성숙하기를 기대합니다. 그래서 많은 사람이 날이 갈수록 새로워진다는 '일신

우일신(日新又日新)'을 좌우명으로 삼기도 합니다. 문제는 자신의 발전을 평가할 때 대체로 남과 비교하는 경향이 있다는 것입니다. 대표적인 예가 대한민국 고유의 유행어인 '엄친아(엄마 친구 아들)'입니다. 엄마 친구의 아들 중에는 집안 좋고 성격도 밝은 데다 공부도 잘하고 인물도 훤한 젊은이가 어찌나 많은지 참으로 신기한 일입니다. 아무래도 엄친아는 실상과 달리 너무 과장돼 있는 것 같습니다. 엄친아는 괜시리 우리의 자녀를 주눅 들게 하는데, 이러한 비교는 배격할 필요가 있습니다.

타인과 비교하면 늘 자신보다 앞선 사람만 보게 되므로 열등감만 커져 자신의 진짜 가치를 발견하지 못합니다. '1등을 추구하는 세상'이 되다 보면 2등 이하는 모두 불행하고, 1등하는 사람마저 언제 추월을 당할지 몰라 불안에 떨게 됩니다.

공부나 일, 재산 등을 남과 비교하는 것은 큰 의미가 없습니다. 남보다 열등하다고 느끼면 본인의 처지가 초라하고 삶이 힘듭니다. 남의 재산을 부러워한다고 해서 그게 본인의 지갑을 채워주는 게 아니기 때문입니다. 차라리 나보다 못하거나 불행한 처지에 있는 사람을 볼 줄 알아야 큰 욕심 없이 살아갈 수 있습니다.

굳이 비교를 해야 한다면 타인이 아니라 과거의 자신과 하는 게 가장 바람직하다고 합니다. 날마다 새롭게 발전하고 있다고 실감하며 본인의 성장을 느끼는 것이 중요하다는 것입니다. 주변에서 누가 알아주지 않아도 나날이 자신이 성장하고 있음을 느끼면 자존감이 높아지고 의욕이 샘솟기 때문입니다.

영국의 고고학자이자 정치가인 존 러벅은 이렇게 말했습니다.

"타인이 나보다 우수한 것이 나의 부끄러움은 아닙니다. 하지만 작년의 나보다 올해의 내가 우수하지 못하다면 진짜 부끄러운 일입니다."

오늘로 아들이 입대한 지 일주일이 지났습니다. 인터넷 카페에 올라온 군복 입은 아들 사진을 보니 벌써 크게 성장하고 달라졌다는 것을 느낍니다. 신병 훈련을 마칠 때에는 의젓한 군인이 되어 '괄목상대'를 실감할 수 있기를 기대합니다.

008

함께 성장하는 선의의 경쟁

이 땅의 청년들이 매우 싫어하는 대표적인 용어가 '경쟁'입니다. 학창 시절에 학교와 학원을 오가며 성적과 스펙 경쟁을 하고, 학교를 졸업하기도 전에 취업 경쟁을 합니다. 사회를 약육강식의 정글로 생각하다 보니 경쟁이라는 단어만 들어도 우울증에 걸릴 지경입니다. 많은 사람이 이를 극복하기 위해 힐링에 나서기도 하고 먹방에 심취합니다.

한국을 '지위경쟁사회'라고 진단하는 사람도 적지 않습니다. 남보다 앞서 한 단계라도 더 높이 올라가려는 지위경쟁이 사람들을 불안과 초조 상태로 만듭니다. 이러한 지위경쟁이 모두의 행복을 깎아먹으며, 전 사회적으로 낭비를 초래한다는 지적도 많습니다.

젊은이들에게 인기 있는 인문학 강사들은 경쟁을 싫어하는 시류에 편승해 이렇게 이야기합니다.

"젊은이들을 이해하고 위로합니다. 젊은이들의 잘못이 아닙니다. 경쟁에서 벗어나 자신을 찾으세요. 행복이 먼저입니다."

혹자는 치열한 경쟁이 자본주의 시장경제에서 비롯되었으니 이를 타파하고 새로운 대안 사회를 만들어야 한다고 주장하기도 합니다. 모든 것이 기성세대의 잘못이라고 얘기하는 사람도 있습니다. 이들이 하는 얘기는 겉으로는 그럴듯하지만 실제로는 젊은이들의 삶에 전혀 도움이 되지 않습니다. 일자리 하나 만들어본 경험이 없는 이들의 무책임한 목소리가 오히려 젊은이들의 경쟁력을 약화하는 쪽으로 작용하는 경향도 있습니다.

젊은이들은 힐링과 먹방에서 잠시나마 위로를 찾지만 다시 현실로 돌아오면 여전히 경쟁이 치열함을 깨닫고 맙니다. 경쟁사회를 힘들어하면서도 이러한 현실의 경쟁구조에서 벗어나지 못하는 젊은이들에게 바람직한 경쟁과 바람직하지 못한 경쟁을 구분해 알려줄 필요가 있습니다.

경쟁을 표현하는 영어 단어는 competition과 emulation 두 가지입니다. competition은 단순한 의미의 경쟁으로 사람들 대부분이 생각하는 경쟁입니다. 이러한 경쟁(competition)은 오로지 이기는 게 목적이어서 인생을 왜 사는지 방향감각을 잃어버리기 쉽습니다. 삶 자체가 갈등과 다툼의 연속이 되어 몸과 마음이 피폐해지는 길을 피할 수 없습니다. 특히 출세와 지위상승을 중시하는 한국 사회에는 어떻게 해서든지 상대방을 꺾고야 말겠다는 '너 죽고 나 살자'식의 경쟁이 만연해 있는 것 같습니다. 건전한 비판보다는 상대방을 흠집내는 식의 비난이 인터넷과 사회관계망(SNS)을 도배하는 문화도 무한경쟁의 또 다른 측면입니다.

emulation은 이와 달리 서로 존중하며 경쟁하는, 다시 말해 함께 성장하기 위한 선의의 경쟁을 의미합니다. 페어플레이 정신에 입각해 정정당당히 겨루고, 경쟁하는 모든 사람의 인생이 더욱 풍성해지는 것을 의미합니다. 올림픽 달리기에서 앞서가던 경쟁 선수가 쓰러지자 그를 부축해준 후 다시 달리기를 하거나, 자전거 경주에서 넘어진 선수가 일어나기를 기다려줬다가 다시 출발하는 모습이 바로 emulation입니다. 이 단어는 친구가 서로 학력을 높여주는 학력경쟁(emulation in scholarship), 사업가나 운동선수가 뛰어난 상대방을 모방해 자신도 더 잘해야겠다는 경쟁심(a spirit of emulation) 등에 쓰입니다. 군인 가운데 본받을 만한 군인은 'a soldier whose example is worthy of emulation'이라고 표현합니다.

상대방의 성공이나 실력 따위를 부러워하며 그렇게 되려고 노력하는 것도 emulation에 해당합니다. 서양인들의 인터뷰를 보면 대부분 존경할 만한 인물로 자신의 부모나 친척, 친구 등을 거론합니다. 자신이 직접 체험한 사람을 롤 모델로 삼아 닮으려고 노력하는 것입니다. 우리 젊은이들이 생전 보지도 못했고 잘 알지도 못하는 이순신 장군이나 발명왕 에디슨을 존경하는 인물로 표현하는 것과는 크게 다른 문화입니다.

정정당당하게 경쟁하려면 훌륭한 경쟁 상대가 필요합니다. 적합한 경쟁 상대란 바로 자신의 역량을 높여주고 자신을 성장시키는 존재입니다. 그러한 사람을 찾아보고 배우면서 닮아가려는 노력이 자신의 인생을 더욱 가치 있게 만들기 때문입니다.

갓 입대한 신병들은 전국 각지에서 각기 다른 삶을 살다가 국토방위의 임무를 부여받고 모였습니다. 그들은 저마다 각기 다른 장점과 단점을 지니고 있을 것입니다. 함께 고생하는 전우로서 동료의 단점은 타산지석으로 삼아 자신을 보완하고, 동료의 장점은 emulation을 통해 스스로 성장하는 자양분으로 삼았으면 하는 바람입니다. "삼인행 필유아사(三人行 必有我師, 3명이 함께하면 거기에 반드시 나의 스승이 있다)"라는 말처럼 동료가 서로 아끼고 배우는 신병들이 되기를 소망합니다.

009

고마운 사람보다 필요한 사람

"고맙습니다. 사랑합니다. 힘을 내십시오."

듣기만 해도 마음이 훈훈해지는 말입니다. "고맙습니다"는 다른 사람을 배려하는 따뜻한 마음을 보여줍니다. "사랑합니다"는 대화하는 사람을 행복하게 만듭니다. "힘을 내십시오"는 어려움을 돌파할 수 있는 용기를 주고 다시 한 번 도전하게 합니다. 유행가 가사 중에 '천만번 떠들어도 기분 좋은 말~~ 사랑해'라는 게 있는데 언제 들어도 미소가 절로 나옵니다.

주변을 돌아보면 고맙고 사랑스러운 존재들이 참으로 많습니다. 출근할 때 타는 버스 운전기사님, 지하철을 운행하는 분, 깨끗한 길을 유지해주는 환경미화원 등은 잘 드러나지는 않지만 일상을 살아가는 데 꼭 필요한 분들입니다.

세상에는 직업이 참으로 많습니다. 2015년 기준으로 대한민국에는 1만 4900개의 직업이 있다고 합니다. 일본은 약 1만 7200개의 직업이 있으며, 세계 1위의 경제대국인 미국에는 무려 3만 600개의 직업이 있다고 합니다. 이처럼 수많은 사람이 각자 직업을 갖고 일을 하면서 거대한 분업체계를 구성하는 게 세상의 본질입니다. 세상은 단순히 서로 돕는 것을 넘어 서로 의지한다는 사실을 알 수 있습니다. 내가 오늘 하루 먹고 마시는 모든 것은 수많은 사람의 땀과 노력의 결실이라는 것을 생각하면, 고맙다는 말과 사랑한다는 말은 아무리 반복해도 아까울 게 하나도 없습니다.

"고맙습니다"는 이처럼 세상을 아름답게 하지만 그 한계도 있습니다. 목마른 사람이 우물을 발견하면 고마워하지만 목을 축이고 나면 이내 우물을 판 사람의 고마움을 잊어버립니다. 불행한 처지에 놓인 사람에게 도움의 손길을 주었더라도, 그 사람이 성공한 후에 이를 계속 기억하는 사람은 많지 않습니다. 많은 사람이 이를 두고 배은망덕이라는 단어를 떠올리지만, 고맙고 감사하는 마음은 오래 가지 않는 것이 인간 세상의 모습이라고 합니다.

스페인 출신의 현인 발타자르 그라시안은 "지혜로운 사람은 고마운 존재가 되기보다 필요한 존재가 되고자 한다"고 얘기했습니다. 감사하는 마음은 금세 사라지지만 필요한 존재는 '세상의 소금'처럼 늘 사람들이 잊지 않고 찾기 때문입니다.

'청년 일자리'가 요즘 대대적인 화두가 되고 있습니다. 많은 젊은 이가 일자리를 찾지 못해 힘들어하는데, 막상 기업에 물어보면 "필요한 인재를 찾기 힘들다"는 말을 듣게 됩니다. 필요한 인재는 '지덕체(智德體)'를 갖춘 인물입니다. 지식과 지혜를 갖추고, 널리 사람들과 어울리는 인성을 배양하며, 어떤 역경도 이겨내는 강인한 체력을 갖춘 인물이 바로 세상에 필요한 인재입니다. 연일 구슬땀을 흘리며 훈련에 매진하는 신병들이 세상에 '필요한 사람'으로 거듭나기를 기원합니다.

010

금요일에 '최선의 의미'를 생각하며

한 학교에 학생들에게 인기가 많은 선생님 한 분이 계셨습니다. 어느 여름날 평소처럼 고 3 수업을 진행하던 선생님이 갑자기 말씀을 멈추더니 칠판에 '할 수 없어'라고 썼습니다. 그리고 여기저기 졸음을 못 참고 헤매는 학생들을 깨우며 물었습니다.

"만약 여러분이 이러한 상황에 처한다면 어떻게 해야 할까요?"

잠시 침묵이 흐르더니 한 학생이 답변했습니다.

"지우개로 '없어'를 지우고 '있다'로 바꾸면 됩니다."

선생님은 학생 얘기대로 '없어'를 지우고 '있어!'라고 고쳐 쓴 후 이렇게 말했습니다.

"여러분은 모두 할 수 있습니다."

나폴레옹 하면 우리는 "불가능이란 없다"는 말로 기억합니다.

전쟁터에 나간 부하장군이 나폴레옹에게 "황제의 지시는 실현 불가능하다"고 편지를 보내자 나폴레옹이 "불가능이라는 글자는 단지 어리석은 자의 사전에 있다"고 답장을 보냈다고 합니다. 그 결과 부하장군은 열심히 싸워 결국 전투에서 승리했다고 합니다.

이 땅의 젊은이나 기성세대는 직장에서나 가정, 자기 자신에게 늘 "열심히 살겠습니다. 최선을 다하겠습니다" 하고 다짐합니다.

'최선을 다한다'는 의미는 무엇일까요? 최선을 다한다는 것은 '어떤 일이든 자신의 힘과 기술, 지혜를 최대한 발휘하고, 자신의 실력에 맞게 노력한다'는 것입니다. 여기서 중요한 건 '자신의 실력에 맞게 노력한다'는 것입니다. 예를 들어 자신의 체력에 맞지 않는 히말라야 정복이나, 막대한 돈이 들어가는 사업계획, 밤을 새우고 건강을 해치면서까지 하는 공부는 최선을 다하는 것이 아닙니다. 이는 억지를 부리는 것입니다. 그런 측면에서 '1만 시간의 노력을 하면 어떤 분야든 전문가가 될 수 있다'는 '1만 시간의 법칙'도 정확한 진실이 아닙니다. 1만 시간의 노력에 앞서 자신의 소질과 재능을 인식하고 그에 따라 노력해야 하는 것입니다.

최선을 다하라는 것은 '자신이 하고 싶은 것만 열심히 하라'는 것도 아닙니다. 아무리 하고 싶지 않아도 자신에게 부여된 역할이라면 마지막까지 책임감을 갖고 완수해나가라는 뜻입니다. 자신에게 이익이 되는 일만 하는 게 아니라 자신에게 이익이 돌아오지 않더라도 다른 사람을 위해 도움이 된다면 열심히 일하는 게 최선을 다한다는 의미입니다.

젊은이들을 위한다는 많은 '가짜 현인'은 늘 "하고 싶은 일을 하세요. 그게 진정한 젊음의 특권입니다" 하고 부추깁니다. 하지만 진짜 현인이라면 "아름답고 평안한 세상을 만들려면, 하고 싶지 않은 일이라도 타인에게 도움이 된다고 판단하면 책임감을 갖고 해야 합니다" 하고 조언해야 할 것입니다. 그러한 생활의 대표적인 사례가 바로 군 복무입니다. 누구나 가고 싶지 않지만, 누군가는 해야 할 일이 바로 국민의 생명과 안전을 지키는 군인의 본분이기 때문입니다.

오늘은 6월 30일 금요일로 상반기의 마지막 날입니다. 사회의 젊은이들은 불금(불타는 금요일)을 즐기겠지만, 병영의 금요일은 그렇지 않을 것입니다. 그래도 주말을 앞둔 금요일은 모든 사람에게 반가움으로 다가옵니다.

수필가인 고 피천득 선생은 「토요일」이라는 글에서 이렇게 표현했습니다.

> 예전 내 책상 앞에는 날마다 한 장씩 떼어버리는 달력이 있었다. 얇은 종잇장이라 금요일이 되면 바로 뒤에서 기다리고 있는 파란 토요일이 비친다. 그러면 나는 금요일을 미리 뜯어버리는 것이었다. 그리고 일요일 오후가 되면 허전함을 느꼈다. 그러나 얼마 안 있어 희망에 찬 토요일은 다시 다가오곤 했다.

금요일의 활기찬 기운이 모든 신병과 부모님에게 가득 차기를 기원합니다.

011

배려하는 마음

대한민국 굴지의 대기업에서 현재 임원으로 계신 분이 직접 들려준 경험담입니다.

그가 직장 초년병 시절 맡은 업무는 외부 사람을 많이 만나는 일이었습니다. 하루는 부서 내 상사가 거래처 사람들과 점심 약속이 있으니 함께 가자고 했습니다. 쭈뼛쭈뼛 따라가 보니 몸에 참 좋다는 장어집이었고, 거래처 사람들은 알고 보니 회사에 막강한 영향력을 끼치는 곳에 근무하는 분들이었습니다. 그는 바짝 긴장하여 먹음직스러운 장어가 구워지는 걸 보며 말 한마디 못한 채 가만히 앉아 있었습니다. 드디어 사람들이 잘 익은 장어를 먹기 시작하자 그도 한참 만에 가장 크기가 작고 볼품이 없는 장어 꼬리 하나를 살포시 젓가락으로 집어 들었습니다. 시간이 어느 정도 흐르자 다시 용기를 내 장어 꼬리 하나를 더 먹었습니다. 그러다가 세 번째로 장어 꼬리를 향해 젓가락을 움직이는데, 그날 처음 본 거래처 사람이 "나도 좀 먹읍시다!" 하면서 덥석 가로막았습니다. 순간 식사 분위기가 썰렁해지는 듯했지만 누군가 크게 웃는 바람에 분위기는 다시 이전 대로 돌아가 무사히 식사를 마쳤습니다.

하지만 사회 초년병인 그는 왜 그 순간 분위기가 썰렁했는지 내심 의아하기도 하고 걱정도 되었습니다. 아니나 다를까 회사로 돌아오는 중에 상사가 그를 심하게 질책했습니다. 장어 하면 꼬리가 몸에 가장 좋다는 속설을 전혀 모른 대가를 톡톡히 치른 것입니다. (과학적 진실은 장어의 몸통이나 꼬리나 성분이 다르지 않습니다.) 그는 살이 통통하고 맛있는 부분을 거래처 사람에게 양보하려고 일부러 배려한 행동인데 사실은 진짜 배려가 아닌 셈이 되고 만 것입니다.

배려(配慮)의 배(配)는 배우자를 표현할 때의 배와 같은 한자입니다. 그런 만큼 짝을 생각하는 마음으로 다른 사람을 생각해주고 행동하는 것을 뜻합니다. 다른 사람이 바라지 않는 것을 무작정 들이미는 게 아닙니다. 선물이나 선행을 했는데도 아내나 여자친구가 기뻐하지 않는다면 진정한 배려가 아니라는 것입니다. 그래서 '화성 남자, 금성 여자'라는 표현도 나오고, 결혼한 부부도 죽을 때까지 상대방을 제대로 모르고 산다는 말도 있습니다.

배려가 진정한 배려가 되려면 배려해준 상대방에게 대가를 요구해서는 안 됩니다. 상대방에게 대가를 요구한 시점부터 배려의 본래 의미가 사라진다고 합니다.

배려는 거창할 것이 없습니다. 상대방의 마음에 다가서려는 의지, 서로 마음과 마음을 주고받으며 소통하려는 노력 자체가 배려입니다. 자신의 옆자리를 지켜주는 것 자체가 가장 큰 배려라고 볼 수 있습니다.

　군 내무반은 거친 남자들이 사는 세계입니다. 같이 먹고, 같이 자고, 같이 훈련받는 것 자체가 서로에게 고마운 존재입니다. 하루 24시간 함께 생활하는 것 자체가 가장 큰 배려이기도 합니다. 세계적인 영적 지도자로 명성이 높은 달라이라마는 이렇게 설교했습니다.

　"행복해지고 싶으면 먼저 배려를 실천에 옮기시기 바랍니다."

012

젊음은 초승달

중국 당나라 때의 유명한 문장가요 학식이 높은 백낙천(본명은 거이(居易))에게는 자신의 지식을 뽐내고 다른 사람들과 논쟁을 벌여 골탕 먹이는 나쁜 버릇이 있었습니다. 백낙천이 항주태수가 되어서 당대에 유명한 조과선사(鳥窠禪師)라고 불리는 도림선사를 찾아 갔을 때입니다.

'조과선사'는 나무 위에 새둥지처럼 집을 지어 산다는 뜻에서 붙은 별명입니다. 백낙천이 찾아갔을 때 조과선사는 나무 위에 앉아서 졸고 있었습니다.

백낙천이 말하고, 조과선사가 답을 합니다.

"선사님, 왜 위험하게 나무 위에 계십니까. 내려오시지요."

"땅 위에 있는 당신보다 나무 위에 있는 내가 더 안전합니다."

"아니, 저는 두 다리로 땅 위에 서 있는데 그게 무슨 말씀이십니까?"

"당신은 땅 위에 서 있어서 안전하다고 느끼지만, 욕망에 이끌리는 삶을 살다가 황제의 마음이 한번 바뀌면 목숨이 위태롭지 않습니까?"

백낙천은 조과선사의 한마디에 기가 꺾여서 태도를 바꾸고 정중히 여쭈었습니다.

"어떤 것이 도(道)인지, 한 말씀 해주십시오."

"모든 악을 짓지 말고, 착한 일을 받들어 행하는 것입니다(諸惡莫作 衆善奉行)."

"그거야 세 살 먹은 아이도 아는 말 아닙니까?"

"세 살 어린 아이도 아는 말이지만, 팔십 노인도 실천하기는 어렵습니다."

백낙천은 이 말에 감명을 받고 열심히 수행해 유명한 불자가 되었다고 합니다.

다른 이야기도 있습니다.

한 스승과 제자가 만났는데 어느 날 제자가 묻습니다.

"착하게 사는 것과 그렇지 않게 사는 것의 차이는 무엇입니까?"

스승이 답합니다.

"착하게 사는 것은 초승달과 같고, 그렇게 살지 않는 삶은 보름이 지나버린 달과 같다."

제자가 스승의 말을 이해하지 못하자 스승이 설명합니다.

"보름이 지난 후의 달은 곧 그 빛을 잃고 시들어 버리지만, 초승달은 조만간 보름달이 되어 온 세상을 비출 것이다."

요즘 사회에서는 '착한 삶'이라는 의미가 많이 퇴색한 것 같습니다. 조폭들이 나오는 영화에 '차카게 살자'는 문신이 나오자 착하다는 게 약간 바보스럽다는 의미로 해석하기도 합니다. 또 이 땅에서 한자리 하겠다는 분들을 보면 말은 그럴듯하게 하는데 막상 행적을 보면 착함과는 거리가 매우 멉니다. 삶의 궤적에서 많은 사람이 정말 받아들이기 힘든 수많은 '나쁜 행실'이 두루두루 드러났는데도 아예 잡아떼고 "나는 착하다"고 주장합니다. 그러면서 자신을 잘못했다고 나무라는 사람들에게 그럼 당신네는 착하냐고 반문합니다. 그 모습을 보고 있으면 참 어이가 없고 우스꽝스럽기까지 합니다. 나아가 『논어』에 나오는 "유덕자 필유언, 유언자 불필유덕(有德者 必有言, 有言者 不必有德)"이란 말이 연상됩니다. 덕이 있는 사람은 반드시 바른 말을 하지만 바른 말을 한다고 반드시 덕이 있는 사람은 아니라는 뜻입니다.

'내로남불(내가 하면 로맨스, 남이 하면 불륜)'이 유행하는 세상의 더러운 때를 젊은이들은 조금이나마 덜 탔으면 하는 바람입니다. 젊은이는 인생의 긴 여정에서 볼 때 초승달에 해당하며, 악행에 물들지 않은 측면에서도 초승달에 해당합니다. 병영 생활을 하는 젊은이들이 늘 초승달의 삶을 살기를 희망합니다.

오늘은 일요일입니다. 종교 행사가 있으며 마음의 평안을 얻는 날입니다. 달력을 보면 맨 앞줄에 나오는 만큼 일주일을 시작하는 날이기도 합니다. 다시 한 번 '착함'의 의미를 되새기며, 새로운 한 주를 씩씩하게 맞았으면 좋겠습니다.

013

폭포와 절벽의 차이

많은 사람이 좌우명으로 삼는 말 중에 상선약수(上善若水)가 있습니다. 중국의 철학자 노자가 쓴 『도덕경』에서 가장 유명한 구절로 "세상에서 최고의 선(善)은 물과 같다"는 뜻입니다. 노자는 "물은 만물을 이롭게 하면서도 다투지 아니하고(水先利萬物而不爭, 수선리만물이부쟁), 모든 사람이 싫어하는 낮은 자리로 흘러간다(處衆人之所惡, 처중인지소오)"고 설명합니다.

물의 성질을 살펴보면 다양한 해석이 붙습니다.

우선 물은 생명의 근원입니다. 물 없이는 생명체가 살 수 없습니다. 그래서 서양철학의 시조인 그리스의 철학자 탈레스도 '만물의 근원은 물'이라고 말했는지 모릅니다.

물은 낮은 곳으로 흘러갑니다. 막히면 돌아갈 뿐, 순리에 역행하지 않는다고 합니다. 싸우지 않는다는 것입니다.

물의 특징은 유연성입니다. 네모난 그릇에서는 네모난 모양으로, 둥근 그릇에서는 둥근 모습이 됩니다. 추우면 얼음이 되고, 더우면

수증기가 됩니다.

물은 더러움을 씻겨주고 이를 받아들입니다. 포용력의 상징이기도 합니다.

물은 매우 약하기도 하지만, 때로는 더할 수 없이 강하기도 합니다. 성경에 나오는 '노아의 방주' 얘기처럼 홍수가 나면 온 세상을 위협합니다.

독일의 철학자 슈퇴리히는 물에 대해 설파한 『도덕경』을 두고 "세계에 단 세 권의 책만 남기고 모두 불태워야 한다면 그중 한 권이 『도덕경』이이어야 한다"고 말했습니다.

노자가 물의 성질 가운데 가장 주목한 부분은 '겸허(謙虛)와 부쟁(不爭)'입니다. 자신을 낮추고 싸움을 하지 않는다는 것인데, 사람이 그렇게 된다면 성인군자라고 불릴 것입니다.

물은 세상을 아름답게 만들기도 합니다. 물이 흘러가는 곳은 푸르른 들판이 되고, 물이 흐르지 않는 곳은 메마른 사막이 됩니다. 사막의 아름다움을 보여주는 곳이 오아시스인데, 바로 물이 솟아나오는 곳입니다. 그래서 많은 사람이 사랑을 얘기할 때 "당신 없는 세상은 오아시스 없는 사막"이라고 표현하기도 했습니다.

등산을 하는 분들은 아시겠지만, 걷다 보면 수많은 절벽을 마주합니다. 절벽에 물이 없으면 그냥 절벽이지만, 물이 흘러내리면 폭포입니다. 물이 흐르지 않으면 아무도 쳐다보지 않지만, 물이 콸콸 흐르면 모든 사람이 경탄하는 명소가 됩니다. 절벽과 폭포를 차이 나게 하는 유일한 요소가 물입니다.

　사람도 마찬가지일 것입니다. 마음속에 '겸허와 부쟁'이라는 물이 풍부하게 흐를수록 삶은 아름다운 폭포가 되어 많은 사람의 사랑을 받을 것입니다.

　장마가 시작됐습니다. 훈련을 받는 젊은이나 자식 걱정하는 부모님 모두 덥고 습한 날씨에 불쾌지수가 올라가는 계절입니다. 이럴 때일수록 '상선약수'의 고사성어를 생각하며 '아름다운 폭포의 삶'을 생각하는 시기가 되었으면 좋겠습니다.

014

지혜로운 언행

학창 시절을 돌이켜보면 선생님들은 국어와 역사, 수학과 과학 등은 가르쳐주었지만 갈등을 해결하거나 분노를 다스리는 방법은 가르쳐주지 않았습니다. "사이좋게 지내라"는 말 이외에는 동료애를 키우는 방법도 가르쳐주지 않았습니다. 사회에 나오면 갈등과 분노를 다스리는 게 정말 중요한데, 지금 생각해보면 다소 안타깝다는 생각이 듭니다.

사람은 관계 속에서 존재합니다. 한자로 인간(人間)이란 말도 '사람 사이'를 뜻할 정도로 관계 속에서 존재의 의미가 있습니다. 사람들과 관계하다 보면 분노와 갈등이 없을 수 없습니다. 특히 분노와 갈등은 말에서 비롯할 때가 대다수입니다. 생면부지의 젊은이가 모여 있는 군대에서는 말이 거칠어지기 쉽습니다. 힘들수록 말의 중요성을 다시 한 번 생각하는 젊은이가 되었으면 하여 말과 관련한 일화를 소개합니다.

중국 역사를 거슬러 올라가면 처세술의 달인인 풍도(馮道)라는 사람이 등장합니다. 당나라가 망한 후 여러 나라가 태어나고 멸망을 반복하는데, 풍도는 다섯 왕조에 걸쳐 11명이나 되는 군주를 섬겼습니다. 72세까지 살았으니 당시로서는 무척 장수한 셈입니다. 많은 사람이 그를 향해 지조가 없다고 평가하자 그는 "황제가 아니라 나라를 위했다"고 답변하였습니다. 그의 처세 철학은 항상 '입조심, 말조심'이었습니다. 그가 남긴 유명한 말이 "구시화지문(口是禍之門) 설시참신도(舌是斬身刀) 폐구심장설(閉口深藏舌) 안신처처뢰(安身處處牢)"입니다. 즉, "입은 재앙의 문이요, 혀는 몸을 자르는 칼이다. 입을 닫고 혀를 깊이 감추면 처신하는 곳마다 몸이 편하다"라는 뜻입니다. 사실은 아니지만 전해 내려오는 얘기에 따르면 공자를 만난 노자가 이렇게 충고했다고 합니다.

"총명한 사람이 자칫 죽을 고비에 이르는 것은 남의 행동을 잘 비평하기 때문입니다. 학식이 많은 사람이 자주 위험한 고비에 부딪치는 것은 남의 허물을 잘 지적하기 때문입니다. 그러므로 말과 행동을 조심하고 자기의 주장을 함부로 내세워서는 안 됩니다."

유대인의 지혜가 담긴 『탈무드』에서도 "모든 재앙의 근원은 입이다. 물고기는 언제나 입 때문에 걸려든다. 사람도 역시 입 때문에 걸려든다"고 지적했습니다. 그런데도 사람들은 말을 함부로 하고 분노를 표출합니다.

영국의 문학평론가인 존 처턴 콜린스는 "우리는 행동으로 친구를 만들기보다, 말로 적을 만들 때가 더 많다"고 지적했습니다.

불교의 찬불가에 "개에게 물린 사람은 반나절 치료 받고 집으로 돌아가고, 뱀에게 물린 사람은 3일 치료 받고 집으로 돌아가지만, 사람의 말(言)에 물린 사람은 아직도 입원 중"이라는 말이 있다고 합니다. 사람의 말이 얼마나 깊은 상처를 남길 수 있는 위험한 무기인지 알려주는 비유입니다.

말과 관련해 동양에서 많이 얘기하는 게 삼사일언(三思一言)입니다. 세 번 생각하고 한 번 말하라는 조언입니다. 중국 속담에도 "분노의 한순간을 이겨내면 백 일 동안의 슬픔을 피할 수 있다"는 말이 있습니다.

미국 가수 가운데 1960년대에 활약한 브룩 벤턴이 있습니다. 그가 부른 노래 중 한국에도 널리 알려진 곡이 「두 번 생각하라(Think twice)」입니다. 사랑을 노래하지만 처세에 대한 교훈도 담겨 있습니다. 노래는 이렇게 시작합니다.

"Think twice before you answer, Think twice before you say Yes(대답하기 전에 한 번 더 생각을 해봐요. "예"라고 말하기 전에 다시 한 번 생각해보는 거예요)."

아메리카대륙의 인디언이 살면서 터득한 것 중에 '돌아오지 않는 것 4가지'가 있다고 합니다. 바로 '한번 내뱉은 말, 쏘아버린 화살, 놓쳐버린 기회, 그리고 흘러간 세월'입니다. 여기서도 말의 중요성을 알 수 있습니다.

영어 단어 anger(분노)에 한 글자를 더하면 danger(위험)가 됩니다. 말을 삼가며 화를 잘 다스리는 지혜로운 젊은이가 되어 군 복무 생활과 제대 후 삶이 더욱 풍성하기를 바랍니다.

015

서로를 지켜주는 삶

미국 달러에서 가장 가치가 높은 100달러 지폐에는 벤저민 프랭 클린이 그려져 있습니다. 번개에 대처하는 피뢰침과 다초점 안경을 발명한 것으로도 유명한 인물입니다. 학교는 겨우 2년밖에 다니지 않았지만, 풍부한 독서량과 다양한 경험을 통하여 정치인, 외교관, 과학자, 기업인, 저술가 등으로 큰 업적을 남겼습니다. 그는 대통령 을 지낸 것도 아니지만, 진취적인 정신과 실용적인 태도로 미국인 의 큰 존경을 받아 가장 가치가 높은 고액권의 주인공이 됐습니다.

벤저민 프랭클린은 젊었을 적에 기고만장했다고 합니다. 얼굴 표 정과 걸음걸이에 오만함이 잔뜩 묻어났다는 평판을 들었습니다. 그 가 어느 날 한 노인이 자신과 비슷하게 고개를 높이 들고 거만한 표 정으로 걷는 것을 보았습니다. 그 노인이 어느 건물로 들어가다가 문에 머리를 부딪쳤습니다. 노인은 겸연쩍은 듯 살짝 웃으며 혼잣 말을 했습니다.

"세게 부딪혔더니 아프구먼. 그래도 오늘 하나 배웠으니 참아야지."

프랭클린은 아픈데도 웃으며 이야기하는 모습을 보고 궁금하여 노인에게 그 이유를 물었습니다. 그러자 노인이 이렇게 답했습니다.

"살면서 이렇게 머리를 부딪치지 않으려면 늘 고개를 숙일 줄 알아야 하네."

벤저민 프랭클린은 노인의 말을 깊이 새겨듣고 늘 겸손한 자세를 유지하며 남을 존중하기 시작했습니다. 그랬더니 결국 존경을 받는 인물이 됐습니다.

'벤저민 프랭클린 효과'라는 말도 있습니다. 적을 친구로 만드는 기술로, 도움을 준 사람이 도움을 요청한 사람에게 더 호감을 느끼는 현상을 말합니다. 유래는 프랭클린이 펜실베이니아 주 의회 의원 시절의 일화에서 비롯합니다. 당시 프랭클린은 정치적으로 사이가 좋지 않은 사람과 사이좋게 지내고 싶었으나 그렇다고 자존심 상하게 비위를 맞추고 싶지는 않았다고 합니다. 그래서 프랭클린은 한 가지 꾀를 냈습니다. 상대방이 진귀한 책을 갖고 있다는 소문을 듣고 며칠만 책을 빌려달라고 했습니다. 책을 빌린 그는 며칠 후 책을 돌려줄 때 감사 편지를 써 넣었고, 이후 두 사람은 적대 관계에서 벗어나 절친한 친구가 되었답니다. 프랭클린은 이 사례를 예로 들며 "적이 당신을 한 번 돕기 시작하면, 더욱 당신을 돕고 싶어 한다"는 말을 남겼습니다.

요즘은 핵가족 시대라서 형제자매가 많지 않거나 외동인 젊은이들이 많습니다. 그러다 보니 귀하게 커서 남과 어울리는 일에 서툴고 자존심도 매우 강합니다. 개인의 프라이버시를 매우 소중히 여깁니다. 식사를 할 때도 각자 따로 비용을 계산하는 '더치페이'를 합니다.

군대는 개인이 아니라 집단생활입니다. 함께 먹고, 함께 뒹굴고, 전쟁이 일어나면 함께 총을 들고 싸우는 동료입니다. 서로가 서로를 지켜주는 삶을 살아야 하는 만큼 상호 존중과 의지가 필수입니다. 군 복무를 잘한 젊은이가 사회생활에 적응을 더 잘하는 이유는 사회라는 게 서로가 서로를 돕는 체제이기 때문입니다. 모든 것을 혼자 해결하기보다는 동료를 존중하며 필요할 때 거리낌 없이 도움과 조언을 구하고, 힘든 동료에게는 지원을 아끼지 않는 게 '건강한 젊은이'의 모습입니다. 알렉상드르 뒤마의 소설 『삼총사』에서 삼총사가 외치는 구호는 '하나는 모두를 위하여, 모두는 하나를 위하여'입니다. 모든 장병이 서로를 지켜주고 위해주는 진정한 동료애로 폭염의 계절을 이겨나갔으면 합니다.

016

대지약우, 지혜로운 사람은 어리석은 사람과 같다

나스레딘 호자는 13세기경 터키에 살던 현인입니다. 그는 유머와 재치가 넘쳐나 우리 역사의 '봉이 김선달' 같은 명성을 얻었고, 수많은 일화를 남겼습니다.

호자는 젊은 시절 이웃 나라에서 살았답니다. 그는 장이 서는 날이면 시장 한편에서 바보스러운 표정으로 앉아 있었습니다. 그가 바보라고 생각한 사람들은 호자 앞에 큰 동전과 작은 동전을 함께 던져 주었습니다. 호자는 그때마다 값이 적게 나가는 작은 동전만 집어 들었습니다. 사람들은 호자의 행동을 보고 즐거워하며, 큰 동전을 다시 집어 들었습니다.

어느 날 한 사람이 호자에게 물었습니다.

"왜 자네는 큰 동전을 집지 않는가? 큰 동전을 집으면 바로 많은 돈을 모을 수 있을 것일세."

그 말에 호자가 빙그레 웃으며 대답했습니다.

"그 말씀이 맞을 겁니다. 그렇지만 제가 언제나 큰 동전을 집는다면, 사람들은 제가 돈에 대해서 하나도 모르는 어리석은 바보인지 아닌지 확인하려고 돈을 던지는 일은 절대 하지 않을 것입니다."

노자의 『도덕경』에 '대지약우(大智若愚)'라는 표현이 있는데, 지혜로운 사람은 어리석은 사람과 같다는 뜻입니다. 중국인은 난득호도(難得糊塗)라는 말도 좋아하는데, 똑똑하지만 바보처럼 사는 것은 참으로 어렵다는 의미입니다. 세상을 살 때는 잔머리 굴리지 말고 어리숙하게 살라는 의미입니다. 지는 게 이기는 것이고, 손해를 보는 게 결국 이익이 된다는 것과 일맥상통합니다.

영어에 'nerd'라는 단어가 있습니다. 우리말로 풀이하면 '얼간이, 멍청이' 등인데, 컴퓨터만 아는 괴짜로도 해석합니다. '한 분야에 빠져 몰두하는 사람'으로 '바보처럼 빠져들어 일했다'는 의미를 담고 있기도 합니다. 마이크로소프트를 창업한 빌 게이츠, 아이폰의 신화를 만든 스티브 잡스, 페이스북의 창업자인 마크 저커버그 등이 대표적인 인물입니다.

경쟁이 심한 한국 사회에서 바보스럽게 행동하면 곧 경쟁에 뒤처진 것으로 비춰지기도 합니다. 하지만 어느 정도 손해를 보면서 우직하게 밀고 나가는 사람이 나중에는 달콤한 보상을 받는 경우가 훨씬 많습니다. 약간은 손해를 보고 약간은 어리숙하게 살아가면 남들의 질시와 비난을 받지 않아 마음이 편해집니다. 우리 젊은 이들도 '대지약우'의 참지혜로 힘든 군대 생활을 잘 이겨나갔으면 좋겠습니다.

017

지금의 소중함

한때 세상에서 가장 소중한 금 3가지에 대한 얘기가 유행했습니다. 3가지 금 가운데 하나가 황금입니다. 황금은 불멸과 재산을 상징하며 보물 가운데 늘 으뜸으로 대접을 받기 때문입니다. 황금보다 더 소중한 금이 소금입니다. 소금이 없다면 음식의 맛을 낼 수도 없고 음식을 저장할 수도 없습니다. 지구에 생명체가 존재하는 것은 바다 덕분인데, 바다가 썩지 않는 이유는 소금 때문입니다. 황금과 소금보다 더 소중한 존재가 지금(只今)입니다. 현재 이 순간이 가장 소중하다는 것입니다. '지금'은 영어로 'present'인데, 이는 선물이라는 뜻도 있습니다. 그래서 '지금'은 신이 주신 최고의 선물인 것입니다.

어느 분이 이 이야기에 감명을 받고 아내에게 전화를 걸어 설명했습니다. 그런데 아내가 시큰둥한 반응을 보이는 겁니다. 그러더니 남편이 얘기한 '황금, 소금, 지금'보다 더 소중한 3가지 금이 있다고 대꾸했습니다. 남편이 궁금하여 그게 뭐냐고 물으니 아내가 이렇게 말합니다.

"현금, 지금, 입금."

남편은 아내의 말을 듣고 박장대소하며 이렇게 응답했습니다.

"당신이 나보다 현명하구먼!"

시간은 크게 과거, 현재, 미래로 나뉩니다. 주변을 둘러보면 나이 드신 분들은 주로 과거의 영광만을 얘기합니다.

"왕년에 내가 어땠는데……. 내가 누군지 알아?"

그러면 영락없이 꼰대 취급을 받습니다. 미래는 아직 오지 않은 시간입니다. 사람들이 인식하는 미래와 관련해 미래학자들은 약 30년은 내다봐야 한다고 말합니다. 하루가 다르게 빨리 변하는 한국에서는 미래에 대한 시간의 길이가 외국보다 훨씬 짧습니다. 몇 년 전 KAIST 미래전략대학원의 연구에 따르면 '약 13년 후부터'를 미래로 인식합니다.

프랑스의 철학자이자 『행복론』을 쓴 알랭은 시간에 대해 이렇게 설명합니다.

"우리는 현재만 견디고 인내하면 된다. 굳이 과거나 미래를 고민할 필요는 없다. 왜냐하면 과거는 더 이상 존재하지 않으며 미래는 아직 오지 않았기 때문이다."

'지금'을 얘기할 때 많이 회자되는 용어가 라틴어 '카르페 디엠(Carpe Diem)'입니다. "이 순간에 충실하라"란 뜻인데 일부 젊은이는 "이 순간을 즐겨라"로 해석해 젊음을 마음껏 즐기라는 의미로 받아들이기도 합니다. 그리고 여기서 나온 말이 요즘 흔히 쓰는 욜로

(YOLO)족이라는 단어입니다. '인생은 한 번뿐이다'를 뜻하는 'You Only Live Once'의 앞 글자를 따서 만든 것입니다. 이들은 미래는 고려하지 않고 현재 자신의 행복을 가장 중시하고 소비합니다. 내 집 마련이나 노후 준비보다 지금 눈앞의 삶만 아름답게 만들어주는 취미생활, 여행, 맛집 탐방 등에 돈을 아낌없이 씁니다.

이들의 행태도 다소 이해는 하지만 자세히 보면 '개인만을 강조하는 무책임'으로 볼 수 있습니다. 미래를 준비하지 않은 채 자칫 개인사에 불행이 닥치면 쉽게 헤어 나오기 어렵기 때문입니다. 그를 둘러싼 부모와 형제 들을 힘들게 만들 수도 있습니다. 호라티우스가 얘기한 '카르페 디엠'은 당장 눈앞의 것만 챙기고 감각적인 즐거움에 의존하여 살라는 뜻이 아니라 매 순간 충만한 생의 의미를 느끼면서 살아가라는 경구임을 알아야 합니다.

지금은 더 나은 미래를 준비하는 시간이라는 측면에서 정말 중요합니다. 철학자인 볼테르가 "미래는 현재에서 태어난다"고 얘기했듯이 성공하는 미래를 만들려면 현재에 충실해야 합니다. 멍하니 앉아 미래만 꿈꾸고 준비를 하지 않는 사람은 현실을 벗어난 공상가에 불과합니다. 오늘을 낭비하지 않고 하루하루 저축한다는 기분으로 충실히 살다 보면 자신이 그리던 내일이 어느 날 갑자기 옆에 다가와 있음을 알게 될 것입니다.

인생은 편도 티켓입니다. 독일의 소설가인 장 파울은 "인생은 한 권의 책과 같다. 어리석은 사람은 대충 책장을 넘기지만 현명한 사람은 공들여서 읽는다. 그들은 단 한 번밖에 읽지 못하는 것을 알기 때문이다" 하고 말했습니다.

오늘은 본격적인 더위가 시작된다는 소서입니다. 신병 훈련에 돌입한 지 2주일이 지나가고 있습니다. 규칙에 얽매인 엄격한 군 생활이지만, 늘 지금에 충실한 젊은이로서 하루하루 훈련을 잘 이겨내기를 희망합니다.

018

만약의 세계

인생에서 중요한 것은 성공이 아니라 성공으로 향해 나가는 과정이라고 합니다. 실패와 좌절 속에서도 더 나은 내일을 만들어가는 삶이 진정한 성공이지, 높은 지위에 오르고 돈만 많이 모았다고 해서 성공한 게 아니라는 것입니다. 젊은이들에게 힘과 용기를 주는 글 가운데 「만약에(If)」라는 시가 있습니다. 『정글북』의 작가인 러디어드 키플링이 쓴 시인데, 주말을 맞아 우리의 젊은이들이 읽고 음미하는 시간을 보냈으면 합니다. 시 하나를 통째로 외우면 금상첨화일 것 같아 옮겨 봅니다.

만약에(If)

만일 네가 모든 걸 잃었고 모두가 그와 관련해 너를 비난할지라도

너 자신은 냉정할 수 있다면

만일 모든 사람이 너를 의심하고 그걸 감안해야 할지라도
너 자신은 스스로를 신뢰할 수 있다면
만일 네가 기다릴 수 있고 기다림에 지치지 않을 수 있다면
거짓이 들리더라도 거짓과 타협하지 않으며
미움을 받더라도 그 미움에 굴복하지 않을 수 있다면
그러면서도 너무 착한 체 하지 않고 너무 지혜로움을 뽐내지
않을 수 있다면

만일 네가 꿈을 갖더라도 그 꿈의 노예가 되지 않고,
또한 네가 어떤 생각을 갖더라도 그 생각에 집착하지 않을 수
있다면,
만일 인생의 길에서 영광과 좌절을 맛볼지라도
두 가지 모두를 똑같은 만남으로 받아들일 수 있다면
네가 말한 진실이 왜곡되어 바보들이 너를 욕하더라도
너 자신은 그것을 인내하면서 들을 수 있다면
만일 너의 전 생애를 바친 일이 무너지더라도
몸을 추스르고서 그걸 다시 일으켜 세울 수 있다면

한 번쯤은 네 생애의 모든 걸 걸고 내기를 할 수 있다면
그래서 다 잃더라도 처음부터 다시 시작할 수 있다면
그러면서도 네가 잃은 것에 대해 경망하게 대하지 않고
다 잃은 뒤에도 변함없이

네 가슴과 어깨와 머리를 당당하게 세우고 나아갈 수 있다면
설령 너에게 아무것도 남아 있지 않는다 해도
강한 의지 하나로 다시 움직일 수 있다면

서민들과 이야기하면서도 너 자신의 품위를 잃지 않고
왕과 함께 걸으면서도 의연함을 지킬 수 있다면
적이든 친구든 누구든지 너에게 상처를 주지 않게 하고
그들 모두가 조금이나마 너에게 의지할 수 있도록 만들 수 있
다면

만일 네가 도저히 견디기 힘든 1분의 시간이라도
한걸음 물러나서 60초라는 다른 각도로 볼 수 있다면
아들아! 그때 비로소 세상은 너의 품 안에 들어올 것이며
너는 비로소 한 사람의 어른으로 훌쩍 커나갈 수 있을 것이다.

019

하늘과 별을 보자

서양 철학의 시조로 불리는 탈레스는 우주에서 일어나는 여러 현상에 관심이 참으로 많아 하늘을 보고 걷는 습관이 있었습니다. 어느 날 밤 하늘을 보고 걷다가 그만 발밑에 있는 구덩이를 보지 못하고 빠지고 말았습니다. 부인이 이를 비웃으면서 "별 볼일 없는 하늘이나 쳐다보지 말고, 돈이나 벌어와요" 하고 핀잔하였습니다.

그러던 어느 날 탈레스는 별을 관찰하다가 일식 때문에 그 해에 가뭄이 심할 것이라는 것을 깨달았습니다. 가뭄이 드는 해에는 올리브가 풍년이라는 사실을 알고 있던 그는 풍작이면 올리브기름을 짜는 기계 수요가 많을 것을 예측하고는 즉시 기름 짜는 기계를 대거 확보하였습니다. 그리고 수확철에 사람들에게 비싼 가격에 대여하여 큰돈을 벌었습니다.

탈레스 이래로 서양 문화권에서 하늘은 탐구의 대상이자 언젠가는 인류가 가야 하는 곳이었습니다. 우주와 관련한 기초 조사와 이론도 정립했습니다. 한 예로 테슬라의 최고경영자 엘론 머스크는 인류를 화성으로 이주시킨다는 계획을 발표하고, 이를 실천에 옮기려 노력하고 있습니다.

반면 동양 문화권에서 우주는 탐구나 도전보다는 관조와 감상의 대상으로 보는 성향이 강합니다. 예를 들어 이태백의 시 「월하독작(月下獨酌)」에는 '술잔을 들어 밝은 달 오라 하니, 그림자와 더불어 세 사람이 되었구나(擧盃邀明月 對影成三人)' 하는 구절이 있습니다. 시인 윤동주는 「별 헤는 밤」에서 별 하나 하나에 '추억, 사랑, 청춘, 동경(憧憬), 시, 어머니' 등을 연결합니다. 서구권보다는 서정적인 측면이 훨씬 강합니다.

동서양의 문화는 이처럼 다르지만 그래도 예전에는 하늘을 쳐다보고 별을 헤아리는 젊은이가 많았습니다. 그러다가 도시의 화려한 불빛에 가려 별이 잘 보이지 않자 하늘을 보는 습관이 사라졌습니다. 최근에는 스마트폰이라는 '괴이한 물건(?)'이 등장하여 아예 고개를 처박고 하늘은커녕 상대방의 얼굴도 보지 않는 젊은이가 대부분입니다. 시야가 온통 손바닥만한 스마트폰 밖을 벗어나지 못하는 것입니다. (개인적으로 저는 스마트폰은 '많은 젊은이를 사색은 않고 검색만 능숙하게 하여 바보로 만드는 전화기'라고 생각합니다.)

세계적인 우주물리학자이자 선천적인 질병을 이겨낸 스티븐 호킹 박사는 어려움에 직면했을 때 지켜야 하는 3가지 중요한 요소는 다음과 같다고 조언했습니다.

첫째, 내 주변을 보지 말고 하늘을 올려다보라.

둘째, 하던 일을 절대로 포기하지 말라.

셋째, 사랑하는 이를 찾으면 그 기회를 놓치지 말라입니다.

첫 번째가 우주물리학자답게 '하늘을 보라'는 것인데 실제로는 시야를 넓게 보라는 뜻일 겁니다. 주변을 넓게 보면 자신이 처한 어려움이 작아 보이고, 새로운 도전 의욕이 생기기 때문입니다.

사람의 한계는 도전하고 상상하는 곳까지입니다. 미국의 방송인 폴 하비는 "눈을 감은 사람은 손이 미치는 곳까지가 그의 세계이고, 지식이 부족한 무지한 사람은 그가 아는 곳까지가 그의 세계이며, 위대한 사람은 그의 비전이 미치는 곳까지가 그의 세계다" 하고 말했습니다. 눈을 크게 뜨고 멀리 보는 자세가 필요하다는 의미입니다.

군부대는 대부분 산골에 위치하여 별빛을 가리는 도시의 화려한 불빛이 없습니다. 스마트폰 사용도 엄격히 제한합니다. 지금은 장마철이라 구름에 가려 있지만, 구름이 걷힌 후에는 별이 쏟아지는 밤하늘을 볼 수 있는 최적의 환경입니다.

'높은 산은 별들의 이웃'이라는 표현이 있습니다. "별빛에 젖으면 누구나 시인이 된다"고도 합니다. 우리의 젊은이들이 이웃인 별을 바라보며 마음의 대화를 나누고, 미래의 인생을 사색하였으면 합니다.

장마와 태풍

옛날 속담에 "7년 가뭄에는 살아도 석 달 장마에는 못 산다"는 말이 있습니다. 6월까지만 해도 전국이 가뭄에 시달리더니, 이제는 곳곳에 물 폭탄이 떨어진다고 난리입니다. 개천이 넘치고, 지반이 가라앉는 등 피해도 많습니다. 비가 며칠 오니 집 안이 눅눅하고 온몸이 물먹은 솜처럼 무겁기만 합니다. 밤에는 열대야(최저기온 25도 이상)가 기승을 부려 잠을 설치니 아침에 일어나면 머리도 맑지 않습니다. 오늘(7월 10일)은 불쾌지수가 76이라고 합니다. 이 정도면 사람들 절반이 불쾌감을 느낀다고 하니 이럴 때일수록 남을 먼저 배려하는 자세가 필요하다고 봅니다.

한반도의 여름을 상징하는 게 장마와 태풍입니다. 자연이 주는 시련으로 많은 피해를 안겨주기 일쑤입니다. 그래서 많은 사람이 장마와 태풍을 자연재해로 인식합니다. '자연의 선물'이라고 보는 사람은 거의 없습니다.

하지만 장마와 태풍의 이면을 들여다보면 우리에게 '큰 선물'임을 알 수 있습니다. 장마는 한반도에 많은 비를 뿌려줍니다. 모든 초목이 푸르름을 유지할 수 있게 물을 제공해주는 것입니다. 중동이나 중앙아시아를 다녀온 사람들은 알겠지만, 그곳의 산에는 나무가 거의 없습니다. 장마라는 선물이 없어서 늘 물이 부족하기 때문입니다.

태풍은 지구촌에 '에너지 불균형'이 발생했을 때 이를 바로 잡아주는 역할을 합니다. 열대지방의 따뜻한 공기가 차가운 극지방으로 올라가는 게 태풍입니다. 태풍이 거대한 구름을 만드는 과정에서 엄청난 양의 음이온과 오존을 생성하며, 이는 바닷속 생물의 성장에 많은 도움을 줍니다. 태풍은 바닷물을 위아래로 뒤섞어 물속의 산소를 풍부하게 만듭니다. 바다의 부영양화, 즉 적조현상을 단번에 없애기도 합니다. 우리나라 강에 자주 발생하는 게 녹조현상인데, 4대강에 설치한 보도 조그마한 이유가 될 수 있지만 진정으로 가장 큰 이유는 비가 내리지 않아서입니다. 태풍이 지나가면 녹조현상은 자연스럽게 해결되어 환경 정화비용이 크게 절약됩니다.

태풍은 생태계를 변모시키기도 합니다. 1987년 영국에 거대한 허리케인이 불어닥쳤는데 어찌나 위력이 센지 '거대한 폭풍(Great Storm)'이라는 명칭이 붙었습니다. 쓰러진 나무가 1500만 그루에 달할 정도로 피해가 컸습니다. 그런데 학자들이 20년이 지나 피해현장을 가보니 햇빛을 차단하던 큰 나무가 없어진 곳에 예전보다 훨씬 다양한 식물군이 나타나 풍성한 숲을 이루고 있었다고 합니다.

예전에 송이버섯을 채취하는 분이 TV에 나와서 이렇게 얘기하는 것을 들었습니다.

"올해 송이버섯이 별로예요. 태풍이 와서 산이 흔들리고 쩌렁쩌렁 울려야 수확이 많은데, 올해 태풍이 없었잖아요."

장마나 태풍의 역할에서 알 수 있듯이 모든 현상에는 '잘 알려지지 않은 진실'이 있습니다. 장마와 태풍은 겉으로는 자연과 사람에게 시련과 고통을 주는 것 같지만, 그건 빙산의 일각입니다. 빙산에서 보이는 부분이 12%이고 바닷물 속에 잠긴 부분이 88%라는 얘긴데, 장마와 태풍이 가져다준 선물도 바닷물 속에 잠긴 빙산처럼 잘 보이지는 않지만 거대합니다.

오늘 아침에 '군대를 가느니 난민이 되겠다'는 한국 청년이 매년 20~30명에 이른다는 뉴스를 봤습니다. '군대 문화에 거부감'이 있다는 것이 주요한 이유라고 합니다. 이슈가 이슈이니만큼 많은 댓글이 올라와 있었는데 '그럼 국민의 권리는 너희들에게 없는 거다'라는 게 특히 눈에 띄었습니다. 제가 보기에도 젊은 날에 맞는 시련과 고통을 회피하는 것 이상의 의미는 없는 것 같습니다. 군 생활은 인생에서 겪는 '장마와 태풍' 같은 과정이고, 그게 기나긴 인생의 큰 선물이 되리라고 믿습니다. 그래서인지 신병교육대의 구호인 '태풍!'이라는 구호가 더욱 정겹게 느껴집니다.

021

청춘의 벽, 바보의 벽

과거에는 위생환경이 좋지 못하여 벼룩이 많았습니다. 벼룩에 물리면 빨갛게 부어오르고 가려운데, 벼룩 퇴치가 정말 쉽지 않습니다. 몸집이 2~3mm에 불과하지만 높이뛰기를 할 때는 30cm 이상 뛰어오르기 때문입니다. 자기 몸의 약 100배나 되는 높이니까, 대단한 높이뛰기 실력입니다. 이러한 벼룩을 훈련하는 방법이 있습니다. 벼룩 몇 마리를 10cm 높이의 유리병에 넣고 투명한 뚜껑으로 덮습니다. 유리병에 갇힌 벼룩은 하늘 높은 줄 모르고 뛰어오르며 연신 뚜껑에 부딪힙니다. 그렇게 20여 분이 지나고 나면 벼룩은 더 이상 처음처럼 뛰어오르지 않습니다. 이제 뚜껑을 열어놓습니다. 그런데도 벼룩은 여전히 병 밖으로 뛰어나가려고 하지 않습니다. 20여 분의 경험으로 자신들이 최대로 높이 뛸 수 있는 지점을 뚜껑이 있는 곳까지라고 인정해버리기 때문입니다.

인도에서는 코끼리를 길들이려고 새끼 코끼리의 다리에 쇠사슬을 감고 커다란 막대기에 묶어둔다고 합니다. 코끼리는 여러 차례 도망치려 하다가 결국 실패하고 체념합니다. 일단 포기를 하면 이번에는 아무리 작은 막대기에 묶어놓아도 코끼리는 도망치지 않는다고 합니다. 이렇게 습관을 들여놓으면 코끼리가 어른이 되어 집채만큼 커져도 여전히 작은 막대기에 묶어놓은 줄의 범위를 벗어나지 않습니다. 막강한 힘을 자랑하는 코끼리의 의식 속에 '도망치는 것은 불가능'이라는 마음의 장벽이 세워졌기 때문입니다.

심리학에 '정신적 장벽(Mental Block)'이라는 게 있습니다. 어떤 상황에 처했을 때 '이건 무리야, 못할 것 같아' 하고 부정적으로 사고하는 것을 말합니다. 실패하고 싶지도 않고, 미움 받고 싶지도 않은 생각은 사람의 인생을 미래로 나아가지 못하도록 막는 '자기 검열'이 됩니다. 마음의 벽을 굳게 둘러친 사람들은 다른 사람의 말에도 귀를 잘 기울이지 않습니다. 아무리 얘기해도 말이 통하지 않는 벽창호가 되는 것입니다. 일본의 뇌전문가 요로 다케시는 발전적인 조언이나 듣기 싫은 말에 모두 귀를 막아버리는 것을 '바보의 벽'이라고 명명했습니다. 희망을 포기하며 살아가는 것인데, '바보의 벽'은 바로 자기 자신의 마음속에 있다고 요다 다케시는 지적했습니다.

'정신적 장벽이나 바보의 벽'을 깨뜨리려면 먼저 행동해야만 달성할 수 있는 목표를 만들고 이를 적어두는 것입니다. 그다음에 실제로 그 목표를 향해 크든 작든 실천해봅니다. 1주일이 지나고 한 달이 지난 후 처음에 자신이 쓴 목표를 꺼내 읽어보면 어느새 목표에 훌쩍 가까이 다가가 있을 겁니다. 당연히 정신적 장벽도 낮아진 것을 발견합니다. 예컨대 군대에서 생활하는 동안에 최소한 몸무게를

10kg 줄이겠다거나 아니면 책을 몇 권 읽겠다, 1주일에 글을 한 편 써보겠다는 등 거창하지는 않지만 달성 가능한 목표를 세우고 노력해보는 것입니다. 그러면 자연히 자신을 둘러싼 벽은 훌쩍 낮아질 것입니다. 그리고 일부 젊은이에게 덧씌워진 '꿈을 잃어가고 있다, 눈동자가 풀렸다, 비전 없이 산다' 등의 부정적인 이미지도 어느 순간 사라질 것입니다.

미국의 성공전략가인 지그 지글러는 "사람이 행동을 중단하는 날은 죽은 날이다"라고 얘기합니다. 그는 "삶의 모든 영역에서 성공이나 승리를 결정하는 것은 당신에게 일어난 일이 아니라, 그것을 재료로 당신이 만들어낸 결과입니다"라고도 말합니다.

군 복무를 시작하기 전에는 '병역의무가 인생의 큰 장벽'이라고 인식하기도 합니다. 하지만 그걸 뛰어 넘으면 다른 장벽은 돌파하기가 너무나 쉽다는 것을 실감할 것입니다. 젊은이들의 훈련이 '청춘에게는 벽이 없다'는 인생철학을 정립하는 시간이 되기를 기원합니다.

022

한솥밥과 초복

오늘 아침에 '생명을 구한 인간 띠'라는 훈훈한 뉴스를 봤습니다. 미국 플로리다 주의 해변에서 피서객 80여 명이 인간 띠를 만들어 조류에 휩쓸린 일가족 9명을 구했다는 내용입니다.

로버타 우르슬리 씨는 물놀이를 하던 아들이 갑자기 없어진 걸 알아채고 바다로 들어갑니다. 하지만 아들과 함께 조류가 갑자기 빨라지는 구역에 갇혀 빠져나오지 못하고 맙니다. 사태를 알아차린 다른 가족 구성원 7명이 보트를 타고 나갔으나 모두 조류에 휩쓸려 익사 직전에 놓였습니다. 바다 깊이는 4.5m에 달했다고 합니다. 이때 해변에 있던 제시카 시몬스라는 여성이 위급상황을 목격하고 남편에게 알려 구조를 요청했고, 그의 남편은 주변의 청년들에게 도움을 구했습니다. 이렇게 만든 '인간 띠 구조대'는 80여 명으로 불어났습니다. 이들은 해변에서부터 우르슬리 가족이 조난한 지점까지 '인간 띠'를 연결했고, 우르슬리 가족은 한 명의 사망자도 없이 무사히 위험에서 탈출할 수 있었습니다. 생명을 건진 가족들이 '신의 천사'라고 찬사를 아끼지 않은 '피서객 인간 띠'는 서로 전혀 모르는 사이였습니다. 그런데도 어느 누구 하나 거절하지 않고, 바닷물에 뛰어들어 생명 구조에 나섰습니다.

많은 사람이 서로 친밀감을 표현할 때 '한솥밥을 먹는 사이'라고 말합니다. 옛날에는 가마솥에 밥을 하여 집안 내 큰 어르신인 할아버지부터 손자까지 모두 오순도순 둘러앉아 식사를 했습니다. 식사를 같이 시작하고 같이 끝내는 생활공동체였습니다. 지금은 밥솥에 밥을 해놓으면 식구들이 귀가하는 순서대로 밥을 먹기 때문에 진정한 한솥밥을 먹는 경우는 거의 없지만, 그래도 '한솥밥'은 가족에 버금가는 친밀한 관계를 의미합니다.

'한솥밥'을 먹는 개념을 널리 확장해보면, 우리 이웃이나 국민도 함께 한솥밥을 먹는 사이입니다. 식탁에 올라온 먹거리를 살펴보면 생선은 어부가 잡은 것이고, 고기는 어느 축산 농가에서, 야채는 먼 산골에서 농사지은 것입니다. 외국에서 온 먹거리도 많습니다. 서로 서로 의지하며 먹고 사는 것이므로 궁극적으로 세상 사람은 모두 광범위한 '한솥밥 식구'라고 생각할 수 있습니다. '피서객 인간 띠'를 만든 사람들도, 우리가 서로 넓은 의미의 '한솥밥 먹는 사이'임을 행동으로 보여줬다고 할 수 있습니다.

사람은 음식을 함께 먹으면 친근감이 높아지고, 그만큼 서로 믿고 아끼는 인간관계가 구축됩니다. 우리가 누군가를 만날 때마다 "밥 한 끼 먹자"고 말하는 것은 함께 먹는 음식의 의미가 매우 크기 때문입니다. 그런 의미에서 밥 한 끼 먹고 싶은 사람들의 리스트를 만들어 실천해보는 것도 좋은 일일 듯싶습니다.

지금 한솥밥의 진짜 모습이 남아 있는 곳은 군 생활관일 것입니다. 아침부터 저녁까지 삼시 세끼를 전우가 서로 마주보고 먹기 때문입니다. 그런 의미에서 군에서 같이 생활하는 젊은이들은 서로 '한솥밥 동지'라고 부를 수 있습니다.

오늘은 더위가 본격적으로 시작되는 초복입니다. 메뉴판을 보니 우리 젊은이들이 더위를 이겨내는 데 큰 도움을 줄 것 같습니다. 맛있는 영양식 앞에서 '한솥밥 식구'의 의미를 잠깐이나마 생각하는 시간이 되었으면 좋겠습니다.

023

긍정 마인드

전투에 나서면 항상 이기는 장군이 있었습니다. 그는 싸움에 나서기 전에 항상 부하들 앞에서 하는 일이 있습니다.

"여러분, 동전을 던져서 앞면이 나오면 반드시 우리가 이길 것이다."

장군은 모든 병사가 말없이 응시하는 가운데 동전을 던집니다. 결과는 앞면이 나왔고, 부하들이 함성을 터트립니다. 이렇게 용기백배한 군대가 전쟁에 나섰으니 압승하는 건 어쩌면 당연한 것인지도 모릅니다. 나중에 참모가 물었습니다.

"어떻게 앞면이 나올지 아셨습니까?"

장군은 아무 대답 없이 있더니 잠시 후 동전을 건네줬습니다. 참모가 살펴보니 동전은 양쪽이 다 앞면이었습니다.

인생을 긍정적인 마음으로 살라는 말들을 많이 합니다. 실제로 그런지 영국의 대학 연구진이 실험분석을 했습니다. 1994년 당시 만 16세이던 미국 청소년 1만 명을 13년간 관찰한 것입니다.

아이들은 16세 때 '나는 행복하다. 미래는 희망적이다'라는 문구를 보고, '항상 그렇게 느낀다. 자주 그렇게 느낀다. 어쩌다가 한번 그렇게 느낀다. 별로 그런 적이 없다. 전혀 그런 적이 없다'의 5가지 척도에서 답을 고르라는 요청을 받았습니다. 아이들은 18세 때도 동일하게 '나는 행복하다. 미래는 희망적이다'는 문구를 보고 5가지 척도에서 답을 골랐습니다. 22세 때에는 질문을 '삶에 만족하는가?'로 살짝 바꾼 후 역시 5가지 척도에서 답을 골랐습니다. 세월이 흘러 청소년 1만 명이 29세가 됐을 때 연구진은 이들의 답변과 소득 관계를 분석했습니다.

결과는 놀라웠습니다. 전체 평균소득은 3만 4632달러(약 4000만 원)였는데, 가장 부정적인 답변을 한 청소년층은 소득이 평균보다 30%나 낮았습니다. 가장 긍정적이던 청소년층의 소득은 평균보다 10%가량 높았습니다. 가장 긍정적인 청소년층과 가장 부정적인 청소년층의 소득 격차는 무려 1만 달러에 달했습니다.

그리고 동일한 부모에게서 태어난 형제자매들만 따로 분석을 해봤습니다. 그랬더니 행복감 척도의 단계당 소득격차가 무려 4000달러나 됐습니다. 밝고 긍정적인 심성일수록 정신적으로 건강하고, 학업이나 일에 대한 집중도가 뛰어나 성공 가능성이 높다는 게 연구진의 결과입니다.

미국의 사상가인 랠프 왈도 에머슨은 "얄팍한 사람은 운을 믿고, 환경을 믿는다. 강한 사람은 원인과 결과를 믿는다"고 말했습니다. 어떤 상황에서도 긍정적인 자세로 하루하루를 만들어나가면 그 결과가 성공으로 이어진다는 것입니다. 그런 의미에서 매일 되풀이하는 훈련 때문에 몸은 고되지만, 마음만은 긍정적인 생각을 하는 젊은이들이 되기를 희망합니다.

024

인연의 고마움

사람들이 해외여행에 나서면 현지어 한마디를 꼭 배우는데 그게 바로 '감사합니다'입니다. 개그 프로그램에도 나온 것으로 기억하는데 영어로 땡큐, 중국어로 '시에시에', 독일어로 '당케', 프랑스어로 '메르시', 스페인어로 '그라시아스', 태국어로 '컵쿤카', 인도어로 '단네왓' 등이 있습니다.

한국인은 대체로 영어, 중국어, 일본어의 '감사합니다' 표현을 압니다. 그중 일본어로 고맙다는 말이 아리가토(有り難う)입니다. 한자로 풀이하면 '있기(有) 어렵다(難)'는 의미입니다. 세상을 살다 보면 만날 일이 거의 없는데도 서로 만났다는 것에 감사한 기분을 말로 표현한 것입니다. 서로 만나는 것 자체가 온 우주에서 가장 중요한 사건 가운데 하나임을 뜻한다고 볼 수 있습니다.

우리는 흔히 '옷깃만 스쳐도 인연'이라는 말을 많이 씁니다. 같은 의미의 한자어로 '타생지연(他生之緣)'이란 게 있는데, 이는 불교에서 낯모르는 사람끼리 길에서 소매를 스치는 것 같은 사소한 일이라도 모두 전생에서 맺은 깊은 인연이 있었기 때문임을 알려주는 표현입니다.

불교가 탄생한 인도에서는 시간의 개념이 무척이나 깁니다. 흔히 세계가 성립돼 존속하다가 파괴되는 한 기간을 겁(劫)이라고 말하는데, 힌두교에서는 43억 2000만 년에 해당한다고 합니다. 『잡아함경』이란 책에서는 사방과 상하로 1유순(약 15km)이나 되는 커다란 성 안에 겨자씨를 가득 채우고 100년마다 겨자씨 한 알을 꺼내도 겁은 끝나지 않는다고 합니다. 사방이 1유순이나 되는 큰 반석(盤石)을 100년마다 한 번씩 흰 천으로 닦아 그 돌이 다 없어져도 겁은 끝나지 않는다는 것입니다.

이러한 긴 시간 속에서 맺은 인연의 끈 하나하나가 이어질 때, 부부가 탄생하고 부모와 자식 관계가 형성된다는 견해가 있습니다. 부부 싸움을 할 때 "내가 전생에 무슨 죄를 지었기에 저 화상을 만나 이 고생인가?" 하고 말하는 것을 보면, 한국 사람의 정신세계에서 '인연'이란 단어는 매우 큰 비중을 차지하는 것 같습니다.

30년 전 군 복무 시절을 돌이켜보면, 군대 동료들은 사회에서 일면식도 없는 사이입니다. 그 와중에도 정신적으로 위로가 되는 동료가 있는 반면 정신적으로 무척이나 괴롭힌 고참 병사도 있습니다. 이런저런 부류의 사람을 다양하게 만난 경험이 사회에 나와서 천태만상의 다양한 사람을 만났을 때 많은 도움이 됐습니다.

흔히 화목한 부부를 보고 '천생연분'이라고 합니다. 예전에 한 방송에서 오랜 세월을 해로한 할머니가 할아버지를 보고 "천생연분이 아니라 평생원수"라고 얘기하는 걸 보고 한참 웃은 적이 있습니다. 사람의 관계도 그렇습니다. 좋은 인연은 좋은 인연대로, 좋지 않은 인연은 좋지 않은 인연대로 소중한 사실을 보면 '만남 자체가 고마움'이라고 할 수 있습니다. 실제로 무인도에 사는 사람이 가장 힘들어하는 것 중의 하나가 고맙다는 말을 해줄 대상이 없다는 사실입니다. 옆에 있는 사람에게 늘 "고맙고 감사하다"는 말과 행동하는 습관, 부모님이나 훈련과정에 매진하는 젊은이들이 잊지 않았으면 좋겠습니다.

025

세렌디피티

장수를 얘기할 때 용장(勇將)은 지장(智將)을, 지장은 덕장(德將)을, 덕장은 운장(運將)이나 복장(福將)을 이길 수 없다고 합니다. 용장은 지혜는 부족하나 힘이 세고 무예가 출중해 용감하게 싸우는 장수를, 지장은 무예는 부족하나 지혜로 싸우는 장수를 말합니다. 덕장은 지혜로움으로 부하들을 잘 다스려 전쟁에서 승리를 이끌어내는 장수를 의미합니다. 가장 뛰어나다고 평가받는 운장이나 복장은 자기 확신과 믿음으로 온갖 어려움을 헤쳐 나가는 장수를 말합니다.

세상을 살펴보면 어떤 사람은 성공을 하고 어떤 사람은 실패를 합니다. 성공과 실패의 원인을 살펴봐도 큰 차이가 없을 때가 많습니다. 그래서인지 '운도 실력'이란 말도 나옵니다.

실제로 운이 실력인지를 알아보기 위해 나선 사람이 있으니 바로 영국의 리처드 와이즈먼이란 심리학자입니다. 그는 '스스로 운이 좋다'고 느끼는 사람들은 관찰력이 뛰어나므로 많은 기회를 얻는 게 아닐까 생각했습니다. 이를 증명하려고 재치가 넘치는 실험을 고안했습니다.

와이즈먼은 모든 연령대와 직업군을 망라해 400명의 삶을 10년 동안 살폈습니다. 그들에게 운이 좋다고 느끼는지 아니면 불운하다고 느끼는지 인터뷰도 하고 관찰도 하면서 그들의 삶을 평가했습니다.

그가 수행한 실험 중에는 신문을 나눠주고 그 안에 있는 사진의 개수를 묻는 과제도 있습니다. 스스로 불운하다고 느끼는 사람들은 과제를 수행하는 데 평균 2분가량이 걸렸습니다. 스스로 운이 좋다고 생각하는 사람들은 몇 초 만에 과제를 끝냈습니다. 비결은 엉뚱한 데 있었습니다.

와이즈먼은 신문의 두 번째 면에 눈에 잘 띄도록 크고 굵은 글씨로 '더 이상 세지 마세요. 이 신문에는 사진이 43장 있습니다'고 적어놓았습니다. 더 안쪽에는 '더 이상 세지 마세요. 지금 이것을 봤다고 실험자에게 말하고 250달러를 받으세요.' 하는 문구를 발견하기 쉽게 큰 글자로 표시해두었습니다. 운이 나쁘다고 스스로 여기는 사람들은 두 문장을 보지 못했고 결국 사진을 세느라 2분의 시간을 허비했습니다.

또 리처드 와이즈먼은 운이 좋다고 느끼는 그룹과 불운하다고 느끼는 그룹을 사과 과수원에 모아놓고 여러 차례 가능한 한 많은 사과를 담아오도록 실험을 했습니다. 불운하다고 여기는 사람들은 매번 같은 장소로 가서 점점 더 적은 양의 사과를 가져왔고 운이 좋다고 여기는 사람들은 한번 간 장소를 다시는 찾지 않았으며, 매번 바구니에 가득 사과를 담아왔습니다.

영어로 serendipity는 '뜻밖의 발견, 운 좋게 발견한 것'을 뜻하는데 더 자세하게는 '준비하는 사람에게 오는 운명적으로 예정된 행운'을 의미합니다. 2001년에 만든 로맨스 영화의 제목으로 쓰였으며, 존 큐색과 케이트 베킨세일이 주연을 맡았습니다. 남녀가 우연히 만나 사랑에 빠지는 얘기인데, 우연한 만남 자체가 운명적인 행운이었습니다.

와이즈먼의 실험에서 보듯이 '세렌디피티'에 대한 기대치가 다른 그룹은 주변 세계를 보는 방식이 달랐습니다. 운이 좋다고 생각하는 사람은 주변을 꼼꼼하게 살폈으며 힌트를 잘 발견했습니다. 운 좋은 발견을 하는 사람들은 관찰력이 뛰어난 게 특징이었습니다.

많은 기업인이 자신의 성공을 운으로 돌리기도 합니다. 세계 최대의 온라인 상점인 아마존의 창업자 제프 베이조스는 차고에서 재미 삼아 중고 책 몇 권을 판 경험이 자신의 세렌디피티였다고 설명합니다. 페이스북을 만든 마크 저커버그도 자신의 성공이 세렌디피티 덕분이었다고 말합니다.

운이 좋은 사람들은 언제든지 의외의 일을 마주칠 마음의 준비가 되어 있는 반면, 불운하다고 여기는 사람들은 마음의 문을 닫아놓는 경향이 있습니다. 운 좋은 발견을 하는 사람들은 공통적으로 관찰력이 뛰어나고, 정보를 잘 찾는 재능이 있습니다. '운도 실력'이라는 게 빈말은 아닌 셈입니다.

과거 국정최고책임자가 "군대에 가서 몇 년씩 썩는다"는 표현을 써서 크게 논란이 된 적이 있습니다. 저도 예비역 육군 병장으로서 그다지 기분 좋은 느낌은 아니었습니다. 살다 보면 많은 사람을 만나는데, 나이 드신 팔순 어르신이나 50대 중장년이나 군대 얘기만 나오면 바로 어제 일처럼 설명하는 것을 자주 듣습니다. 군 생활이 인생 어느 과정에서도 겪기 어려운 특별한 경험이기에 기억에 또렷이 각인되는 것입니다. 새로운 사람을 만나고 새로운 환경에 적응하는 과정이 '인생의 큰 공부'였다고 말하는 분이 많은 것을 보면, 군 생활이 반드시 낭비는 아닌 게 확실합니다. 우리의 젊은 자제들도 '군 복무가 또 하나의 세렌디피티'가 되도록 매일매일 새로운 깨달음을 얻어 정신적으로 성숙했으면 좋겠습니다.

026

마음공부 '일체유심조'

일체유심조(一切唯心造)는 불교에서 나온 용어입니다. 세상의 모든 본체는 오로지 마음에 달려 있다는 뜻입니다. 신라의 원효대사, 중국 당나라의 혜능 스님 등이 일체유심조의 사례를 보여주는 유명한 일화를 남겼습니다.

원효대사는 661년 의상대사와 함께 당나라 유학길에 올랐다가 당항성(지금 경기도 화성)에 이르러 어느 무덤 앞에서 잠을 잤습니다. 잠결에 목이 말라 옆에 놓여 있는 바가지의 물을 달게 마셨는데, 잠에서 깨어보니 바가지가 아니라 해골이었습니다. 너무나 놀라 먹은 것을 토하려다가 문득 모든 것은 마음에 달렸다는 큰 깨달음을 얻어 그 길로 유학을 포기했다는 일화입니다.

중국 선(禪)불교를 중흥한 혜능 스님은 마음이 악하면 행동이 악하고, 마음이 선하면 행동이 선하며, 마음이 깨끗하면 온 세상이 청정하고, 마음에 때가 끼면 온 세상이 더러워진다고 설명했습니다. 모든 일이 마음에서 비롯된다는 것입니다. 혜능 스님은 어느 날 스님

두 명이 바람에 나부끼는 깃발을 보고 다투는 광경을 봤습니다. 한 스님은 깃발이 움직인다고 하고, 다른 스님은 바람이 움직인다고 주장했습니다. 혜능 스님은 이를 보고 움직이는 것은 바람도 깃발도 아니며 당신들의 마음이 움직이는 것이라고 지적했습니다.

프랑스의 철학자 블레즈 파스칼은 『팡세』에서 '사람은 생각하는 갈대'라고 했습니다. 학창 시절에는 연약한 사람을 갈대에 비유한 것이라고 배웠는데, 지금 생각해보면 사람의 마음이 갈대처럼 마구 흔들리니까 갈대에 비유한 것이라고 여겨집니다.

마음이 모든 것임을 강조한 원효대사가 지은 글에 『발심수행장』이 있습니다. 불교에 막 귀의한 사미승이나 불교 초심자들에게 교훈이 되는 글이 많아 지금까지 인기가 높습니다. 종교에 관계없이 성인이 되어가는 젊은이들이 가슴 깊이 간직할 만한 대목이 많아 옮겨봅니다.

　오늘도 벌써 저녁이더니 어느새 내일 아침이 되는구나. 쉼 없이 시간이 흘러 금방 밤낮이 지나가고, 쉼 없이 하루하루가 바뀌고 빠르게 흘러 한 달 그믐이 지나간다. 쉼 없이 한 달 한 달이 바뀌어 홀연히 일 년이 되고, 쉼 없이 한 해 한 해가 바뀌어 잠깐 사이에 죽음의 문턱에 이른다. 부서진 수레는 굴러가지 못하고, 늙은 노인은 공부를 할 수가 없다. 누워 있으면 게으름만 생겨나고 앉아 있으면 어지러운 생각만 일어난다. 몇 생을 이 공부를 떠나 헛되이 밤낮을 보냈건만, 이번 생에도 어찌 공부하려는 마음을 내지 않는가!

동서양 가릴 것 없이 많은 분이 마음공부에 대한 훌륭한 격언을 남겼습니다. 하루하루를 내 생의 마지막 날이라고 여긴 로마의 철학자 세네카는 매일 저녁 자신에게 세 가지 질문을 던졌습니다.

"나는 오늘 어떤 나쁜 버릇을 고쳤는가, 나는 어떤 잘못에 맞섰는가, 나는 어떠한 면에서 더욱 나아졌는가?"

공자의 제자인 증자는 일일삼성(一日三省)을 말했습니다.

첫째, 남을 도와줄 때 정말로 양심의 가책을 느끼지 않을 만큼 성실하게 도와주었는가.

둘째, 친구와 교제할 때 신의 없는 행동은 하지 않았는가.

셋째, 스승에게 배운 바를 잘 익혔는가.

엊그제 입영한 것 같은데 벌써 4주가 지나고 있습니다. 종교활동을 하는 일요일 아침에 아들이 전화를 했습니다. 입영하기 전에 살이 약간 쪘는데 이제 9kg이 빠졌답니다. 목소리가 씩씩한 것을 보니 마음공부와 신체 단련에 잘 적응하는 것 같아 마음이 한결 푸근해집니다. 장마가 끝날 즈음이라 폭염이 예상되는데, 우리 젊은이들 더위 속에서도 흔들리지 않는 마음으로 매일매일 믿음직한 어른으로 성장할 것으로 믿습니다.

027

헌법수호자

　대한민국의 헌법 제1조 1항은 "대한민국은 민주공화국이다"입니다. 헌법에 나오는 첫 문장이므로 많은 사람이 잘 기억합니다. 하지만 "민주공화국이 그럼 어떤 의미인가?" 하고 물어보면 시원스럽게 답하는 사람은 거의 없습니다. 설명을 하지 못한다는 것은 모른다는 것과 마찬가지일 것입니다.

　헌법을 영어로 'Constitution'이라고 하는데, 라틴어 'Con(함께)'과 'stitutum(수립된 상태)'을 합친 단어입니다. 서양에서는 국가의 기틀을 만드는 차원에서 헌법의 중요성을 강조합니다. 우리말 헌법이란 단어는 중국 노나라의 좌구명이 쓴 『국어(國語)』에 "선한 자에게는 상을 주고, 간악한 자에게는 벌을 주는 것이 나라의 헌법이다"라는 문장에 나옵니다. 동양에서 헌법은 나라를 유지하는 기본 원칙이라는 의미가 강합니다. 아무튼 헌법이 나라의 최고법이라는 데는 동서양의 해석이 일치합니다.

　민주공화국에서 민주(民主)는 "나라의 주인은 국민이다"라는 의미로 배워서 알고 있습니다. 반면 공화(共和)는 배운 적이 거의 없습니다. 사전에 보면 민주공화국은 '주권이 국민 전체에 있는 공화국으로, 공화국은 군주국에 대립되는 개념'이라고 되어 있습니다. 민주공화국은 국민이 나라의 주인으로서 권리를 행사하되, 국정의 책임은 특정 개인이 아니라 여러 사람이 나눠 부담한다는 의미입니다. 공화의 공(共)이라는 한자도 '두 사람이 두 손을 합쳐 물건을 받는 모습'을 표현한 것입니다. 이렇게 볼 때 민주공화국에서 민주는 국민의 권리가 되고, 공화는 나라를 유지하기 위한 국민의 책임과 의무라고 해석할 수 있습니다.

대한민국이 공화국이라면 우리도 마땅히 공적인 책임의식을 갖고 그에 걸맞은 행동을 해야 합니다. 국민의 의무로는 크게 '국방, 납세, 교육, 근로' 등 4가지를 꼽습니다. 이를 꼼꼼히 살펴보면 실제로 국민의 의무는 국방과 납세 2가지뿐입니다. 헌법 제38조에 "모든 국민은 납세의 의무를 진다"고 되어 있고, 제39조에는 "모든 국민은 국방의 의무를 진다"고 되어 있습니다. 그에 비해 교육과 근로는 권리이자 의무를 다 갖고 있습니다.

헌법 표현으로 볼 때 민주공화국인 대한민국의 진짜 국민이 되려면 국방과 납세의 의무를 충실히 이행해야 합니다. 국방을 제대로 해야 나라가 망하지 않고 보전되며, 세금을 제대로 걷어야 나라가 원활히 운영되기 때문입니다. 병역 의무를 제대로 이행하지 않았거나, 세금을 제대로 내지 않은 사람이 공직을 맡거나 목소리를 높이는 것은 국민정서뿐만 아니라 민주공화국의 이념에도 부합하지 않습니다. 공화국 이념이 강한 미국이 나라를 수호하는 군인과 경찰, 소방관을 우대하고, 국민을 납세자(taxpayer)라고 즐겨 부르는 데는 그만한 이유가 있습니다.

　요즘 국방의 의무도 제대로 이행하지 않으면서 애국을 외치고, 자신은 세금도 거의 낸 적이 없으면서 세금으로 모든 것을 해결하라고 목소리를 높이는 사람들이 너무나 많습니다. 나라를 유지하는 데 드는 부담과 비용을 "(내가 아닌) 다른 사람이 내면 된다"고 떠넘기는 사람이 너무나 많습니다. 그런 사람들은 "모든 것을 세금으로 해결하면 된다"고 하면서 누가 그 비용을 내야 하는지 물어보면 답변을 피합니다.

　국방과 납세를 소홀히 하는 나라는 역사 속에서 늘 쇠망의 길을 걸었고, 나라가 없어지면 헌법도 없어집니다. 미국의 케네디 대통령은 "국가가 당신을 위해 무엇을 할 수 있는지 묻지 말고 당신이 국가를 위해 무엇을 할 수 있는지 생각하십시오" 라고 말해 유명해졌습니다. 권리 주장보다는 책임을 먼저 앞세우는 정신이 튼튼하고 건강한 나라를 만드는 초석임을 강조한 명연설입니다.

　그런 측면에서 국방의 의무를 다하기 위해 군에 입대한 우리의 자녀는 민주공화국의 충실한 구성원입니다. 나라 살림살이를 위해 성실 납세를 하는 부모들도 민주공화국의 일원으로 자격이 충분합니다. 오늘 제헌절을 맞아 우리 젊은이들과 군 장병을 둔 부모님이 "진정한 헌법 수호자는 누구인가?" 하고 잠시 생각하는 시간을 가졌으면 좋겠습니다.

028

우수한 인재의 조건

요즘은 영어나 중국어 등 외국어에 능통한 젊은이가 많습니다. 대학을 갓 졸업한 한 젊은이가 외국어를 유창하게 구사할 수 있어, 나름 대기업에 적합한 인재라고 자부하고 있었습니다. 하지만 사정이 여의치 않아 생긴 지 6개월도 되지 않은 벤처기업에 취직을 합니다.

드디어 첫 출근을 했는데 회사 모습이 한마디로 엉망이었습니다. 사장부터 직원까지 촌스러운 옷차림에 후줄근한 모습인 데다 회사 관리방식은 체계가 잡혀 있지 않았습니다. 회사가 나아갈 방향도 뚜렷하지 않았습니다. 그는 "이런 회사가 어디 있어? 나처럼 우수한 인재가 고작 서류정리나 하고 심부름이나 하고 있다니…… 간단한 서류도 내가 번역해야 하고, 허구한 날 잡다한 보고서나 써야 하고……" 하면서 늘 사장과 동료를 원망하며 불평불만을 쏟아냈습니다. 어느 정도 회사에 익숙해지자 그는 평범하고 하찮은 업무는 아예 거들떠보지도 않고 미루기 일쑤였습니다. 그는 그저 조만간 큰돈이 오가는 대형 프로젝트만 맡는 날을 고대하며 보냈습니다.

그러던 어느 날 사장이 그를 불러 진지하게 얘기했습니다.

"당신은 확실히 인재인 것 같습니다. 이런 작은 회사의 업무를 별로 좋아하지 않고 일도 대충 하는 것 같아요. 그런 당신을 우리도 붙잡을 이유가 없습니다. 부디 당신에게 맞는 일자리를 찾기를 바랍니다."

화려한 미래를 꿈꾸던 그는 결국 꿈 근처에도 가지 못하고 실직자가 되고 말았습니다.

최근 만나본 젊은이들의 스펙을 보면 대단합니다. 스펙은 영어단어 'Specification'의 준말인데 취직을 원하는 젊은이들이 자신의 능력을 증명하는 자격증이나 시험 점수 따위를 가리키는 말입니다. 대학 졸업에 외국 어학연수, 각종 자격증 등을 갖추다 보니 '고학력, 고스펙'이 곧 '고(高)능력'이라고 생각합니다.

대기업에서 생각하는 인재는 이와 다릅니다. 얼마 전 만난 한 대기업 부장은 이런 얘기를 했습니다.

"신입사원이나 경력자 채용이나 중요한 것은 인품과 보고서 작성 능력입니다. 그리고 끈기와 지구력입니다. 인품이 좋다는 것은 조직에 융화가 잘되어 인적 네트워크가 탄탄하다는 것을 의미합니다. 바쁜 상사들은 A4 용지 한 장이나 길어도 두 장 이내로 요점만 정확히 정리해 보고하는 걸 원합니다. 그것은 곧 업무 파악을 잘했다는 증거이기도 합니다. 요즘 신입사원들에게 보고서 작성을 시키면 아예 소설을 쓰듯이 주절주절 말만 늘어놓고 맞춤법도 많이 틀립니다. 영어나 중국어는 좀 유창할지 몰라도, 보고서 한 장 못 쓰는 게 무

슨 인재입니까? 참을성이 있고 끈기 있게 업무에 매달려 해결해내
는 직원이 최고입니다."

　미래사회의 인재는 단순 반복적인 업무를 잘하는 게 아니라, 다
양한 상황을 헤쳐 나갈 수 있는 '문제해결능력을 갖춘 사람'을 말
합니다. 문제해결능력은 지적능력뿐만 아니라 비판적이며 창의적
인 사고능력, 조직원은 물론 조직 외부와 협동하고 소통하는 능력
등을 종합하는 능력입니다. 이를 위해 가장 필요한 게 끈기와 지구
력입니다.

　한국경영자총협회에서 전국 306개 기업을 대상으로 조사를 실시
했습니다. 그 결과 2016년 한 해 동안 신입사원 가운데 입사 1년 이
내에 퇴사한 비율이 27.7%에 달했습니다. 퇴사한 청년들은 폐쇄적
이고 경직된 업무구조, 창의와 혁신과 거리가 먼 조직 문화, 수직적
인 회사문화, 잦은 회식과 음주, 야근 등을 퇴사 이유로 꼽았습니다.
그들의 말도 나름 일리는 있지만, 눈높이를 낮춰야 자세히 보이는데
과연 그들이 눈높이를 낮췄는지 살펴볼 필요가 있습니다. 회사를 떠
난 그들이 다른 곳에서 얼마나 적응력을 잘 발휘할지는 의문입니다.

　기업 임원이나 정부 부처의 고위관료 가운데 신입사원 과정을 거
치지 않는 사람은 없습니다. 국내 굴지의 대기업 최고경영자 가운데
한 분은 상대를 졸업한 후 온갖 첨단기술을 망라한 전자제품을 해외
에 판매하는 업무를 맡았습니다. 기술과 외국어에 자신이 없던 그는
전자제품에 달린 긴 설명서를 영어로 모두 외운 다음 외국 바이어에
게 설명했다고 합니다. 이러한 끈기와 노력이 결국 그를 누구나 선

망하는 연봉 수십억 원의 최고경영자로 만들었습니다.

신병교육대의 훈련 과정은 진짜 군인으로 성장하기 위한 수습과 정입니다. 가정에서는 모두 '귀한 아들'이지만, 군에서는 가장 낮은 위치입니다. 이처럼 낮은 위치에서 본인을 단련하는 과정은 군대가 아니면 다른 곳에서 쉽게 겪을 수 없습니다. 현대 사회의 기업 조직은 원래 군대 조직을 본떠 만든 만큼 군 경험은 조직사회를 미리 체험하는 귀중한 학습이기도 합니다.

신병들의 훈련 과정을 보니 '각개전투와 숙영'이라고 되어 있습니다. 개인의 전투력을 높여주는 각개전투는 가장 고된 훈련과정 중 하나이지만 강인한 체력과 지구력을 길러줌과 동시에 마쳤을 때 크나큰 보람을 느낍니다. 요즘은 그렇지 않겠지만 예전에 고된 훈련이 끝나면 중대장이나 소대장이 휴식시간을 주면서 하는 말이 있습니다.

"담배 일발 장전!"

문득 그 말이 생각나는 하루입니다.

029

인향만리, 사람의 향기는 만리까지 퍼진다

지방을 여행하다 보면 지역 축제가 참 많이 열립니다. 그중 기억에 남는 행사가 지난 6월 전북 고창에서 열린 '제1회 전국 명품수박품평회'입니다. 왕수박 부문에서 대상을 수상한 수박은 무려 무게가 28kg이나 나갔다고 합니다. 대상을 차지한 분은 30여 년간 수박을 재배했다고 하니 단연코 수박에 관해서는 대한민국 최고의 전문가입니다.

외국에도 이런 축제가 많은데 미국에서는 가을에 '호박품평대회'를 많이 엽니다. 호박의 크기도 어마어마해서 어른 몸무게보다 더 큰 호박도 있습니다.

이러한 호박품평대회에서 해마다 1등상을 타는 농부가 있습니다. 그는 1등상을 타면 매번 자신이 개량한 씨앗을 조금도 아까워하지 않고 이웃 사람들에게 나눠주었습니다.

농부의 행동에 감동한 이웃이 궁금증을 참지 못하고 물었습니다.

"호박 씨앗의 품종을 개량하느라 많은 시간과 노력을 들인 것으로 압니다. 매번 1등상을 받기도 어려운데, 어째서 매번 본인이 공들인 씨앗을 인심 좋게 나눠주나요?"

농부가 웃으면서 대답했습니다.

"씨앗을 나눠주면 이웃에게 도움이 되는 것은 맞습니다. 하지만 알고 보면 저를 돕는 것이기도 합니다. 제가 아까워할 이유가 없습니다."

그렇게 말하고 농부는 그 이유를 상세히 설명했습니다. 농부가 사는 마을은 대부분 호박 농장을 운영합니다. 따라서 농부가 좋은 씨앗을 나눠주면 마을 전체가 호박 품종을 개량하는 효과가 있습니다. 반면에 농부가 혼자만 좋은 씨앗을 갖고 있으면 이웃 농장은 농부의 품종을 따라잡기 어렵습니다. 문제는 꿀벌이나 나비가 꽃가루를 옮기는 과정에서 농부의 농장은 물론 이웃 농장까지 왔다 갔다 한다는 사실입니다. 그렇게 되면 이웃 농장의 질이 떨어진 품종의 꽃가루가 농부의 우수한 품종과 섞여 농부가 기르는 호박의 질이 나빠진다는 것입니다. 농부로서는 이처럼 나쁜 사태를 막고 우수한 품종을 지키기 위해서라도 이웃에게 좋은 씨앗을 나눠주는 게 오히려 현명한 행동이었던 것입니다.

사람들을 만나다 보면 '화향백리(花香百里) 주향천리(酒香千里) 인향만리(人香萬里)'라는 말을 자주 듣습니다. 꽃의 향기는 백리를 가고, 술의 향기는 천리를 가지만, 사람의 향기는 만리까지 널리 퍼져 나간다는 얘기입니다.

영국의 소설가 제임스 매슈 배리는 어린이들이 좋아하는 『피터

팬』의 작가로 유명합니다. 그는 "남의 삶에 햇볕을 비추는 사람은 스스로도 햇볕을 받기 마련이다"는 말을 남겼습니다. 남에게 햇볕을 비추는데 그 반작용으로 천둥과 번개가 돌아오지는 않을 것입니다. 우리 젊은이들도 늘 서로에게 따스한 햇볕을 비추는 사람이 되기를 기대합니다.

030

인생대학

고 이병철 삼성 회장과 고 정주영 현대 회장은 대한민국 경제를 일으킨 대표적인 기업인으로 유명합니다. 김종필 전 국무총리는 자서전에서 "이병철 회장은 한번 결심하면 그 일은 틀림없이 최상으로 해내고 마는 사람이고, 정주영 회장은 일단 해내야겠다는 생각이 들면 '실패를 해도 할 수 없다'며 덤벼드는 사람이다"라고 썼습니다.

정주영 명예회장은 집안이 가난하여 최종 학력이 소학교(초등학교) 졸업에 불과합니다. 가난을 벗어나겠다는 열망 하나로 몇 번의 가출을 시도해 공사판 막노동 등 닥치는 대로 일을 하여 훗날 현대 그룹을 만들었습니다. 과거 박정희 대통령이 정주영 회장을 청와대로 불러 "소학교 출신이 우리나라 최고 명문대를 나온 직원을 어떻게 그렇게 잘 다룹니까?" 하고 물었습니다. 정주영 회장이 "저도 대학 출신입니다" 하고 대답합니다. 박 대통령이 놀라며 "아니, 어느 대학 말입니까?" 했더니, 정 회장이 "신문대학을 나왔습니다. 제가 누구보다 신문을 열심히 읽습니다" 하고 응답해 크게 웃었다는 일화가 있습니다.

요즘은 신문을 읽는 사람이 많지 않고, 특히 젊은이들은 대부분 인쇄매체를 멀리합니다. 그러니 정주영 회장 같은 신문대학 출신도 드물고, 신문대학이 필수과정도 아닙니다. 이러한 신문대학과 달리 모든 사람이 반드시 가야 하는 대학이 있습니다. 바로 UHK대학으로 미국에서 비즈니스 컨설팅을 하는 샘 혼이라는 사람이 소개한 일화에 나오는 대학입니다.

한 전문직 여성이 학력에 관한 질문을 받을 때마다 곤란을 겪었습니다. 대학을 나오지 않았기 때문입니다. 한번은 그녀가 발표를 하는데 누군가가 물었습니다.

"어느 학교를 나왔습니까?"

그녀는 순간적으로 "UHK를 나왔다"고 답변했습니다. 사람들이 생전 처음 듣는 대학 이름이라서 어리둥절해하자 그녀가 설명했습니다.

"UHK는 'University of Hard Knocks'의 약자입니다."

'Hard knocks'란 역경과 고난, 불운 등을 의미합니다. 그러니까 '고난과 역경의 대학이니, 인생 대학'이란 의미입니다. 청중은 박장대소를 하면서 그녀의 현명한 대답에 다들 고개를 끄덕였습니다.

모든 사람이 다니는 인생대학은 잘 포장된 고속도로가 아닙니다. 울퉁불퉁한 자갈길이 대부분입니다. 이러한 길을 피할 수 있는 사람은 없습니다. 이와 관련해 『잃어버린 시간을 찾아서』를 쓴 프랑스의 소설가 마르셀 프루스트는 "새로운 풍경을 찾아보는 대신 보는 눈을 새롭게 하라"고 조언합니다. 인생대학을 다니면서 보는 눈을 새롭게 하면 모든 풍경이 달라진다는 것입니다.

　군 복무는 대한민국 젊은이라면 반드시 이수해야 할 인생대학의 필수과정입니다. 다들 지금까지 잘 배우고 있는 것 같아 마음이 든든합니다. 오늘도 훈련에 매진하고 있는 젊은이들에게 등산을 좋아하는 사람들이 즐겨 쓰는 "눈은 멀고, 발은 가깝다"는 말을 전해주고 싶습니다. 등산을 시작할 때 보면 산 정상이 아득히 멀게 보입니다. 그러나 힘들어도 한발 한발 나아가다 보면 어느새 정상에 서 있는 자신을 발견합니다. 군 생활도 이와 마찬가지일 겁니다.

　우리의 젊은이들이 군복을 입은 게 엊그제 같은데 어느덧 한 달이 지났습니다. 매일매일 충실하게 훈련받고 생활하다 보면 인생대학의 가장 힘든 과정이라는 군 복무를 우수한 성적으로 졸업하리라고 믿습니다.

031

행복총량의 법칙

점심 약속 때문에 시내에 나갔다가 흥미로운 영화 포스터를 보았습니다. 「지랄발광 17세」라는 미국 코미디 영화인데 작은 글씨로 '이번 생(生)은 망했어!'라는 문장이 엉뚱하면서도 발랄한 느낌을 주어 눈에 확 들어왔습니다. 엄마, 절친한 친구, 선생님 등 주변의 누구 하나 자신에게 도움이 되지 않는다고 생각하는 10대 소녀의 성장기를 그린 영화로 코미디 영화답게 더 나은 삶을 위해 나아간다는 게 결론입니다.

영화 포스터를 보면서 많은 부모가 알고 있는 '지랄 총량의 법칙'이 떠올랐습니다. '지랄'은 마구잡이로 법석을 떨며 이성을 상실한 채 분별없이 하는 행동을 속되게 이르는 말입니다. 모든 사람에게는 평생 쓰고 죽어야 하는 지랄의 총량이 정해져 있다는 것입니다. 어떤 사람은 그 지랄을 사춘기에 다 떨고, 어떤 사람은 결혼 후에 도박, 음주, 게임 등 다양한 형태로 나타나기도 하지만 어쨌거나 죽기 전까지 반드시 지랄의 총량을 쓰게 되어 있다는 말입니다. 사춘기 자녀 때문에 애가 타는 부모들을 위로하는 말이면서도 왠지 공감이 가는 말입니다.

인류가 태어난 이래 부모들의 최대 관심사는 자녀 교육이었습니다. 훌륭하게 키워 어엿한 어른으로 성장하는 것을 지켜보는 게 최대의 즐거움이었습니다. 지금부터 약 5000년 전에 오늘날 이라크 지역에는 인류 최초의 문명이라는 수메르 문명이 태어났습니다. 수메르인이 남겨둔 점토판을 보면 별의별 이야기가 나오며, 거기에 학교도 등장합니다. 교사가 산만하기 그지없는 학생을 체벌하자 학생이 아버지에게 가서 '뇌물' 얘기를 꺼내고 아버지는 교사를 초청해서 촌지를 건넵니다. 또 매일 놀기만 하는 아들을 보고 아버지가 "학교에 가지 않고 빈둥빈둥 놀기만 하니 걱정이다. 저 녀석이 공부를 열심히 해야 할 텐데, 분위기에 어울려 매일 친구들이랑 광장이나 시장에 가서 놀고 있으니……" 하고 한숨짓는 대목도 나옵니다. 지금으로 따지면 매일 친구들이랑 PC방을 가서 게임을 했나 봅니다. 어린 자녀가 공부하기 싫어하는 대목도 나옵니다. "오늘도 수업 시간에 늦어 회초리를 맞았다. 이 지겨운 학교, 언제나 쉴 수 있으려나!"

자식 키우기는 옛날이나 지금이나 이렇게 힘든 일입니다. 늘 미운 짓만 골라 하는 자녀들이지만 '핏줄이 웬수'인지라 그래도 미워할 수 없는 게 부모와 자식 관계입니다. 이와 관련해 자녀를 대할 때 근심과 걱정의 눈이 아니라 행복한 기억의 눈으로 바라보면 색다르게 보인다는 이야기도 있습니다.

이를 보여주는 심리학자들의 실험이 있는데, 심리학자들은 두 가지 질문을 설정해 조사를 했습니다. 질문 두 가지는 "당신은 행복하십니까?"와 "당신은 지난달에 약속이 몇 번 있었나요?" 하는 것이었습니다. 먼저 "당신은 행복하십니까?" 하고 물었을 때 행복하다고 대답한 비율은 12%였습니다. 그런데 두 번째 질문을 먼저 묻고 그다음에 "당신은 행복하십니까?" 하고 물었더니 그 비율이 66%로 올라갔습니다.

첫 번째 질문을 먼저 하면 사람들은 행복의 범위를 너무 넓게 생각해 답변을 잘 못합니다. 반면, 약속이 몇 번 있었느냐고 질문한 후에 행복하냐고 물어보면, 사람들은 약속의 횟수와 그날의 즐거운 경험을 자연스럽게 행복의 기준으로 삼습니다. 사람들이 행복을 잘 느끼지 못하는 데는 종종 그것을 너무 복잡하고 어렵게 생각하는 데 원인이 있다는 것입니다. 자녀와 함께하는 식사 시간과 소소한 농담, 즐거운 여행 기억 등을 생각하면 인생은 생각보다 훨씬 더 아름답다는 게 심리학자들의 결론입니다.

로마의 철학자이자 정치가이던 루키우스 세네카는 "행운이란 준비가 기회를 만날 때 일어나는 것이다"는 말을 남겼습니다. 부모가 해야 할 일은 자녀들이 인생을 잘 준비하도록 돕는 것이고, 자녀가 할 일은 스스로 미래를 잘 준비하는 일입니다. 이렇게 준비가 잘된 젊은이들은 기회를 잘 잡는 어른으로 성장할 수 있으며, 이러한 행운이 쌓일 때 '행복 총량'도 급격히 늘어날 것입니다. 살면서 단 한 번 체험하는 군 복무도 인생의 긴 여정을 생각하면 '아무나 할 수 없는 귀중한 준비과정'이 아닐까 생각합니다.

032

걱정 줄이기

미국의 7대 대통령인 앤드루 잭슨은 수많은 전쟁에 직접 참여한 전쟁영웅입니다. 8년간 대통령 업무를 수행한 후 테네시 주에 있는 농장에서 말년을 보낼 때는 건강이 많이 나빴습니다. 젊은 시절 입은 여러 부상과 오랜 피로가 누적됐기 때문입니다. 특히 가족 가운데 몇몇이 신체마비가 오는 중풍으로 고생하는 것을 보면서 자신도 결국 그들과 비슷한 증상을 겪을 것이라고 생각했습니다. 매일매일 자신의 건강 상태를 걱정하다 보니, 삶 자체가 매우 불안하고 행복을 느끼지도 못했습니다.

하루는 그가 어느 소녀와 체스를 두고 있었습니다. 한참을 게임에 몰두하던 그가 갑자기 손을 아래로 힘없이 늘어뜨렸습니다. 누가 봐도 중풍으로 마비증상이 온 병자와 같았습니다.

잭슨이 힘없는 목소리로 말했습니다.

"결국 마비가 왔나봐. 중풍이 분명해. 내 오른쪽 다리를 몇 번이나 꼬집어 봤는데 전혀 아프질 않아!"

소녀가 잭슨을 쳐다보고 한마디 쏘아붙였습니다.

"아저씨! 조금 전에 꼬집은 다리는 제 다리였어요!"

사람들의 삶은 늘 '걱정의 연속'입니다. 직장 걱정, 집 마련이나 집 늘려가는 걱정, 부모 걱정과 자식 걱정, 건강 걱정 등은 건전한 편에 속합니다. 남의 집 가정사 걱정과 나라 걱정은 물론 세계 평화까지 걱정을 합니다. 다른 나라에서 지진이 나면 지진 걱정을 하고, 머나먼 중남미에서 모기가 설치면 갑자기 모기 걱정을 합니다. 우주영화를 보고 나면 혹시 혜성이 지구와 충돌하지 않을까 걱정합니다. 과학적으로 충분히 증명된 사실을 공신력 있는 곳에서 발표해도 '믿지 못하겠다'며 걱정합니다.

미국의 심리학자인 어니 젤린스키는 『느리게 사는 즐거움(Don't hurry, Be happy)』에서 걱정에 대해 이야기합니다. 워낙 유명한 표현이어서 많은 사람이 이미 들어봤을 것입니다.

"걱정의 40%는 현실에서 일어나지 않는다. 걱정의 30%는 이미 일어난 일에 대한 것으로 걱정 자체가 의미가 없다. 걱정의 22%는 안 해도 그만인 아주 사소한 것이다. 걱정의 4%는 우리 힘으로도 어쩔 도리가 없는 것들이다. 진짜 걱정해야 할 부분은 모든 걱정의 4%에 불과하며, 이 4%만이 우리가 바꿀 수 있는 것이다. 그런데 불과 4% 때문에 나머지 96%까지 걱정을 하며 산다."

비행기나 배를 타는 것을 걱정하는 사람들이 많습니다. 세계로 시각을 넓혀보면 비행기 사고가 1년에 몇 차례 일어나기는 하지만, 확률적으로 비행기 사고는 제로에 가깝습니다. 250만분의 1이라는 말도 있는데 워낙 낮습니다. 자녀가 미국이나 유럽으로 공부를 하러 떠난다고 하면 부모는 자동차로 인천공항까지 실어다 주고 무사히 잘 도착했는지 마음을 졸이며 전화를 기다립니다. 흥미롭게도 자녀가 비행기로 여행 중 사고당할 확률보다 부모가 인천공항에서 집으로 돌아오는 길에 사고를 당할 확률이 3배 이상 높다고 합니다. 더 걱정해야 할 대상은 부모의 자동차 운전인 셈입니다. 걱정에 대한 진실을 우리의 젊은이들이 많이 알았으면 하는 마음입니다.

연일 폭염이 이어지고 있습니다. 많은 부모가 훈련에 매진하는 우리 젊은이들을 걱정하고 계실 것입니다. 제가 보기에 20대 청춘은 워낙 신체가 건강해 어지간한 더위에도 끄떡 없이 견딥니다. 그들보다 더 걱정되는 게 찜통더위에 더 약한 부모입니다. 건강을 먼저 챙겨야 할 대상은 훈련을 받는 우리의 젊은이가 아니라 일터와 집에서 열기를 견뎌내는 부모입니다.

내주에 수료식이 있습니다. 연일 30도를 훌쩍 넘는 무더위에 건강을 잘 지켜야 훈련을 마치고 수료식을 하는 우리의 젊은이들을 반갑게 만날 수 있을 것이라고 생각합니다.

033

진짜 교육

부모의 최대 관심사는 뭐니 뭐니 해도 자녀교육입니다. 자녀의 두뇌 발달을 위해 세상에 나오기 전부터 태교를 합니다. 좋은 학교, 좋은 선생님을 찾아주려는 노력은 자녀가 걸음마를 뗄 때부터 시작합니다. 국어사전을 찾아보니 교육(敎育)은 '지식과 기술 따위를 가르치며 인격을 길러줌'이라고 풀이되어 있습니다. 사전적 의미로 살펴볼 때, 교육에 대한 접근 방법은 동양과 서양이 많이 다른 것 같습니다.

동양의 정신세계를 주도한 유교 문화의 대표적인 스승은 누가 뭐래도 공자입니다. 공자의 언행을 기록한 『논어』를 보면 제자들과 묻고 답하는 내용이 많이 나옵니다. 이러한 문답식 교육은 세월이 흐르면서 사라집니다. 유교 경전이 과거시험의 교과목이 되면서 선현의 가르침은 무조건 따라야 한다는 식의 주입식 교육을 합니다. 조선시대의 정신세계를 지배한 주자학과 관련해 "모든 경전해석은 반드시 주자(朱子)의 해석을 따라야 한다"며 주자학을 '무오류, 무결점,

신성불가침'으로 공언한 유학자까지 나옵니다. 경전 해석이 다른 사람을 '사문난적(斯文亂賊)'으로 몰아 정치적으로 공격하는 붕당정치가 횡행했는데, 주입식 교육과 남의 생각을 존중하지 않는 '나쁜 전통(?)'은 지금까지 이어지는 듯합니다.

서울의 한 명문대학교에서 A 학점을 받으려면 교수의 강의 내용을 토씨 하나 틀리지 않고 적어놓았다가 시험지에 그대로 옮겨 적어야 한다는 얘기도 있습니다. 그러다 보니 교육을 받고 나서도 자신의 생각이 거의 없으며, 사고방식이 모두 천편일률적이어서 다양함과 다름을 수용하는 능력이 부족합니다. 인터넷 등에서 자신과 생각이 조금 다르다고 무차별적으로 비난하고 공격하며 싸우는 것을 쉽게 볼 수 있습니다. 교육(敎育)이라는 한자 자체도 가르치고 기른다는 의미이니, 배우는 학생보다는 가르치는 선생님과 부모의 교육관이 반영돼 있는 것 같습니다.

서양의 교육은 방향이 많이 다릅니다. 영어로 교육(education)이란 단어는 라틴어 'educare, educere(끌어내다)'에서 나왔습니다. educare는 정신적 잠재력을, educere는 육체적 잠재력을 이끌어내는 것을 의미합니다. educare에는 '어머니가 아기에게 젖을 물리다'는 의미도 담겨 있는데, 수유할 때 아기가 스스로 젖을 빨아야 영양분을 공급받을 수 있기 때문입니다. 이를 교육에 적용하면 교육을 받는 학생이 능동적으로 교육 과정에 참여해야 진정한 교육이 됩니다. 궁극적으로 교육의 의의는 "학생들에게 내재돼 있는 능력, 즉 잠재력을 끌어내 스스로 생각하고 행동하는 사람으로 키운다"에 있다는 것입니다.

　서양 문화의 대표적인 철학자 소크라테스의 교육이 문답을 통해 학생 스스로 생각하고 깨닫게 하는 데 있다는 데서 '서양식 교육'의 전통을 알 수 있습니다. 가르치는 사람과 배우는 사람이 서로 마음을 열고 빛나는 재능이나 감춰진 소질을 발견해나가는 것이 진정한 교육이란 의미입니다. 그래서 지금도 미국이나 유럽의 대학교육은 질문과 응답 위주로 가르칩니다.

　동양과 서양의 교육방식을 비교해볼 때 단순한 지식 암기나 반복 학습은 진정한 교육은 아닌 것 같습니다. 살아가는 과정에서 늘 마주칠 수밖에 없는 새로운 환경에서 해결책을 찾아내는 데 별다른 도움이 되지 않기 때문입니다. 인생에서 꼭 필요한 능력은 '생각하는 힘과 습관, 결정을 내릴 수 있는 판단력'입니다. 다재다능하면서도 어떤 환경에서도 살아갈 수 있는 강인하고 자립능력을 갖춘 사람으로 키워내는 게 진정한 교육입니다. 머릿속에 사실과 기술만 채워 넣는 게 아니라 세상을 이해하는 방식을 바꿔놓는 게 교육입니다. 아인슈타인은 "어떤 사실을 배우려고 대학에 갈 필요는 없습니다. 대학의 교육은 생각하는 법을 가르치는 데 있습니다" 하고 말했습니다. 약 2000년 전에 살았던 그리스인 역사가이자 철학자인 플루타르코스는 "교육은 양동이를 채우는 것이 아니라 불을 지피는 일"이라고 설명한 바 있습니다.

　교육에는 다양한 내용이 있습니다. 자기가 먹은 밥그릇을 개수대에 갖다놓거나 남에게 친절을 베풀며 고맙다는 인사를 하고, 넓은 마음으로 남에게 베푸는 일 등이 모두 교육입니다. 이러한 인성의 힘을 기르는 게 지식과 기술을 하나 더 쌓는 것보다 훨씬 중요할 것입니다. 그러한 측면에서 군 복무는 젊은이들을 신체적 정신적으로 강인하게 만드는, 인생의 결정적인 차이를 만들어내는 '진짜 교육과정'입니다.

특히 신병교육대의 훈련 과정은 늘 보살핌을 받고 살던 젊은이를 확 바꿔 스스로 생각하고 인내하는 '독립된 인격체'로 키운다는 점에서 의미가 큽니다. 신병 훈련이 거의 끝나가는 시점에서 훈련을 잘 견뎌낸 젊은이들을 격려하고, 젊은 청춘들의 교육 훈련과정을 정성껏 이끌어준 신병교육대 교육담당 장병들에게 감사의 말씀을 전합니다.

034

지혜는 또 다른 근력

전문가는 특정 분야에서 오래 일하거나 연구해 해당 분야에서 월등한 지식과 경험이 있는 사람을 의미합니다. 이러한 전문가들이 요즘 적지 않게 수난을 당한다고 합니다. 인터넷과 스마트폰으로 수많은 정보를 바로 검색할 수 있어서 전문가가 한마디만 잘못해도 바로 비난과 성토의 대상이 됩니다. 그러다 보니 얄팍한 인문 지식과 이런저런 사소한 것을 얘기하는 이른바 '잡학박사'들이 더 인기를 끕니다. 검색에서 달인의 경지에 오른 사람이 '똑똑한 사람(?)'으로 평가받기도 합니다. 정보의 홍수 속에서 과연 어떤 사람이 진짜 똑똑하고 현명한 사람인지 분간하기 어려울 정도입니다.

'사람들이 무엇인가를 안다는 것'에는 구분이 있습니다. 인터넷을 검색해 찾아보는 내용은 가치가 거의 없으며, 자신의 삶에도 별로 도움이 되지 않는 잡동사니가 대부분입니다. 군사용어로 첩보는 적과의 싸움에서 작전 수립에 도움이 되는 자료 가운데 아직 정보로 평가되거나 해석되지 않은 자료를 말합니다. 성숙하지 못한 파편 같은 사실과 거짓의 나열이 첩보입니다. 잡동사니와 같은 첩보가 분석과 평가를 거쳐 실제 문제해결에 도움이 될 수 있도록 정리하고, 이게 어느 정도 가치를 지닐 때 이를 정보라고 합니다. 정보는 사실을 기초로 하므로 인터넷에 떠도는 가짜 뉴스는 정보가 될 수 없습니다. 사실에 근거하지 않은 가짜 뉴스로 우김질을 하는 사람들은 대부분 정보가 아니라 첩보 수준에 머물러 있는 것입니다.

정보보다 상위 개념이 지식입니다. 지식은 정보가 자신의 몸에 쌓여 종합적인 연결체가 되고, 필요할 때 꺼내 쓸 수 있는 실체가 되는 것을 의미합니다. 이러한 지식은 명시지(明示知)와 암묵지(暗黙知)로 나눌 수 있는데, 명시지는 책이나 문서에 담긴 객관적 지식을 말하며 암묵지는 글로 드러낼 수 없는 지식을 말합니다.

암묵지의 사례로 유명한 고사가 『장자』에 나오는 착륜지의(斲輪之意, 수레를 깎는 느낌)라는 내용입니다. 중국의 춘추전국시대에 제나라 환공이 책을 읽는데 옆에서 수레바퀴를 깎고 있던 노인이 환공에게 "그 책의 내용은 옛사람이 남긴 찌꺼기에 불과하다"고 말합니다. 환공이 크게 화를 내며 그 이유를 묻습니다. 노인은 자신이 수레바퀴를 깎을 때 헐겁지도 빡빡하지도 않게 적절한 크기로 깎아야 하는데, 그것은 손으로 터득하고 느낌으로 알 수 있을 뿐 말로 설명할 수 없다고 얘기합니다. 이러한 기준으로 볼 때 이른바 잡학박사들이 이리저리 떠드는 내용이 바로 지식이 될 수는 없습니다.

지식보다 상위 개념이 지혜입니다. 지식이 쌓이고 쌓여 어떤 형태로든 자유롭게 변환할 수 있을 때 바로 '지혜로운 사람'이 됩니다.

철학자 소크라테스는 "지혜란 지식을 적절하고 옳게 사용할 줄 아
는 것"이라고 정의를 내렸습니다. 지식은 어떤 것을 알고 있다는 개
념인 데 비해, 지혜는 무난한 문제 해결능력을 의미합니다. 이러한
'첩보-정보-지식-지혜'의 발전 단계를 정확히 이해하는 사람이 '지
혜로운 사람'으로 발전할 수 있는 것입니다.

　교육의 진정한 목적은 자녀를 '진정한 인재', 즉 '지혜로운 사람'
으로 키우는 것입니다. 인터넷에서 본 것을 지식의 전부인 양 자랑
하는 사람들에게 이러한 지혜가 있을 수 없습니다. 지혜란 단순한
검색이 아니라 사색(생각)과 직접적인 체험으로 키울 수 있습니다.
그러한 측면에서 군 생활은 단순한 '책 공부'의 시간은 부족할지 몰
라도 '지혜의 근력'을 키우는 데 큰 도움이 될 것입니다.

035

제복이 존중받는 나라

미국의 한 여객기 기장이 공항에 도착하기 전에 기내 방송을 합니다.

"신사 숙녀 여러분! 저는 이 항공기의 기장입니다. 제가 특별히 전달할 사항이 있어 게이트 전에 항공기를 잠시 정지했습니다. 이 비행기에는 우리가 마땅히 존경하고 존중해야 할 승객이 있습니다. 그는 얼마 전 전쟁터에서 목숨을 잃은 군인으로, 지금 여러분 발밑 화물칸에 잠들어 있습니다. 그분의 에스코트는 육군 병장이 맡고 있으며, 숨진 군인의 아버지, 어머니, 아내 그리고 어린 딸(2세)도 우리와 함께하고 있습니다. 비행기가 멈추면 이 가족 이 먼저 내릴 수 있도록 잠시 자리에 앉아 계시길 부탁드립니다."

잠시 후 비행기가 멈추자 모든 승객은 기장의 안내대로 자리에 그대로 앉아 있었습니다. 그리고 가족이 일어서서 짐을 챙기기 시작했을 때 승객은 박수로 그들을 격려했습니다.

이 이야기는 여객기 기장이 관련 내용을 SNS에 올리면서 널리 퍼졌습니다. 그 글에는 전사한 군인을 호위하는 육군 병장에게 무슨 사연인지 묻는 대목이 있습니다. 병사는 "그분은 지금 고향 버지니아로 돌아가시는 중입니다"고 답합니다. 고향에서 영면하기 직전까지 마치 살아 있는 군인으로 대우하는 것입니다.

군인, 경찰관, 소방관의 상징은 제복입니다. 제복은 사람들의 마음을 움직이는데 이를 심리학적으로 '제복 효과'라고 합니다.

미국의 심리학자인 존슨과 다우닝이 여학생 20명을 두 그룹으로 나누어 실험을 했습니다. 절반에게는 백인우월주의 단체로 악명이 높던 KKK단과 유사한 복장을, 다른 절반에게는 간호사 제복을 제공했습니다. 어떤 사람에게 문제를 내어 상대방이 틀린 답을 말하면 여학생들이 전기 쇼크를 주도록 하는 실험인데 결과는 두 그룹이 크게 달랐습니다. 간호사 제복을 입은 여학생들은 쇼크가 작은 버튼을 눌렀고, 과격한 KKK단과 유사한 가운을 입은 여학생들은 쇼크가 강한 버튼을 눌렀습니다. 복장에 따라 그들의 마음이 '천사와 악마'로 갈린 것입니다.

하조 애덤과 애덤 갈린스키라는 학자는 제복과 업무 수행능력의 상관관계를 실험했습니다. 그 결과 흰 가운을 입은 사람이 입지 않은 사람보다 업무 수행력이 높았습니다. 흰 가운을 입은 사람은 그렇지 않은 사람에 비해 실수도 절반에 불과했다고 합니다.

제복은 책임과 의무, 헌신과 신뢰의 상징입니다. 군인, 경찰관, 소방관의 제복은 나라의 방패이자 기강입니다. 군복은 국가 안보에 대한 책임과 의무를 의미하며, 경찰관과 소방관의 제복은 국민 안전에 대한 헌신을 뜻합니다. 의사와 약사의 하얀 가운은 사람들의 신뢰감을 높여줍니다. 여객기 기장과 승무원의 세련된 제복, 여객선의 선장과 선원의 깔끔한 복장, 판매점 직원의 단아한 단체복은 고품격 서비스를 의미합니다. 공장이나 건설현장의 제복은 동료의식의 상징이기도 합니다.

이러한 제복 가운데 가장 존경과 존중을 받아야 할 제복은 군인, 경찰관, 소방관 들의 제복입니다. 그들이 존중받아야 할 진정한 이유는 제복의 주인이 국민이기 때문입니다. 국민의 생명과 재산을 지키라고 국민이 입혀준 제복인 것입니다. 그들의 제복은 생명을 바치고 난 후 마지막 길에 입는 수의(壽衣)가 되기도 합니다. 이처럼 고귀한 제복이 바로 서야 나라가 바로 서고 국민이 편안해집니다. 제복이 훼손되면 우리 사회가 불안정해지고 그 피해는 고스란히 국민에게 돌아갑니다.

대한민국의 역사는 제복의 희생 위에 만들어졌습니다. 한국전쟁과 월남전쟁, 연평해전 등 대한민국을 위해 산화한 수많은 제복이 있기에 후손의 삶이 있고 민주주의가 있으며 휴가와 소풍이 있습니다. 목소리만 키우는 사람들, 우르르 몰려다니며 피켓 들고 떼만 쓰는 사람들, 자신의 이익을 위해 길거리를 점령하는 사람들, 혜택은 누리면서 비용은 남에게 떠넘기기만 하는 사람들이 제복을 입은 사람들을 무시하는 나라가 되어서는 안 됩니다. 제복의 유가족이 사건 사고의 유가족보다 높은 대우를 받는 나라가 좋은 나라이며 선진국입니다.

우리의 젊은이들이 군복을 입은 지 한 달이 넘었습니다. 모레 수료식에서는 멋진 군복을 입은 '진짜 군인'의 모습을 보일 것입니다. 나라와 국민, 부모와 형제자매의 안녕을 위해 헌신하는 우리의 젊은이들과 제복을 입은 모든 분께 박수를 보냅니다.

036

그까이거 정신

놀이공원에서 가장 인기 있는 놀이기구가 바이킹입니다. 젊은이들은 맨 뒷자리에 자리 잡고 스릴을 즐기는 반면, 어른들은 올라갔다 내려오는 과정에서 무서움을 많이 느껴 대부분 가운데 자리에 앉습니다. 바이킹 놀이기구는 말 그대로 바이킹들이 타던 배를 흉내낸 것입니다. 바이킹(Viking)은 지금의 스웨덴, 노르웨이, 덴마크 등에 살던 노르만족으로, 부족 간의 항쟁에서 뜻을 이루지 못한 부족이나 메마르고 추운 지역을 벗어나 따뜻하고 비옥한 땅을 찾으려는 사람들이었습니다. 8세기에서 11세기까지 약 250년 동안 유럽대륙을 휩쓸었으며, 무자비한 전쟁과 약탈 등으로 '해적 민족'으로서 크게 명성을 떨쳤습니다. 우크라이나의 키예프, 프랑스의 노르망디, 아일랜드의 더블린 등은 바이킹이 건설한 도시로 유명하며, 그들은 지중해까지 진출해 나라를 세우기도 했습니다. 바이킹의 무덤에서 인도의 불상과 아랍어를 새긴 반지 등을 발견한 걸로 추정해보면 그들의 활동 반경이 대단히 넓었음을 알 수 있습니다.

바이킹의 용맹함은 강한 신체 덕분이기도 하지만, 진짜 동력은 '강력한 규율'에 있습니다. 그들이 활동하던 8세기에서 11세기경 유럽은 무법천지인 데 비해 그들은 규율을 통해 강력한 전투력을 키웠습니다. 단순한 약탈자가 아니었습니다.

지금도 무릎을 치면서 탄복하게 만드는 바이킹의 규율은 '9가지 고귀한 덕목'입니다. 고대로부터 내려온 종교적 믿음에 기초하고, 싸우는 전사의 삶을 보여주는 9가지 덕목은 용기(courage), 진실(truth), 명예(honor), 신의(fidelity), 절제(discipline), 환대(hospitality), 근면(industriousness), 자립(self-reliance), 인내(perseverance)입니다.

첫 번째 덕목 용기의 어원은 라틴어로 '심장'을 의미하며, 전쟁터에서나 일상생활에서 보람 있는 삶을 위해 가장 필요한 덕목입니다.

두 번째 덕목인 진실은 거짓되지 않은 삶을 의미합니다. 바이킹들은 진실을 흑백논리로 보지 않았으며 모든 행동은 의도가 순수해야 한다고 믿었습니다.

세 번째 덕목은 명예로서 명예를 잃은 바이킹은 진짜 전사가 아니었습니다. 많은 사람이 명예를 자신에 대한 평판으로 착각하는데, 진짜 명예는 자신의 신념과 윤리관에 부합한 삶을 살았느냐에 따라 좌우된다는 게 바이킹들의 생각입니다.

네 번째 덕목은 신의로서 바이킹들은 신에게 충성하고, 자신에게 충실하며, 가족과 친구들에게 강력한 믿음을 줘야 한다고 생각했습니다. 소크라테스가 "우정은 천천히 만들어가되 한번 맺으면 오래 지속되도록 노력하라"고 말했는데, 바이킹들은 동료에 대한 신의를 철저히 준수해야 하는 의무로 여겼습니다.

다섯 번째 덕목은 절제로서 자기수양을 의미합니다. 자신의 신념과 규율에 따라 절제하는 게 전사의 미덕인데, 바이킹의 후손들이 세운 아이슬란드 격언에 "절제 없는 삶은 명예 없는 삶이다"라는 게 있습니다.

여섯 번째 덕목은 환대로서 바이킹들은 타인을 대할 때 존경과 존엄을 지켜줘야 한다고 믿었습니다. 그들은 때때로 신이 사람의 모습으로 방문할 수 있다고 생각했으며, 타인을 대할 때 정중하고 예의있게 행동할 것을 주문했습니다.

일곱 번째 덕목은 근면입니다. 바이킹들은 게으른 사람을 경멸했으며, 그들이 믿는 신도 게으른 사람을 싫어한다고 생각했습니다. 진정한 전사는 열심히 일하며 가족을 잘 돌보는 것입니다. 근면은 단순히 직업뿐만 아니라 모든 일상생활에 적용되는 덕목으로, 보통 수준의 업무추진은 전사로서 용납하지 않았습니다.

여덟 번째 덕목은 자립입니다. 자립이란 전사가 자신과 가족을 가장 중요하게 여기면서 돌보는 것을 의미하며, 가족이 다른 사람에게 의존해 사는 것을 수치로 여겼습니다. 그리스 철학자인 에피쿠로스는 "자급자족이 가져다주는 가장 큰 열매는 자유"라고 말했는데, 바이킹들의 삶도 늘 자급자족을 최우선으로 여겼습니다.

마지막 아홉 번째 덕목은 인내입니다. 바이킹들은 포기와 중단을 싫어했습니다. 알렉산더 대왕이 말하길 "시도하는 자에게 불가능은 없다"고 했는데, 바이킹들도 늘 모험과 시도를 즐겨했습니다.

바이킹들이 삶에 적용하는 원칙을 4가지로 구분하기도 하는데, 여기에는 구체적인 행동 지침도 들어 있습니다.

첫째, '용맹하라'로 행동 지침에는 '직접 대응하라. 기회를 움켜쥐어라. 공격할 땐 융통성 있게 하라. 한 번에 하나의 목표를 공략하라. 너무 자세하게 계획을 수립하지 마라. 최고 품질의 무기를 쓰라'고 되어 있습니다.

둘째, '준비하라'로 구체적인 지침에는 '좋은 상태로 무기를 관리하라. 몸 상태를 잘 유지하라. 함께 싸울 좋은 동료를 확보하라. 중요한 순간에는 이견을 보이지 말고 힘을 합쳐라. 한 명의 지휘자를 선택하라'가 있습니다.

셋째, '훌륭한 상인이 돼라'에는 '시장이 원하는 것을 찾아내고, 지키지 못할 약속은 하지 말며, 바가지를 씌우지 말고, 철수할 때를 대비해 잘 정리한 대책을 마련하라'라는 지침이 있습니다.

넷째, '캠프를 잘 정돈하라'에는 '물건을 잘 정돈한 상태로 유지하라. 강한 조직으로 만들 여흥을 마련하라. 모든 사람이 필요한 일을 하는지 점검하라. 모든 조직원에게 더 나은 방법이 없는지 자문하라'라는 지침을 내려놓고 있습니다.

바이킹의 후손이 세운 스웨덴, 노르웨이, 덴마크 등은 세계적인 복지국가로 유명합니다. 복지국가의 유지 비결도 그들의 핏속에 대대로 이어져 내려온 '강력한 규율' 덕분임을 잊어서는 안 됩니다. 바이킹이 지녔던 '문화와 가치'가 오늘날 복지국가를 만든 초석이 된 것이지 거저 얻은 게 아닙니다. 바이킹의 후손이 만든 기업을 보면 독자적인 기술과 지혜를 무기로 하면서 최소의 자본과 조직으로 최대의 이익을 거두는 데 중점을 두는데, 이것이 모두 바이킹 정신에서 비롯된 것임을 알 수 있습니다.

대한민국이 가난한 나라에서 오늘날 이만큼 성장한 데에는 3대 정신이 있었기 때문이라고 합니다. 기업에서 오래 근무하던 분의 설명인데, 그가 말한 3대 정신은 '그까이거 정신, 무대뽀 정신, 밑져야 본전 정신'입니다. "그까이거 나도 할 수 있어" 하고 주장하며, 전쟁터에서 대포도 없이 적을 향해 싸우러 나가는 무대뽀의 마음으로 도전하고, "밑져야 본전이니 한번 시도해보는 거지" 하는 생각이 오늘날 대한민국을 만들었다는 것입니다. 이러한 3대 정신을 약간 고상하게 표현한 게 '할 수 있다는 정신'이라고 합니다.

군 복무도 처음에는 상당한 두려움으로 시작합니다. 하지만 '그까이거 정신'만 있으면 얼마든지 극복할 수 있습니다. 내일 수료식을 하는 우리의 젊은이들이 군 복무는 물론 그 이후에도 늘 '그까이거 정신'을 잊지 않고 실천해 나가기를 바랍니다.

037

졸업은 시작이다

미국의 어느 대학교에서 공대 졸업시험을 앞두고 있었습니다. 졸업을 앞둔 학생들은 마지막 시험을 앞두고 자신감이 넘쳤습니다. 앞으로 남은 과정은 졸업식과 취업이며, 일부 학생은 이미 취업을 한 상태이기도 했습니다. 그들 모두 대학 교육을 통해 많은 지식을 얻었고, 외부 세계를 정복할 준비도 잘되어 있다고 생각했습니다.

교수는 졸업시험을 치를 때 교재와 참고서적을 가져와도 좋다고 말했습니다. 오픈북 시험을 실시한다는 얘기였습니다. 다만 옆 사람과 이야기를 나누거나 상의해서는 절대 안 된다고 당부했습니다.

시험 문제는 다섯 개의 주관식 논술문제였습니다. 세 시간의 시험이 끝나고 교수가 답안지를 걷었을 때 학생들의 표정은 불안과 걱정 일색이었습니다. 시작할 때의 자신감은 온데간데없었습니다.

교수가 답안지를 들고 물었습니다.

"다섯 문제를 다 푼 학생 손들어보게나?"

아무도 손을 드는 학생이 없었습니다.

"그럼 네 문제를 푼 학생은?"

강의실은 조용하기만 했습니다.

"그럼 세 문제? 아니면 두 문제?"

그래도 손을 드는 학생이 없었습니다.

교수가 다시 물었습니다.

"그렇다면 한 문제를 쓴 학생은 있겠지?"

역시 학생들은 아무런 대답 없이 침묵으로 일관했습니다.

교수가 시험지를 내려놓으며 미소 띤 표정으로 말했습니다.

"이럴 줄 알았네. 자네들은 4년간 대학 교육을 완벽하게 받았으며 모르는 게 없다고 생각하겠지. 하지만 아직 세상에는 자네들이 배우지 못한 기술이 너무 많다네. 오늘 자네들이 풀지 못한 문제도 일상 업무에서는 보편적으로 겪어야 할 일들이야. 다들 오늘 치른 시험 결과는 걱정하지 말게. 모두 통과했으니까. 다만 명심할 게 있네. 자네들은 이제 막 대학 공부를 마쳤을 뿐 진짜 공부는 지금부터 시작이라는 것이네."

나이 드신 분들이라면 지금부터 50년 전인 1967년에 상영한 「졸업」이라는 영화를 기억할 것입니다. 명배우인 더스틴 호프만(벤저민 역)과 캐서린 로스(일레인 역)가 주인공으로 나옵니다. 영화의 마지막 장면에서 벤저민과 일레인이 부모님이 결정한 결혼을 뿌리치고 웨딩드레스를 입은 채 식장에서 도망치는 장면은 너무나 유명합니다. 그런데 마지막에 자세히 보면 한참이나 즐거워 웃던 벤저민과 일레인의 표정이 굳어집니다. 부모의 구속에서 벗어나 해방감을 느끼면서도 동시에 그들을 기다리는 미래가 매우 불안하기 때문입니다.

졸업은 학생이 규정에 따라 소정의 교과 과정을 마치는 것으로 공부의 끝이 아닙니다. 영어로 졸업은 'graduation'인데 grade와 어원이 같습니다. grade의 본래 뜻은 '걷는 것, 한 걸음(a step)'이라는 의미입니다. grade가 변형된 graduate은 한 걸음, 즉 한 단계를 성취하다의 뜻이고, 이게 상위 단계로 올라가면서 자격을 딴다는 의미의 '졸업'이 되었습니다. 졸업은 한 단계의 성취를 의미할 뿐 졸업 이후에도 먼 길을 가야 한다는 걸 졸업시험과 영화 「졸업」이 알려주고 있습니다.

오늘은 지난 6월 20일 군문에 들어선 신병교육대의 수료식이 있는 날입니다. 수료식은 진짜 군인이 되기 위한 기초과정을 마친 것일 뿐 앞으로 갈 길이 멀다는 걸 의미합니다. 가족과의 만남을 기뻐하면서 동시에 수료식에 담긴 진정한 의미를 생각해보는 시간이 되었으면 합니다.

2
장

———

군
복
무
적
응
시
절

038

새로운 여행

국어사전에서 '여행(旅行)'을 찾아보면 '일이나 유람을 목적으로 다른 고장이나 외국에 가는 일'로 풀이되어 있습니다. 여행은 즐겁기도 하면서 힘들기도 합니다. 여행의 이중적인 모습은 영어 단어로 살펴보면 더 이해하기 쉽습니다.

여행을 뜻하는 영어 단어는 '트래블(travel)과 투어(tour)'입니다. travel은 라틴어의 trepalium을 어원으로 합니다. 이 단어는 로마 시대에 고문에 사용한 도구 'three poles(3개의 몽둥이)'를 뜻합니다. 이 단어에서 파생한 단어가 travail(진통, 고생, 노고, 노동), travel, trouble(문제, 곤란, 골칫거리) 등입니다. travel은 14세기경부터 쓰였다고 하는데, 여행을 고문이나 고통으로 여긴 것은 그 당시 교통수단이 발달하지 않아 고난의 행군이었기 때문입니다. 도둑과 강도가 판을 치는 시절이어서 '집 떠나면 개고생'이었던 것입니다. 여행을 하다 보면 각종 곤경에 처하는데, 여행(travel)과 곤경(trouble)이란 단어가 형제 사이라는 게 흥미롭습니다.

tour는 라틴어 tornus에서 나온 단어인데, 원래 '원을 그리는 도구'라는 의미를 지닌 그리스어가 어원입니다. 관광의 의미가 강합니다. 박물관을 찾아갔는데 유물 구경은 하지 않고 기념품 가게에서 기념품만 사거나 명소를 찾으면 인증샷 찍기 바쁜 사람들이 바로 투어를 하는 사람들이라고 표현할 수 있습니다. 결국 여행자(traveler)는 모험과 경험을 찾아 나아가면서 무엇인가 일을 하는 사람이고, 관광객(tourist)은 흥미로운 일들이 나타나기를 기대하며 즐거움을 찾는 사람을 뜻합니다. 여행자는 적극적이고, 관광객은 수동적입니다.

인생을 여행에 비유하면 '트래블'에 해당합니다. 육체적으로나 정신적으로 힘든 과정이기 때문입니다. 그래서 "귀한 자식일수록 여행을 보내라. 젊을 때 힘든 경험을 해두면 훨씬 더 늠름하게 자란다"는 교훈이 있는 것 같습니다. 『고백록』과 『신국론』의 저자 아우구스티누스는 "세상은 곧 한 권의 책이며, 여행을 떠나지 않는 사람은 같은 페이지만 계속 읽은 것일 뿐이다"고 설명했습니다. 영국 옥스퍼드대의 도서관에 가면 이 문장이 라틴어로 쓰어 있다고 합니다.

여행 작가로 유명한 폴 서루는 『동방의 별로 가는 유령 기차』란 책에서 여행을 이렇게 표현했습니다.

"여행이란 낯선 사람들 사이에서 사는 것이다. 그들 특유의 악취와 고약한 향수를 맡으면서, 그들의 음식을 먹으면서, 그들의 인생에 대해 듣고 그들의 의견을 참아내면서, 때로는 말도 통하지 않으면서, 불확실한 목적지를 향해 늘 이동하면서, 계속 바뀌는 여행 일정을 짜면서, 혼자 자면서, 갈 곳을 즉흥적으로 정하는 것이다."

여행이란 새로운 장소에서 살아보고 스스로 깨우치는 과정입니다. 사람은 추운 곳에서도 살아보고 더운 곳에서도 살아봐야 단련이 됩니다. 토양과 기후에 따라 사람의 성향이 달라지기 때문입니다. 맹자는 "어디에 사느냐에 따라 기(氣)가 달라지고, 어떻게 봉양하느냐에 따라 몸이 달라진다. 참으로 중요한 게 사람 사는 곳이다(居移氣 養移體 大哉居乎)"고 표현했습니다.

신병교육을 마친 젊은이들이 이제 나머지 군 복무 기간을 보낼 부대로 뿔뿔이 떠납니다. 동기생들끼리 생활하다가 다시 낯선 사람들을 만나 그들과 함께 부대끼면서 먹고 자야 합니다. 그 과정에서 수많은 트러블(trouble)도 겪을 것입니다. 새로운 토양과 기후 속에서 잘 적응할 수 있도록 다시 한 번 여행의 의미를 되새겨보고, 적극적인 여행자가 되었으면 좋겠습니다.

039

20년 후를 그려보며

중국의 유명 정치가를 얘기할 때 관중을 빼놓지 않습니다. 춘추전국시대의 제나라 재상으로 부국강병을 이끈 사람입니다.

관중은 "1년의 계책에는 곡식을 심는 것만 한 게 없고, 10년 계책에는 나무를 심는 일만 한 게 없으며, 평생을 위한 계책에는 사람을 심는 것만 한 일이 없다(一年之計 莫如樹穀 十年之計 莫如樹木 終身之計 莫如樹人)"고 말합니다. 또 "한 번 심어 한 번 거두는 것이 곡식이고, 한 번 심어 열 번 거두는 것이 나무이며, 한 번 심어 백 번을 거둘 수 있는 것이 사람이다(一樹一獲者穀也, 一樹十獲者木也, 一樹百獲者人也)"고도 말합니다. 사람들이 먹고 사는 데 꼭 필요한 곡식과 나무를 심는 것보다 사람을 심는 일, 즉 교육을 통한 인재양성이 가장 중요하다는 게 관중이 말하는 세상의 이치입니다. 교육은 개인의 발전과 국가 경영을 위해서 가장 중요한 근본이라는 의미입니다.

교육은 곧잘 나무를 키우는 것에 비유합니다. 나무를 자연 상태에서 그대로 내버려둔다고 해서 저절로 아름다운 숲이 이뤄지지 않습니다. 대한민국의 산들은 일제 침략과 한국전쟁을 겪은 직후 잡초만 무성한 민둥산이었습니다. 숲이 우거져야 나라가 살아날 수 있다는 것을 안 선배세대들이 묘목을 심고 보살폈습니다. 나무가 어느 정도 자라면 사람의 보호 없이도 스스로 양분을 섭취해 자라나 울창한 숲을 이룹니다.

이와 같이 사람의 어린 시절도 묘목에 해당합니다. 부모님과 선생님의 보살핌이 전적으로 필요합니다. 중학교와 고등학교 시절은 성인이 되기 직전에 사회의 한 시민으로서 역할을 할 수 있는 역량을 배우는 시기입니다. 성인, 즉 어른이 되면 그때는 독립하는 시기입니다. 나무도 어느 정도 자란 후에는 스스로 알아서 영양분을 섭취하듯이 사람도 이 시기에는 스스로 자양분을 섭취하고 커나가야 합니다.

예컨대 중·고등학교 때는 공통 교과서가 있지만 대학에는 딱히 정해진 교과서도 없고 정해진 커리큘럼도 없습니다. 스스로 알아서 과목을 선택하고 알아서 공부해야 하는 시기이기 때문입니다. 이처럼 스스로 독립해야 할 시기에 자양분이 되는 게 바로 '동서고금의 좋은 책들'입니다. 이러한 책들을 읽어서 지식을 쌓고 스스로 생각을 하면서 지혜를 키우는 게 바로 젊은이들에게 필요한 과정입니다.

사람들에게 세상을 움직이는 게 무엇이냐고 물어보면 누군가는 돈이 세상을 움직인다고 말합니다. 또 누군가는 사랑이 세상을 움직이고, 어떤 사람은 권력이 세상을 움직인다고 말합니다. 분명한 것은 사람이 세상을 움직이고, 사람이 세상을 바꾼다는 사실입니다.

좋은 사람, 지혜로운 사람이 많은 세상은 좋은 세상과 지혜로운 세상이 됩니다.

군 복무는 부모의 품을 떠나 낯선 사람과 함께 생활하는 시기입니다. 각기 맡은 분야의 역할을 제대로 수행해야 부대 전체가 제대로 움직이는 조직이 됩니다. 이때 가장 필요한 게 바로 '자립의 정신'입니다. 군 복무는 자립의 경험을 가장 잘 쌓을 수 있는 시기라는 점에서 보면 큰 복이 될 수 있습니다.

중국 속담에 "나무 심기에 가장 좋은 때는 20년 전이었다"는 말이 있습니다. 미국의 에이브러햄 링컨 대통령은 "40세가 지난 사람은 자신의 얼굴에 책임을 져야 한다"고 말했습니다. 20대의 우리 청춘이 20년 후에는 40대가 됩니다. 20년 후에 총명하고 지혜로운 사람이 되려면 지금 20대 시절을 부지런히 채찍질하고 연마하는 시기로 삼아야 합니다.

이를 위해 질문 하나 던져 보겠습니다.

"지금이 2027년이라면 10년 젊은 2017년의 나에게 뭐라고 이야기하며, 지금이 2037년이라면 20년 젊은 2017년의 나에게 무엇이 부족했다고 조언을 하겠는가?"

040

미래를 대비하는 일

미래에는 창의력 있는 인재가 필요하다고 합니다. '21세기 교육은 암기가 아닌 스스로 해결책을 찾는 것'이라고도 합니다. 덴마크에서는 선생님을 '교사(teacher)'가 아니라 '촉진자나 조력자(facilitator)'라고 얘기합니다. 개인의 문제해결능력을 높여주기 위해 옆에서 도와주고 자극하는 역할을 하는 게 진정한 선생님이라는 것입니다.

그러다 보니 '암기식 교육'은 낡은 공부 방법으로 평가를 받습니다. 인터넷에서 모든 정보를 얻는 세상에서 외우는 것은 더 이상 필요가 없고 시간 낭비라는 것입니다.

이러한 주장에 반기를 든 사람이 적지 않습니다. '미스터 엔'이라고 불리는 사카키바라 에이스케는 "사고력을 높이려면 항상 사물을 외우고 되새겨보는 습관을 가져야 한다. 연령에 관계없이 언제든지 암기하라. 암기와 복습으로 뇌는 활성화한다"고 말하면서 '공부의 기본은 암기력'이라고 주장합니다. 수많은 지식을 외워야 하는 의사도 이렇게 표현합니다. "의사가 인터넷에서 많은 도움을 받는 것은 사실이다. 그렇지만 최소한 기본적인 것은 외우고 있어야 무엇을 검색해야 하는지 알 수 있지 않겠는가?"

실제로 과거시험이 있던 중국이나 조선에서 암기력은 입신출세를 위한 기본 요소였습니다. 수많은 경전을 달달 외워야 답안지를 쓸 수 있었습니다. 암기는 서양에서도 교육의 토대였습니다. 그런 기억술의 하나가 '기억의 궁전'입니다. 마음속에 궁전을 지은 다음 첫 부분은 앞마당, 다음 부분은 툇마루, 세 번째는 안방, 네 번째는 부엌 순으로 저장해두는 것입니다. 기억을 되살릴 필요가 있을 때는 즉시 머릿속의 해당 장소로 들어가 기억을 끄집어내는 것입니다.

"암기가 필요 없다"는 주장은 사람의 뇌가 컴퓨터와 비슷한 방식으로 작동한다는 착각에서 비롯한 것입니다. 컴퓨터는 미리 정해진 프로그램에 따라 단계별로 차근차근 나아가는 방식으로 정보를 처리합니다. 기차선로와 비슷합니다.

사람의 뇌는 이와 달리 저수지와 비슷합니다. 수많은 정보가 저수지 안에 모이면 정보들이 뒤섞여 새로운 것을 만들어낼 수 있습니다. 특히 사람은 배경 지식이 있어야 어떤 사물과 사건을 비판적이고 논리적으로 살펴볼 수 있습니다. 예컨대 내 앞에 빵이 하나나 두 개만 있으면 선택하기가 쉽습니다. 그러나 100개의 각기 다른 빵이 있다면 그때는 빵에 대한 깊이 있는 배경 지식이 있어야 선택하기가 쉽습니다. 세계 지리를 잘 알고 있으면 책을 읽을 때 이상한 지명이 나와도 쉽게 이해가 되는 것도 비슷한 이치입니다.

사람이 미래를 대비할 때 지식이 필요하다는 것은 실험으로도 증명됩니다. 미국의 심리학자인 칼 쉬푸나르와 캐슬린 맥더못의 실험에 따르면, 사람들은 기억을 회상하는 작업에 사용하는 신경망을 미래를 그려볼 때도 동일하게 사용한다고 합니다. 사람의 뇌는 자주 만나고, 자주 가며, 자주 보고 듣고 만지고 느끼는 것에 관한 데이터를 꾸준히 기록하며 이를 토대로 미래를 상상합니다. 많이 알아야 제대로 미래를 예측한다는 얘기입니다.

토머스 에디슨의 가장 유명한 명언은 "천재는 1%의 영감과 99%의 노력으로 이뤄진다"는 것입니다. 82세이던 1929년 기자회견에서 자신이 이룩한 성과를 설명하면서 비유한 표현입니다. 에디슨은 "제 발명품 가운데 우연히 얻은 것은 하나도 없습니다. 저는 우리에게 필요한 가치 있는 아이디어를 찾아내고 이를 실현하기 위해 끊임없이 시행착오를 반복합니다" 하고 설명했습니다.

발명왕 에디슨에게서 우아함이란 찾기 어렵습니다. 창의성에 기초한 혁신은 굉장히 단조로운 노력으로 이뤄집니다. 끈덕지게 시행착오를 반복한 끝에 마침내 아이디어는 현실이 되는 것입니다. 결국 창의성은 타고나는 게 아니라 땀에서 나오는 구조적 결과물입니다. "창의성은 타고난다"는 믿음은 신기루에 가깝습니다.

젊은이들이 몸짱이 되려면 매일매일 운동을 하며 수개월 동안 땀을 흘려야 하듯이, 창의성과 상상력을 키우는 일도 매일매일 지식을 쌓는 작업에서 시작합니다. 바쁜 군 생활 속에서도 하루하루 끊임없이 지식을 쌓고 무언가를 외우다 보면 배경 지식이 급속히 늘어나고, 논리력과 창의력이 부쩍 강해지는 자신을 발견할 것입니다.

041

노인은 지혜를 축적한 도서관

아프리카 격언에 "노인 한 명이 사라지는 것은 도서관 하나가 사라지는 것과 같다"는 표현이 있습니다. 말리 출신의 역사종교학자이자 문학가인 아마두 함파테바가 1962년 유네스코에서 연설하며 유명해졌습니다. 아프리카에는 학교나 책이 거의 없어 주로 경험이 많은 노인들의 옛이야기나 격언, 전설로 교육을 했습니다. 그렇다 하더라도 오랜 세월 살면서 인생의 단맛, 쓴맛을 다 본 어르신들을 '지혜를 축적한 도서관'에 비교한 것은 참으로 멋있는 표현입니다.

중국의 고전 『한비자』에 노마지지(老馬之智, 늙은 말의 지혜)의 일화가 나옵니다. 춘추전국시대에 패자(覇者)로 유명한 제나라 환공이 어느 해 봄에 재상 관중과 대부 습붕을 대동하고 고죽국이라는 나라를 정벌하러 나섰습니다. 고죽국은 작고 힘없는 나라라서 금방 승리할 줄 알았는데, 상대방이 의외로 완강하게 저항한 데다 여러 문제가 겹쳐 싸움은 그해 겨울에야 겨우 끝이 났습니다. 재상인 관중이 왕에게 말하길 "맹추위가 몰아치기 전에 어서 돌아가지 않으면 불쌍

한 군사들이 많이 상할 것입니다" 하고 조언했습니다. 군대를 이끌고 귀국을 하는데 너무 서둘러 강행군을 하다가 그만 길을 잃고 맙니다. 군사들은 오도 가도 못한 채 우왕좌왕했고, 이럴 때 적의 기습이라도 받는다면 큰 낭패가 아닐 수 없었습니다. 환공이 크게 걱정을 하자 관중이 "이럴 때는 '늙은 말의 지혜'를 빌려봄 직합니다" 하고 말했습니다. 관중은 그러면서 늙은 말 한 마리를 자유롭게 풀어놓았습니다. 말은 오랜 경험을 바탕으로 후각과 본능에 의지하여 터벅터벅 걸어가기 시작했고, 군사들은 그 뒤를 따랐습니다. 그 결과 제나라 군사들은 얼마 안 가서 큰 길을 만났습니다.

사람들이 성공의 길을 가려면 신체적으로나 정신적으로 준비가 되어 있어야 합니다. 젊은이는 용기와 담대함은 있지만 경험이 부족합니다. 노인은 경험은 풍부하지만 몸이 약해진 상태여서 용기와 담대함이 별로 없습니다. 경험과 용기와 담대함이 조화를 이루는 게 매우 중요한데, 이는 창업과도 관련이 있습니다. 성공한 창업가가 되려면 용기와 함께 경험이 반드시 있어야 하기 때문입니다.

전미경제연구소(NBER)라는 곳에서 2007년부터 2014년까지 8년간 미국에서 창업한 270만 건을 조사했습니다. 그 결과 창업자들의 평균 나이는 42세이고, 성공한 기업은 평균 45세에 창업한 것으로 나타났습니다. 페이스북을 창업한 마크 저커버그는 20세, 마이크로소프트를 만든 빌 게이츠도 20세, 애플 창업자는 21세, 구글 창업자는 25세, 아마존과 트위터는 창업자가 30세 때 만든 것을 감안하면 의외의 결과입니다. 창업자 평균 나이와 청년 창업자들의 나이차를 보면 모순이 많은 것 같지만 실상은 조금 다릅니다.

마이크로소프트를 만든 빌 게이츠는 10대 때부터 자체 프로그램을 제작해 팔았을 만큼 다양한 시행착오를 겪었습니다. 구글은 에릭 슈미트라는 중년 고수를 영입해 경험 부족을 보완했습니다. 미국에서는 대부분 자신의 분야에서 10년 이상 시행착오를 겪은 후 어느 정도 경험이 성숙해지면 그때서야 창업을 합니다. 별다른 특기가 없는 청년들이 창업하라는 조언을 받으면 기껏해야 요식업이나 하고 별다른 기술이 필요치 않은 서비스업에 나서는 것은 경험나이가 아직 성숙하지 않기 때문입니다.

경험은 스스로 부딪혀보는 직접경험과 남의 경험을 보고 듣는 간접경험으로 나눌 수 있습니다. 이러한 간접체험의 대표주자가 바로 독서입니다. 독서로 간접체험을 하여 자신의 경험나이를 높여줄 필요가 있습니다. 군 복무를 하는 젊은이들에게는 직접경험의 기회가 없습니다. '국방의 의무'를 성실히 수행하면서도 본인의 두뇌가 퇴행하지 않도록 간접경험을 쌓으려면 독서가 가장 적합합니다.

어떤 삶이든 지나보면 후회가 남기 마련입니다. "인생에서 후회는 읽지 않은 책처럼 쌓인다"는 말도 있습니다. 그렇다고 하더라도 한 권씩 책을 읽다보면 후회할 일은 조금이나마 줄어들 것입니다.

젊은이들에게 독서를 권장하기 위해 중국 송나라의 문필가이자 정치인인 왕안석(1021-1086)의 학문을 권하는 글을 소개할까 합니다.

『왕형공권학문(王荊公勸學文)』

讀書不破費(독서불파비) 책 읽는 데 비용이 들지 않고
讀書萬倍利(독서만배리) 책 읽으면 만 배나 이익이 되네
書顯官人才(서현관인재) 책은 관리의 재주를 드러내고
書添君子智(서첨군자지) 책은 군자의 지혜를 더해주네.

有卽起書樓(유즉기서루) 여유가 있으면 서루(書樓.서재)를 짓고
無卽致書櫃(무즉치서궤) 없으면 책 궤짝이라도 마련할 것이니
窓前看古書(창전간고서) 창 앞에서 옛 현인들의 고서를 보고
燈下尋書意(등하심서의) 등불 아래에서 책의 깊은 뜻을 찾아라.

貧者因書富(빈자인서부) 가난한 사람은 책으로 부유해지고
富者因書貴(부자인서귀) 부자는 책으로 훌륭하게 될 것이며
愚者得書賢(우자득서현) 어리석은 사람은 책을 얻어 현명해지고
賢者因書利(현자인서리) 현자는 책으로 영리(怜悧)해지리라.

只見讀書榮(지견독서영) 책을 읽어 영화를 누리는 사람은 보았어도
不見讀書墜(불견독서추) 책을 읽어서 실추하는 사람은 보지 못했다.
賣金買買讀(매금매매독) 황금을 팔아서라도 책을 사서 읽으시라,

讀書賣金易(독서매금이) 책을 읽으면 황금 사기는 쉬워질 터이니.

好書卒難逢(호서졸난봉) 좋은 책은 끝내 만나기 어렵고
好書眞難致(호서진난치) 좋은 책은 진정으로 얻기 어렵네.
奉勸讀書人(봉권독서인) 받들어 책 읽는 사람에게 권하노니
好書在心記(호서재심기) 좋은 책은 마음에 기록해 두시라.

042

위기는 발전 동력

영화 「십계」는 이스라엘인이 이집트를 탈출해 '약속의 땅' 가나안(현재 이스라엘)으로 가는 과정을 그린 영화입니다. 이스라엘인의 지도자 모세는 약속의 땅에 도착하기까지 40년을 광야에서 떠돕니다. 이스라엘 사람들은 40년이란 긴 시간이 걸린 이유로 '모세가 기름 냄새를 싫어했기 때문'이라고 농담합니다. 중동지역에서 석유가 나오지 않는 거의 유일한 곳이 이스라엘 땅임을 비유한 것입니다.

이스라엘은 이처럼 석유가 나오지 않는데도 주변 국가와 치른 전쟁에서 계속 이겼습니다. 지금은 창업국가(startup)로 명성이 높으며 1인당 국민소득이 4만 달러에 이릅니다. 이스라엘이 이렇게 선진국 대열에 합류한 것은 위기를 국가의 발전동력으로 삼았기 때문입니다.

이스라엘은 1948년 독립했습니다. 주변 아랍국과 일어날 전쟁에 대비해 비행기와 탱크 등 무기 대부분을 처음에는 영국에서, 그다음에는 프랑스에서 수입했습니다. 이스라엘은 1967년 6월 5일 이집트, 시리아, 요르단과 제3차 중동전쟁을 일으킵니다. 이 전쟁은 단 6일 만에 기습공격을 펼친 이스라엘이 일방적으로 승리하였다 하여 '6일 전쟁'이라고도 불립니다. 당시 이스라엘의 행태에 분노한 프랑스의 샤를 드골 대통령은 이스라엘을 대상으로 무기 수출을 금지합니다. 이스라엘의 군수산업과 항공우주산업은 큰 위기를 맞습니다. 프랑스에서 생산하는 미라지 전투기나 미사일 같은 무기를 살 수 없었기 때문입니다. 이스라엘은 이때부터 국가 생존을 위해 스스로 항공 산업을 시작했고, 덕분에 오늘날 항공과 군수산업에서 세계적인 강국이 되었습니다. 창업도 활발히 일어났습니다. 이스라엘 사람들은 "우리가 매우 안정적인 나라에서 살았다면 별다른 일이 벌어지지 않았고, 평화로운 상황이었다면 많은 것을 변화하려는 동기도 없었을 것"이라고 말합니다.

이스라엘과 대조되는 나라가 남미에 있는 베네수엘라입니다. 베네수엘라는 석유 매장량 세계 1위에 생산량은 5위를 차지하는 산유국입니다. 석유를 수출해 벌어들인 돈이 어마어마하게 많습니다. 베네수엘라의 전 대통령인 우고 차베스는 이 돈을 국가의 경제발전에 쓰는 대신, 각종 식품, 의료, 교육 등 국민이 좋아하는 일에 아낌없이 풀었습니다. 2014년 배럴당 120달러에 이르던 유가가 50달러 안팎으로 떨어지자 베네수엘라의 나라 곳간은 텅텅 빕니다. 2017년 한 해 동안 물가는 7배나 뛰고, 식량이 부족하여 국민 10명 가운데 7명이 체중이 줄어드는 상황에 처했습니다. 잘 나갈 때 아끼지 않고 흥청망청 즐기다가 회복이 어려운 지경에 처한 것입니다.

역설적이게도 석유가 전혀 나지 않는 이스라엘은 부유한 선진국이 되었고, 석유가 펑펑 솟아나는 베네수엘라는 국가 존망이 위태로운 지경에 빠진 것입니다. 두 나라의 극명한 대비는 국가의 부(富)가 석유와 같은 광물자원의 많고 적음에 따라 좌우되는 게 아니라 국민의 머릿속에 들어 있는 지적자원의 많고 적음에 좌우된다는 것을 보여줍니다. 이스라엘은 자원도 없고 주변에 적대적 세력만 존재하는 상황에서 생존의 역사를 만들기 위해 노력한 결과 오늘날 혁신과 창조의 국가로 우뚝 섰습니다.

사람도 마찬가지입니다. 주변을 둘러보면 끊임없이 무엇인가를 시도하고 주어진 문제의 해법을 찾아내려고 노력하는 창조적인 사람들이 있습니다. 사람의 창조력은 역사적 요인이나 환경적 요인에도 많이 달라집니다. 질문은 하지 않고 오로지 받아 적기만 하는 기계식 교육을 받았거나 모든 게 안전하고 편안한 어린 시절을 보냈다면 창조력을 키우고 발휘해야 할 동기부여가 제대로 되기 어렵습니다.

창조력은 일반적인 근육과 비슷해 쓰지 않고 가만히 놔두면 퇴화하는 성질이 있습니다. 창조적인 사람은 어떤 문제가 주어져도 두려워하지 않습니다. 창조력의 근육은 용기를 내 끊임없이 도전할 때 잘 자랍니다. 다양한 환경을 접할 때 창조력이 발달합니다. 손에 쥔 것에 집착하지 않고 '안 되는 이유'를 찾기보다 '되는 이유'를 찾을 때 창조력의 근육이 커집니다. 스스로 가능성을 믿고 자신감을 되찾는 것, 그게 창조력을 키우는 근원적인 힘입니다.

경영학에 '메기이론'이라는 게 있습니다. 미꾸라지를 기르는 논 안에 메기를 한 마리 넣어놓으면 미꾸라지가 오히려 건강하게 살이 찐다는 이론입니다. 즉, 미꾸라지는 메기에게 잡혀먹히지 않기 위해 이리저리 도망 다니는데 그게 오히려 건강에 도움이 된다는 것입니다. 이와 같이 사람이나 기업도 적당히 긴장하면 활력이 생긴다는 이론입니다.

군대 경험은 인생에서 한 차례 겪는 특이한 과정이고 고달픈 생활입니다. 하지만 앞선 사례에서 보듯이 나라나 개인이나 어느 정도 고달플 때 창조력이 커집니다. 온실 속의 화초나 나무는 연약합니다. 굵은 빗방울도 맞아 보고, 강렬한 햇볕도 견뎌내야 비로소 강인한 화초와 나무가 됩니다. 나무의 나이테는 여름과 겨울이 교차하면서 생겨납니다. 찬바람과 더운 바람을 모두 맞아본 나무가 한 살 한 살 나이를 먹고 튼튼하게 자랍니다. 사람도 늘 찬바람과 더운 바람을 번갈아 맞아야 더욱 건강해집니다. 강추위와 무더위는 늘 우리 몸을 고달프게 하지만, 이는 더욱 강해지고 튼튼해지라는 자연의 선물입니다. 나라나 개인이나 위기와 어려움이 늘 발전의 동력이었음을 잊지 않았으면 합니다.

043

골든 링크의 시절

목걸이 같은 사슬에는 가장 값이 비싸면서도 가장 약한 부분을 일컫는 '골든 링크(golden link)'가 있습니다. '골든 링크'가 끊어지면 사슬 전체가 망가지고 가치가 크게 떨어집니다. '골든 링크'를 잘 보전하는 게 사슬의 가치를 지키는 핵심입니다.

인생에도 '골든 링크'에 해당하는 부분이 있습니다. 사춘기에서 성인으로 성장해가는 10대 후반에서 20대 초반의 시절이 여기에 해당합니다. 고등학교를 졸업하고, 대학에 가며, 군 복무를 하고, 직업을 가지는 시기입니다.

시기별로 나눠보면 고등학교 시절은 부모님의 안전한 그늘에서 생활하는 삶입니다. 주변 환경 변화에 신경을 쓰지 않으며 학교와 학원을 오가는 생활의 연속입니다. 좋은 대학에 가려고 입시에 매달리다 보니 영어 단어와 수학 공식 외우기에 급급해 세상을 살아가는 지혜는 거의 배우지 않습니다. 학원을 가보면 진짜 공부는 하지 않고 시간과 학원비만 낭비하는 학생이 많습니다. 그 이유를 살펴보면, 입시를 앞두어 불안해서, 부모의 성화에 못 이겨서, 친구들도 다니니까 덩달아서 학원을 다니는 학생이 대부분입니다.

또 대학에 들어가면 학점과 경쟁합니다. 수업에 충실히 참여하고 교수님의 말씀이 정답이라며 마냥 외우기만 합니다. 좋은 직장에 취직하려고 스펙 쌓기에도 열심입니다. 고학점과 고스펙만이 살 길이라며 그 길만 부지런히 달려갑니다. 좁은 세계관과 협소한 경험에서 벗어나지 못합니다.

그러다가 대학을 졸업하고 사회에 나오면 갑자기 세상이 정글로 다가옵니다. 길도 보이지 않고 온통 사나운 맹수들이 우글거립니다. 세상이 얼마나 불완전하고 불공정한지를 깨닫고 충격을 받습니다. 느닷없이 충격을 받으니 상처를 받고 마음이 약해져 정신적으로 얼어붙습니다. 분명히 열심히 살았는데 막상 사회에 적응하려니 큰 어려움을 겪어 모든 문제가 타인의 잘못에서 비롯한 것이라고 생각합니다. 여기에 행복전도사니 청춘 대변인이니 하는 사람들이 "대한민국 밖에는 천국이 있다"는 식으로 부추겨 젊은이들이 '헬조선' 등을 외치며 대한민국을 무조건 나쁜 나라로 치부하는 경향이 있습니다. 그렇게 분노를 표시한다고 현실이 바뀌는 것은 아니며 오히려 대한민국을 더욱 나쁜 상태로 몰아간다는 것을 알 필요가 있습니다.

인생의 골든 링크를 지나갈 때 반드시 명심해야 할 진실은 "삶은 불완전하다"는 것입니다. 많은 젊은이가 '완벽한 인생'을 얘기하지만 이는 신기루에 불과합니다. 부모님과 선생님이 말하는 세상이나 미디어에서 보여주는 세상은 실제와 거리가 멀며 오히려 가상현실이나 신기루에 가깝습니다. 세상을 살다 보면 수많은 문제가 발생하기 마련이며, 그 문제를 해결해나갈 주체는 결국 자기 자신밖에 없습니다. 자신의 문제를 다른 사람에게 떠넘긴다고 문제가 해결되지 않습니다. 그래서 "문제를 피하기만 하면 문제가 현관으로 걸어 들어온다"는 말이 있는 것입니다.

인생을 제대로 살려면 제대로 실패하는 법을 배워야 합니다. 늘 성공만 하면서 살 수 없는 게 인생입니다. 실패하여 실망감을 느껴본 사람은 실패했을 때 회복이 훨씬 빠릅니다. 실패했다고 자책에 빠질 필요도 없습니다. 개인적인 실수나 어리석은 아이디어 때문에 실패하기도 하지만, 여건과 환경 때문에 실패하기도 합니다.

스포츠 경기를 보면 수없이 실패합니다. 세계적인 축구 선수도 헛발질을 하고, 훌륭한 야구 선수도 헛스윙을 합니다. 그가 최종적으로 훌륭한 선수가 돼 역사에 남는 것은 단지 기술 때문이 아니라 실패를 이겨내는 회복력과 훌륭한 기술이 결합할 때입니다. 실패하면 누구나 화가 나지만 분노의 감정을 툭툭 털어버리고 일어났을 때 비로소 한 명의 성인이 됩니다.

인생의 골든 링크는 변화가 일어나는 시기입니다. 스스로 선택하고 살아가는 길을 찾는 독립을 위한 과정입니다. 이러한 과정을 슬기롭게 잘 이겨내는 젊은이가 진정한 성인이 될 수 있음을 가슴 깊이 새겨둘 필요가 있습니다.

독일의 시인 라이너 마리아 릴케는 『젊은 시인에게 보내는 편지』에서 이렇게 설명합니다.

당신의 가슴 속에 풀리지 않은 문제들에 대해 인내심을 발휘하고, 굳게 닫힌 방이나 지극히 낯선 언어로 적힌 책처럼 그 문제들 자체를 사랑하려고 노력하십시오. 당장 해답을 구하려고 들지 마십시오. 당신은 아직 그 해답을 직접 살아낼 준비가 되어 있지 않기 때문입니다. 그러므로 모든 것을 직접 몸으로 살아보는 것이 중요합니다. 이제부터 당신의 궁금한 문제들을 직접 몸으로 살아보십시오. 그러면 미래의 어느 날 자신도 모르게 자신이 해답 속에 들어와 살고 있음을 깨닫게 될 것입니다.

044

인생은 숙성의 과정

세르히오 가르시아는 스페인이 낳은 골프 천재입니다. 그의 별명은 젊은 시절 엘니뇨였다가, 20대 중반부터 새가슴으로 추락하더니, 30대 후반인 2017년에는 '메이저 챔피언'으로 바뀌었습니다. 가르시아의 타고난 재능이 활짝 꽃을 피우기까지 오랜 세월이 걸리는 것을 보면, 사람의 일생은 반드시 숙성의 시간과 과정이 필요해 보입니다.

1980년생인 가르시아는 열아홉이던 1999년 남자 골프의 4대 메이저대회 중 하나인 PGA챔피언십에서 타이거 우즈와 우승을 다퉜습니다. 공을 치는 능력이 워낙 탁월하기에 곧바로 "신동이 나타났다. 제2의 타이거 우즈가 될 것이다"는 찬사를 받았습니다. 이때부터 엘니뇨(el Niño)라는 별명이 붙었는데 엘니뇨는 스페인어로 '어린아이(아기 예수)'를 뜻합니다.

신동 가르시아의 능력과 재주는 메이저 챔피언으로 곧바로 이어지지 못했습니다. 가장 큰 불운은 역사상 위대한 선수 중 하나로 불리는 타이거 우즈와 같은 시대에 살았다는 점입니다. 우즈가 1999년 이후 13차례나 메이저에서 우승할 동안 가르시아는 한 번도 메이저에서 우승컵을 들어 올리지 못했습니다. (남자 골프의 메이저 대회는 마스터스, US오픈, 디오픈, PGA챔피언십 등 1년에 네 차례 열립니다.)

세월이 흐르고 패배 횟수가 쌓이자 가르시아의 정신적 결점도 드러났습니다. 쉽게 분노하고 좌절하는 모습을 보인 것입니다. 자신을 조롱하는 팬들에게 불만을 표시하고, 심판 판정에 반발하기도 했습니다. 주위 사람들을 비난하면서 스스로 많은 적을 만들었습니다. 퍼트를 놓치고 홀컵에 침을 뱉기도 했으며, 실수하면 분을 참지 못해 골프채로 몇 차례나 땅을 내려치기까지 했습니다. 심지어 자신을 저주하기도 했습니다. 그는 "메이저대회에서 하도 불운을 많이 겪어봐서 나의 불운은 뉴스도 아니다. 난 메이저대회에서 2등이나 3등을 목표로 나온다"고 말하기도 했습니다. 2007년 영국에서 열린 디오픈 챔피언십 대회의 마지막 홀에서는 7피트(2.1m) 퍼팅을 놓쳐 연장전에 끌려 들어갔고, 결국 우승을 놓쳤습니다. 그 때문에 큰 대회에 약한 '새가슴'이라는 말을 들어야 했습니다.

메이저대회 때마다 좌절한 가르시아는 마침내 2017년 4월 마스터스 대회에서 우승합니다. 메이저대회 74번 출전 만에 첫 우승으로 우리 식으로 말하면 '73전 74기'를 이룬 셈입니다. 그는 우승 직후 인터뷰에서 "19세 시절의 자신에게 뭐라고 충고하고 싶은가" 하는 질문에 이렇게 대답했습니다.

"인생은 모든 게 배우는 과정입니다. 우리는 모두 살면서 테스트를 받으며, 모든 어려움에는 다 이유가 있습니다. 우리는 골퍼로서가 아니라 인간으로서 성장해야 합니다."

가르시아는 마스터스의 마지막 라운드에서 선두에게 뒤져 있을 때도 과거처럼 흥분하지 않았습니다. 긍정적인 마인드로 참을성 있게 기다렸습니다. 편안한 마음으로 차분함을 유지했습니다. 골프는 자기 자신과의 싸움이라고 하는데, 가르시아는 그 싸움에서 스스로를 이겨냈습니다. 마스터스 우승은 그에 대한 달콤한 보상이었습니다. 인생의 숙성 과정을 거친 후 마침내 메이저에서 우승한 가르시아에게 숙적인 타이거 우즈도 축하 메시지를 보냈습니다.

스위스의 심리학자인 장 피아제는 아동의 심리상태를 연구해 '아동 발달이론'을 만들었습니다. 그에 따르면, 사람은 유아기에 필연적으로 모든 문제를 오직 자신의 시각에서만 보는 '자기중심적 사고'를 합니다. 어린 시절에는 자신의 관점을 바꾸지도 않고 바꿀 능력도 없습니다. 그러다가 나이가 들고 성장하면서 똑같은 사물을 여러 각도에서 바라보는 법을 배웁니다. "다른 사람은 세상을 어떻게 바라볼까?" 하는 의문을 갖고 더 넓게 세상을 바라보면서 어른이 되어가는 것입니다. 나이가 들어서도 세상을 자기 관점으로만 바라보는 사람은 몸은 어른일지언정 마음은 어린이와 다를 바가 없습니다.

인생 경험의 범위가 더 넓어지는 시기는 스스로 감당해야 할 실수와 실패, 예기치 않은 사고를 경험할 때입니다. 노력한다고 모두 성공하는 것은 아니지만, 노력하지 않고 성공하는 경우는 없습니다. 삶의 시간 속에서 단맛 쓴맛을 모두 보고 몸과 마음을 숙성시키며 자신의 가치를 행동으로 증명해보여야 비로소 진짜 어른이 되는 것입니다.

유대인의 격언에 "지혜로운 자는 행동으로 말을 증명하고, 어리석은 자는 말로 행위를 변명한다"는 게 있습니다. 말보다는 행동으로 증명하는 젊은이가 진정으로 우리 시대에 필요한 인재입니다.

045

매일 색칠하기

중국의 고전인 『한비자』에 보면 채나라 환후(桓侯)의 이야기가 나옵니다. 환후에게 병이 생겼는데, 마침 전설의 명의 편작(扁鵲)이 채나라에 와 있었습니다. 편작이 환후를 만났습니다.

"군주께서는 병에 걸리셨습니다. 지금 피부에 질병이 있습니다. 당장 치료하지 않으면 더욱 깊이 들어갈 것입니다."

"나에게는 병이 없다."

편작이 물러난 후 군주는 이렇게 말합니다.

"의사는 이득을 좋아해서 병도 없는 사람을 치료한 후 자신의 공이라고 자랑하려고 한다."

열흘이 지나 편작이 의사의 소명을 다하려고 환후를 찾아갔습니다.

"군주의 병환이 피부 속으로 들어갔습니다. 지금 손을 쓰지 않으면 더욱 깊이 들어갈 것입니다."

환후는 역시 여기에 응하지 않고 불쾌해했습니다.

편작이 다시 열흘이 지나 환후를 찾았습니다.

"군주의 병은 위장병입니다. 치료하지 않으면 더욱 악화될 것입니다."

환후는 이때도 불쾌함을 표시하며 일절 응하지 않았습니다.

또 열흘이 지나서 환후를 만난 편작은 이번에는 아무 말도 없이 발길을 돌리며 채나라를 떠나기로 합니다. 환후가 이상한 생각이 들어 사람을 시켜 까닭을 알아오게 합니다.

"질병이 피부에 있을 때는 찜질로 치료하면 되고, 살 속에 있을 때는 침을 꽂으면 되며, 장과 위에 있을 때는 약을 달여 복용하면 됩니다. 그러나 병이 골수에 있을 때는 운명을 관장하는 신이 관여한 것이라 어찌할 방법이 없습니다. 지금 군주의 질병은 골수에까지 파고들었으므로 신이 치료할 방법이 없습니다."

환후는 그 일이 있은 지 5일 후 신체에 고통을 느끼기 시작하여 편작을 찾았습니다. 그러나 편작은 이미 진나라로 떠난 뒤였습니다. 환후는 결국 죽고 맙니다.

어떤 일이 일어나는 조짐은 시작도 미미하고 그 형체도 희미합니다. 하지만 표면화하면 그 효과는 매우 큽니다. 예컨대 건강한 신체를 만드는 데는 오랜 시간 운동하고 단련해야 합니다. 젊은이들이 선호하는 몸짱을 만드는 데 지름길은 없습니다. 술이나 담배 등을 오래 즐기면 긴 세월이 지나 어느 날 갑자기 망가져버린 자신을 발견할 것입니다.

일본의 유명한 의사 히노하라 시게아키는 105세까지 살다가

2017년 세상을 떠났습니다. 그분의 인생 모토는 '영원한 현역'이었으며, 실제 100세가 넘어서까지 환자를 돌보기도 했습니다. 그는 건강검진의 중요성을 일찌감치 노래하면서 '암, 당뇨, 고혈압, 심장병 같은 질병'을 성인병이라고 하지 말고 '습관병'이라고 부르자고 했습니다. 식습관이나 생활습관을 바꾸면 상당 부분 예방 가능한 병이라는 것입니다. 일본 후생성은 그의 의견을 받아들여 성인병을 생활습관병으로 바꿔 부르고 있습니다.

마음의 공부도 습관의 산물입니다. 미국의 자기계발전문가인 브라이언 트레이시는 『백만불짜리 습관』에서 "습관이 한 사람의 생각과 느낌, 행동의 95%를 결정한다. 성공 습관의 개발이 훌륭한 삶을 사는 비결"이라고 했습니다. 빌 게이츠도 "인생은 습관의 연속이고 어떤 습관을 내 것으로 만드느냐가 가장 중요하다"고 설명했습니다.

하루하루 새로운 각오로 최선을 다하고, 그게 일정 시간 동안 쌓이면 몰라보게 달라지는 자신을 볼 수 있습니다. 반면에 하루를 아무런 생각 없이 보내면 그냥 잃어버린 시간이 될 수 있습니다.

미국의 영화감독인 앨프리드 히치콕의 명작「북북서로 진로를 돌려라」의 주인공 남자배우는 케리 그랜트입니다. 평범한 미남배우에서 스타로 발돋움했을 때 그는 이렇게 말합니다.

"내 삶은 매우 단순하다. 아침에 일어나 저녁에 잠든다. 그 중간에는 최선을 다한다."

미국 어린이들에게 인기 있는 만화 캐릭터로 귀가 긴 강아지 '스누피'가 있습니다. 만화를 그린 찰스 슐츠는 "내 인생은 그림 색칠하기와 같다. 매일 새로운 페이지에 새로운 그림이 있고, 매일 새로운 색깔을 칠하기 때문이다"고 말했습니다.

군 생활은 어떻게 보면 매우 단순합니다. 몸도 얽매여 있습니다. 하지만 바쁜 와중에도 마음에 어떤 색칠을 하느냐는 본인 의지에 달렸습니다. 젊은이들의 마음이 시원해지도록 '울창한 숲과 맑은 물을 연상하게 하는 푸른 색'으로 하루하루 색칠해나갔으면 합니다.

046

정신력이 실력이다

이광(李廣)은 중국 한나라 때의 이름난 장수입니다. 중국 북쪽을 침범한 흉노와 70여 차례 싸워 모두 이겼으며 '날아다니는 장군'이라는 의미에서 '비장군(飛將軍)'이라고도 불렸습니다. 흉노들은 용맹과 지혜를 겸비한 그를 너무나 두려워해 그가 지키는 곳은 가급적 피했습니다.

이광은 한가할 때면 무예도 익히고 바람도 쐬려고 장병들을 데리고 성 밖으로 나가 사냥을 했습니다. 그가 주둔하고 있던 북우평 산속에는 호랑이들이 많았으며, 이광은 여러 마리를 활로 쏘아 잡았습니다.

이광이 하루는 사냥을 하느라 깊은 산속으로 들어갔고, 정신을 차려보니 어느새 홀로 남아 있는 것을 알았습니다. 때마침 날도 저물어 숙영지로 돌아가려고 말고삐를 당겼습니다. 산기슭에 이르렀을 무렵, 집채만 한 호랑이가 몇 백 발자국쯤 떨어진 곳에 웅크리고 있는 것을 발견했습니다. 머리털이 쭈뼛쭈뼛 곤두서는 공포감 속에서도 그는 정신을 집중한 후 깊게 심호흡을 하고서 온 힘을 다해 화살을 날렸습니다.

화살이 호랑이에게 명중했는데 아무리 기다려도 호랑이가 꿈쩍하지를 않습니다. 너무나 이상해서 가까이 다가가 보니 호랑이가 아니라 커다란 바위였고, 화살은 바위에 박혀 있었습니다. 어둑어둑한 상황에서 바위를 호랑이로 착각한 것입니다. 그는 자신이 화살로 바위를 뚫었다는 데 깜짝 놀라서 다시 화살을 날렸던 곳으로 돌아와 바위에 연방 화살을 날려봤습니다. 하지만 단 한발도 바위를 뚫지 못했습니다.

이광의 일화에서 "온 힘을 다하면 바위도 뚫을 수 있다"는 의미의 '금석위개(金石爲開)'라는 고사성어가 나왔습니다. '쇠와 돌을 뚫는다'는 뜻으로 아무리 어려운 일도 굳은 의지로 이겨낼 수 있다는 의미입니다. 중국 송나라 때의 학자인 주자(朱子)도 정신일도하사불성(精神一到何事不成, 한 가지 일에 온 정신을 다 쏟으면 세상에 안 되는 일이 없다)이라고 했습니다. 이 표현은 주로 태권도장 현판으로 많이 걸려 있는데, 정신력과 의지력의 중요성을 말하는 것입니다.

정신력과 굳센 의지를 표현하는 말로 진인사대천명(盡人事待天命)도 있습니다. "사람으로서 자신이 할 수 있는 일은 무엇이든지 노력하여 최선을 다한 뒤에 하늘의 뜻을 받아들여야 한다"는 의미로 『삼국지』의 '수인사대천명(修人事待天命)'에서 유래했습니다. 유명한 적벽대전의 와중에 제갈량의 계책으로 촉나라의 관우가 위나라의 조조를 죽일 수 있는 기회를 얻습니다. 관우는 그러나 예전에 조조에게 신세를 진 일이 있어 조조의 퇴로를 열어주고 달아나게 합니다. 제갈량은 다 잡은 적장을 살려준 관우를 처형하려 했지만 유비의 간청으로 그를 살려주면서 다음과 같이 말합니다.

"천문을 보니 조조는 아직 죽을 운명이 아니므로 일전에 조조에게 은혜를 입은 관우에게 그 은혜를 갚으라고 화용도로 보냈다. 내가 사람으로서 할 수 있는 방법을 모두 쓴다 할지라도 목숨은 하늘의 뜻에 달렸으니, 하늘의 명을 기다려 따를 뿐이다(修人事待天命)."

비슷한 뜻으로 '모사재인성사재천(謀事在人成事在天)'이라는 고사성어가 있습니다. 명나라의 나관중이 지은 『삼국지연의』를 보면 촉나라의 제갈량이 숙적인 위나라의 사마의와 공방전을 벌이는 장면이 있습니다. 제갈량은 호로곡이라는 계곡으로 사마의의 군대를 유인하고 불을 지릅니다. 이 바람에 위나라 군대는 몰살 직전에 놓입니다. 그때 갑자기 하늘에서 비가 내려 불이 꺼졌고, 사마의와 위나라 군대는 위기를 모면합니다. 제갈량은 하늘을 우러러 바라보며 "일을 도모하는 것은 사람에게 달렸으나 일을 성공하는 것은 하늘에 달렸도다(謀事在人, 成事在天)" 하고 한탄했다고 합니다.

성공하는 사람들이 즐겨 하는 말이 "나는 운이 좋았다"입니다. 실제로 운동경기를 보면 꼭 우승할 것으로 예상하던 선수가 배탈이나 식중독, 혹은 갑작스러운 부상을 당하여 아예 출전조차 못할 때가 많습니다. 하지만 그 와중에도 자신과의 싸움에서 승리하는 사람은 꼭 있습니다. 그들은 모두 본인이 처한 위치에서 최선을 다한 사람들입니다. 열심히 하다 보니 어느덧 우승을 하게 되고 성공의 기쁨을 맛본 것입니다.

영국 속담에 "경주는 꼭 빠른 자가 이긴다는 보장이 없고, 싸움은 꼭 강한 자가 이긴다는 보장이 없다"는 것이 있습니다. 군에서 행군을 하다 보면 초반에 빨리 가는 사람이 있는데 대부분 마지막까지 제대로 완주하지 못합니다. 다소 느리게 보일지 몰라도 뚜벅뚜벅 한 걸음씩 열심히 걸어가는 군인이 백리 행군을 가장 거뜬하게 이뤄냅니다. 인생의 긴 여정에서도 집요하고 끈질기게 달라붙는 정신력이 다른 어떤 힘보다 더 크게 운명을 좌우한다는 것을 명심할 필요가 있습니다. 정신력과 의지력이 진짜 실력입니다.

047

평화롭게 다투는 지혜, 개시개비

황희 정승은 조선시대의 명재상으로 수많은 일화가 전해집니다. 어린 시절 읽은 일화 가운데 하나를 소개합니다.

집 안에서 일하는 하녀 둘이 싸우다가 황희 정승에게 다가와 하소연을 합니다. 한 하녀가 자신의 억울함을 이야기하자 황희 정승은 "네 말이 옳구나" 하고 말합니다. 다른 하녀가 본인이 더 억울하다며 자신의 주장을 펼칩니다. 황희 정승이 자세히 들은 후 "네 말도 옳다"고 말합니다. 그 광경을 보고 있던 부인이 어이없어하며 "두 사람이 반대의 이야기를 하는데 다 옳다고 하시면 어떻게 합니까?" 하고 되묻습니다. 그러자 황희 정승은 부인을 돌아보더니 "당신의 말도 옳소" 했습니다.

서양 문화권에도 비슷한 이야기가 있습니다. 나스레딘 호자는 13세기경 터키에 살던 현인인데, 그가 판사를 지내고 있을 때입니다.

마을 주민 두 사람이 찾아와 서로 불만을 얘기했습니다. 한 사내가 억울함을 호소하면서 이웃의 잘못을 비난하자 호자가 말합니다.

"당신 말이 옳습니다."

옆에서 지켜보던 다른 사내가 자기 자신도 분하고 억울하다면서 상황을 처음부터 설명하기 시작합니다. 사내의 얘기를 주의 깊게 듣던 호자가 이야기가 끝난 후 말합니다.

"당신 말도 옳습니다."

모든 과정을 옆에서 지켜보던 호자의 부인이 두 사람이 모두 떠나기를 기다렸다가 호자에게 다가와 조용히 묻습니다.

"여보, 어떻게 두 사람의 말이 모두 옳을 수가 있지요?"

부인의 얘기를 조용히 듣던 호자가 고개를 끄덕이며 한마디 합니다.

"부인, 당신의 말도 옳구려!"

황희 정승이나 나스레딘 호자의 일화는 "세상의 옳고 그름은 칼로 베듯이 나눠지는 게 아니다"는 지혜를 알려줍니다.

불경에 나오는 부처님의 말씀 중에 '장님과 코끼리'라는 일화가 있습니다.

옛날 어떤 왕이 장님을 모아놓고 코끼리를 만져보게 한 뒤 코끼리가 어떻게 생겼는지 물었습니다. 코끼리의 코를 만진 사람은 "굽은 멍에와 같다"고 말했고, 코끼리의 이빨을 만진 사람은 "절구공이와 같다"고 말했습니다. 귀를 만진 사람은 "키(곡식 쭉정이 털어내는 기구)와 같다"고 하고, 머리를 만진 사람은 "솥과 같다"고 했으며, 등을 만진 사람은 "언덕과 같다"고 표현했습니다. 배를 만진 사람은 '솥', 다리를 만진 사람은 '나무', 장단지를 만진 사람은 '기둥', 발자국을 만진 사람은 '호박', 꼬리를 만진 사람은 '밧줄'이라고 표현했습니다.

원효대사는 이러한 상황을 두고 "모두 옳다(皆是)"고 했습니다. 각각의 주장이 코끼리가 아닌 다른 사물을 언급한 것이 아니기 때문입니다. 원효는 동시에 "모두 틀렸다(皆非)"고 표현했습니다. 코끼리 '전체'를 생각한다면 각각의 주장에 부족함이 있기 때문입니다. 원효대사는 이를 화쟁(和爭, 다툼을 화해시킨다)으로 정리해 사상의 핵심으로 삼았습니다.

개시와 개비는 동전의 양면과 같습니다. '개시개비(皆是皆非, 모두 옳고 모두 틀렸다)'의 생각은 세상을 이분법적으로 보지 말고 여러 가지 옳음이 있음을 인정하라는 것입니다. 모든 갈등의 원인은 "내 주장만이 옳고 네 주장은 틀리다"는 데서 출발하는데 그러지 말라는 것입니다.

그렇다고 '개시개비'가 '다툼이 없는 평화'를 말하는 것은 아닙니다. 사람들이 살아가는 데 갈등은 늘 있습니다. 조그마한 가정은 물론이고, 직장, 모임, 학교에도 갈등이 있습니다. 군대도 예외일 수 없습니다. 다만, 갈등이 있더라도 상대방의 입장을 한 번 더 생각하고 끓어오르는 감정을 억누르다 보면 문제해결이 한결 쉽다는 것입니다. 갈등은 살아가면서 절대 피할 수 없다는 점을 인정하고, 다투기는 하되 '평화롭게 다투는 지혜', 그것이 바로 '개시개비'가 알려주는 의미입니다.

048

태도가 100점 인생을 좌우한다

군에 입대하면 가장 먼저 배우는 게 거수경례입니다. 오른손 손바닥을 곧게 펴서 모자를 썼을 때는 손끝을 모자 챙 옆까지, 쓰지 않았을 때는 눈썹 언저리까지 올리고 상대편을 주목합니다. 손바닥이 보인다고 혼나고, 손이 곧게 펴지지 않았다고 혼나고, 절도 있게 손을 올리지 못했다고 혼난 기억이 생생합니다. 그러면서도 군복이나 제복을 입은 사람들이 단정한 자세로 거수경례를 하면 왠지 믿음이 갑니다. 거수경례가 그들의 마음 자세를 보여주는 상징이기 때문입니다.

인생을 살아가는 데는 돈, 명예, 사랑, 학력 등등 중요한 조건이 참으로 많습니다. 그렇다면 참된 인생을 살아가는 100점짜리 인생이란 정확히 무엇일까요? 그 정답을 한번쯤 생각해보는 시간을 가지는 것도 인생에 도움이 될 것입니다.

한때 외국에서는 영어 알파벳으로 풀이한 정답 찾기가 유행했습니다. 먼저 영어 알파벳에 숫자를 붙입니다. 영어 알파벳 26자에 순서대로 점수를 부여하면 A는 1점, B는 2점, C는 3점, D는 4점, E는 5점이 됩니다. F는 6점, G는 7점, H는 8점, I는 9점, J는 10점으로 볼 수 있습니다. 줄곧 점수를 붙이다 보면 마지막에 W는 23점, X는 24점, Y는 25점, Z는 26점이 됩니다.

그런 다음 알파벳 단어를 숫자로 환산하여 점수를 내어 100점짜리를 찾아보는 것입니다. 보통 "열심히 일하면 성공한다"는 말을 많이 합니다. 열심히 일하는 것을 의미하는 'Hard Work'는 '8+1+18+4+23+15+18+11'로서 98점이 됩니다. 열심히 일하는 것은 높은 점수는 받지만 100점짜리 인생은 되기 어렵습니다. 지식(knowledge)을 점수로 환산하면 96점으로 100점 인생에 4점이 부족합니다. 'Good Luck(좋은 운)'은 88점입니다. 금수저니 흙수저니 하면서 자신의 처지를 비관하는 사람들이 많지만 행운의 점수는 열심히 일하는 것이나 지식에 미치지 못합니다. 돈이 많으면 좋겠다는 사람도 있지만 'Money'는 72점입니다. 리더십(Leadership)은 89점으로 환산됩니다.

그렇다면 100점짜리 인생을 위한 100점짜리 단어로는 뭐가 있을까요? 바로 태도와 자세, 마음가짐과 몸가짐을 두루 의미하는 'Attitude'라는 단어입니다. '1+20+20+9+20+21+4+5'를 모두 합치면 정확히 100점이 됩니다. 단순한 숫자놀이 같지만 100점짜리 단어가 주는 의미는 참으로 깊은 여운을 남깁니다.

대한민국 최고의 삼성그룹을 창업한 이병철 전 회장은 신입사원 면접시험 때 옆자리에 점쟁이를 두고 관상을 보게 했다는 일화가 있습니다. 하지만 훗날 자녀들의 전언에 따르면 이병철 전 회장은 관상보다 몸가짐과 태도를 더욱 중시했다고 합니다. 재능뿐만 아니라 단정한 용모, 겸손하면서도 자신감 넘치는 말씨, 조용한 걸음걸이 등을 유심히 보았다는 것이죠. 실제로 직원들이 업무에 임하는 태도가 무엇보다도 성과에 직결된다고 합니다.

20대 시절은 인생의 초창기입니다. 그런데도 많은 젊은이가 "나는 안 돼, 나는 머리가 나빠, 나는 운동신경이 없어" 등등 수많은 이유를 들이대며 좌절하기 일쑤입니다. "이번 생은 망했다"며 암울한 자세로 임하는 젊은이들도 적지 않게 보입니다.

하지만 해보지도 않고 처음부터 포기하는 사람만큼 불쌍하고 어리석은 사람도 없습니다. 등산을 즐겨 하는 분들이 쓰는 표현 가운데 "눈은 멀고, 발은 가깝다"는 말이 있습니다. 높은 산을 올려다보면 언제 올라갈 수 있으려나 하는 생각이 들지만, 한발 한발 오르다 보면 어느덧 정상에 도달해 있습니다. 등산에 성공하느냐가 마음먹기에 달려 있듯이, 사람들의 생활도 마음먹기가 가장 많이 좌우합니다. 태도(Attitude)가 100점짜리 인생을 위한 최고의 방법임을 젊은이들이 가슴 깊이 간직했으면 좋겠습니다.

049

계절의 변화, 인생의 변화

입추와 말복이 지나자 아침저녁이 선선합니다. 한낮의 뜨거운 열풍도 많이 가라앉았습니다. 무더위의 괴로움이 가시니 몸도 가벼워지고 마음도 상쾌합니다. 계절의 변화를 보면 '자연은 참으로 위대하다'는 것을 실감하고 저절로 감사의 마음이 생깁니다.

봄, 여름, 가을, 겨울이 예외 없이 반복되는 것처럼, 인생살이는 늘 희로애락의 반복이자 연속입니다. 그 누구도 예외일 수 없습니다. 다시 한 번 '인생은 새옹지마(塞翁之馬)'라는 말을 생각해보는 순간입니다. 새옹지마는 '변방에 사는 늙은이의 말'이란 뜻으로 세상일의 좋고 나쁨을 예측하기는 어렵다는 의미입니다.

널리 알려진 새옹지마의 내용은 다음과 같습니다.

중국의 북쪽 만리장성 부근에 한 노인이 살고 있었습니다. 어느 날 집에서 기르던 말이 국경을 넘어 오랑캐 땅으로 도망쳤습니다. 아들과 이웃 주민들이 답답해하며 위로의 말을 전하자 노인은 태연자약하게 "이 일이 복이 될지 누가 압니까?" 하고 말합니다. 몇 달이 지난 후 도망친 말이 암말 한 필과 함께 돌아왔습니다. 주민들은 말이 한 필 더 생긴 것을 보고 "노인께서 말씀하신 그대로입니다" 하며 축하하였습니다. 하지만 노인은 "이게 화가 될지 누가 압니까?" 하며 별로 좋아하는 기색을 보이지 않았습니다. 반면에 아들은 신이 나서 새로운 말을 길들이는 데 여념이 없었습니다. 며칠 후 노인의 아들이 천방지축으로 날뛰는 말에서 떨어져 그만 다리가 부러지고 말았습니다. 마을 사람들은 "하나밖에 없는 아들이 불구가 되어 어쩌나" 하면서 쑥덕거렸습니다. 노인은 못 들은 척하면서 "이번 일로 좋은 일이 생길지도 모르는 일이오" 하고 표정을 바꾸지 않았습니다. 얼마 후 북방 오랑캐가 쳐들어왔습니다. 나라에서는 징집령을 내려 젊은이들이 모두 전장에 나가야 했고, 대부분 목숨을 잃거나 크게 다쳤습니다. 하지만 노인의 아들은 다리가 부러진 까닭에 전쟁터에 나가지 않아도 되었습니다. 아들과 마을 주민들은 그제야 좋은 일이 화가 되기도 하고 나쁜 일이 복이 되기도 한다는 세상사의 이치를 깨달았습니다.

살다 보면 오르막이 있으면 내리막이 있고, 내리막이 있으면 오르막이 있습니다. 아무런 어려움 없이 승승장구하는 인생은 없습니다. 예전에 관료로서 승승장구하던 한 분이 "20대 젊은 시절 고시에 합격해 한 차례의 좌절도 없이 승진을 거듭했는데, 어느 날 그만두게 되어 앞을 보니 절벽이더라" 하고 얘기하는 걸 들었습니다.

음악은 높은 음과 낮은 음이 교차하기에 아름답습니다. 같은 음만 계속되는 것은 음악이 아닙니다. 좌절하는 순간이 있기에 성공의 순간이 더욱 보람이 있으며, 불행이 있기에 행복이 더욱 가치 있게 다가옵니다. 군 복무도 처음에는 두렵고 힘들기만 하지만 막상 어려운 훈련병 시절을 거치고 자대배치를 받으면 고난과 역경의 순간이 '행복의 기억'으로 되살아나는 것을 느낄 수 있습니다.

과거 낭만을 지향하던 젊은이들이 즐겨 읊던 시가 있습니다. 러시아의 국민 시인으로 불리는 알렉산드르 푸시킨의 「삶이 그대를 속일지라도」라는 시입니다.

삶이 그대를 속일지라도(If by life you were deceived)

혹여 삶이 그대를 속일지라도
슬퍼하거나 노여워하지 말라
슬픔과 절망의 날을 참고 견디면
기쁨의 날이 오리니

마음은 미래에 살고
현재는 언제나 슬픈 법
모든 것은 순간에 흘러가고 지나게 될 것이며
지나가는 모든 것은 훗날 다시 그리워지나니

050

행복은 살아가는 과정

바야흐로 소셜 미디어의 시대입니다. 페이스북, 트위터, 유튜브, 카카오톡 등으로 정보와 의견을 공유하는 일이 일상사가 되었습니다. '개방, 공유, 참여, 대화, 연결, 커뮤니티' 등을 목적으로 글, 사진, 비디오 등이 생산되고, 빠르게 유통됩니다.

많은 사람이 소셜 미디어로 자신이 꽤 그럴듯한 사람임을 확인받고 싶어 합니다. 자신감이 넘치는 얼굴, 멋지게 연출된 여행지, 남들이 하기 힘든 체험, 맛있게 보이는 음식 등 대체로 그 사람의 '최우수 작품'이 글과 사진 형태로 소셜 미디어에 올라옵니다. '잘 편집된 인생'이 올라오다 보니 그걸 본 몇몇 사람들은 왠지 자신이 초라하다고 느낍니다. '그들은 천국을 체험하는데 내 인생은 뭐지?' 하고 말입니다.

소셜 미디어가 사람을 행복하게 해줄 것으로 보이지만, 그렇지 않음을 보여주는 연구가 있습니다. 덴마크에 있는 행복연구소(Happiness Research Institute)에서 성인 1095명을 대상으로 조사를 했습니다. 절반에게는 일주일 동안 페이스북을 일절 하지 않도록 했고, 나머지 절반에게는 페이스북 활동을 예전처럼 하도록 했습니다.

일주일이 지난 후 페이스북을 하지 않은 사람들 중 88%가 행복하다고 답한 반면 페이스북을 정상적으로 한 사람 중 행복하다는 비율은 81%였습니다. 소셜 미디어를 잠시 멈춘 사람들은 삶에 더 열정적이었으며 외로움과 걱정 등 부정적인 정서를 덜 경험했습니다. 그들은 가족과 친구들을 직접 만나서 많은 시간을 보냈으며 집중력도 높아졌다고 답했습니다.

사람들은 늘 행복하기를 원합니다. 그러다가 갑자기 "당신은 행복하십니까" 하고 질문하면 어떻게 대답해야 할지 난감해합니다. 행복은 워낙 추상적인 단어라서 한마디로 정의하기 어렵습니다. 그런만큼 접근법도 다양합니다.

'성공 행복론'은 '성공이 곧 행복'이라고 보는 시각입니다. 인기있는 자기계발서나 위인전이 보여주는 가장 보편적인 행복론입니다. 많은 돈을 벌거나 명예로운 자리에 오르는 등 경쟁에서 일등을 하면 행복해진다는 내용으로 많은 부모가 자녀들에게 바라는 희망사항이기도 합니다. 이러한 행복을 추구하다 보면 자칫 성공 이후의 삶이 무의미해집니다.

성경의 전도서 5장 10절에도 "돈을 사랑하는 사람치고 돈으로 만족하는 사람이 없다"고 쓰여 있습니다. 돈, 지위, 명예 등을 추구하는 사람은 막상 성공한 이후에 목표가 사라지면 삶의 균형을 잃고 급속히 추락하기 쉽고 실제로 그러한 수많은 사례가 있습니다.

'무소유 행복론'은 욕망을 줄이면 행복해진다는 시각입니다. 행복지수가 물질을 욕망으로 나누는 것이라고 정의하면, 분모인 욕망을 줄이면 행복지수가 높아집니다. 물질을 무한대로 높일 수 없으니 반대로 욕망을 줄이는 방법입니다. 다만 욕망을 줄이는 데는 현실적인 한계가 따릅니다. 사람은 누구나 생계를 유지하고, 가족을 부양해야 하며, 자녀를 교육시키고, 최소한의 문화생활을 유지해야 합니다. '무소유 행복론'은 삶에 혼란만 가중하거나 욕망이 아닌 노력만 줄이는 결과를 가져올 수 있습니다. 자립하지 못해 본의 아니게 다른 사람의 짐이 될 수 있습니다. 아무것도 가진 것이 없어 국가에 의존하는 것은 결국 다른 사람의 세금으로 사는 것이기 때문입니다. '무소유 행복론'을 외치는 사람들을 사이다발언이라며 칭찬하기도 하지만, 청량감과 위로만 줄 뿐 현실적으로 크게 달라지는 것은 없습니다.

　'도덕적 행복론'은 윤리적 삶을 지향하는 게 행복이라는 시각입니다. 도덕적으로 깨끗하게 살면 행복해진다는 것인데, 사실상 자기희생을 의미하는 말이기도 합니다. '착하게 살면 행복합니다' 하는 '도덕적 행복론'은 말로는 언제나 환영을 받지만, 행동으로는 말만큼 환영받지를 못합니다.

　종교적인 삶이 행복이라는 시각도 있습니다. 이렇게 말하는 사람들을 현실에서 살펴보면 '믿음 따로 행동 따로'일 때가 많습니다. 신을 믿는 사람들은 밤하늘의 별만큼이나 많지만 그 가르침대로 사는 사람들을 발견하는 일은 밤하늘에서 별똥별을 발견하기보다 힘들다는 얘기도 있습니다.

이러한 행복론은 대체로 행복이 목적입니다. 그러다 보니 목적을 달성하지 못하면 불행해지는 결과를 낳습니다. 이러한 한계를 극복하기 위해 생각할 수 있는 것이 '행복은 삶이 더 나아지는 과정'이라고 보는 시각입니다. 예컨대 '이성 행복론'은 살아가는 동안 총 행복량이 최대가 되도록 조절하는 것입니다. 현실적으로 가장 현명한 삶의 방식을 택하되, 사회적 존재로서 외롭지 않게 살아가는 방식을 의미합니다.

중국의 현인 증자는 "부는 집을 호화롭게 할 뿐이지만 덕은 사람을 빛나게 한다. 마음에 걸리는 것이 없으면 몸이 편안해진다. 그래서 군사(軍師)는 그 뜻을 성실히 해야 한다"고 말했습니다. 애덤 스미스는 "행복은 마음의 평안에 있다"고 했습니다.

행복을 더 나은 사람이 되기 위한 과정이라고 생각하면 자신이 어디에 있든 행복을 발견하기 쉽습니다. 중국 당나라의 고승인 임제 선사는 "수처작주입처개진(隨處作主立處皆眞, 지금 있는 그곳에서 주인이 돼라. 그러면 서 있는 곳이 모두 참된 곳, 즉 극락이 될 것이다)"이라고 말했습니다. 어떤 환경에서든지 주체적으로 산다면 그곳의 모든 것이 진짜 자신의 삶과 행복이 된다고 강조할 때 쓰는 말입니다. 나라의 부름을 받은 젊은이들이 복무하는 군 부대도 비록 소셜 미디어의 제약이 따르지만 얼마든지 행복의 터가 될 수 있습니다.

051

나는 무엇을 하고 있는가

불경에 이런 이야기가 있습니다.

앵무새 한 마리가 설산(높은 산) 위를 지나가다가 큰 불이 난 것을 보았습니다. 앵무새는 재빠르게 강으로 날아가 날개에 강물을 적셔 불을 향해 날갯짓으로 물을 뿌렸습니다. 설산의 산신이 그것을 보고 앵무새에게 당부했습니다.

"네 날개에 묻은 몇 방울 물로 어떻게 산불을 끌 수 있겠느냐? 애 쓰지 말고 가서 쉬어라."

그러자 앵무새가 대답했습니다.

"이 산은 제가 한때 살던 곳입니다. 이곳에 불이 난 것을 보고 어 떻게 그냥 보고 있을 수 있습니까. 작은 힘이나마 보태겠습니다."

산신은 그 말을 듣고 감동하여 산불을 모두 꺼주었다고 합니다.

성당을 짓는 공사장에 관한 이야기도 있습니다.

한 공사장에 세 명의 인부가 있었습니다. 세 사람 모두 똑같이 벽 돌 쌓는 일을 하고 있는데, 그 표정이 너무나 대조적이었습니다. 길을 가던 한 작가가 한참을 지켜본 후 물었습니다.

"당신은 지금 무슨 일을 하고 있습니까?"

첫 번째 남자가 표정 없이 말했습니다.

"나는 일당을 받고 일하는 잡부요."

두 번째 남자에게 다시 물었습니다.

"당신은 무엇을 하고 있습니까?"

그가 퉁명스럽게 말했습니다.

"벽돌을 쌓는 중이오."

작가는 이번엔 미소를 띤 채 열심히 일하는 세 번째 남자에게 다시 물었습니다.

"당신도 벽돌을 쌓는 잡부입니까?"

"네, 맞습니다. 다만 저는 지금 아름다운 성당을 짓고 있는 중입니다."

작가는 그때서야 똑같은 일을 하고 있는 세 사람의 표정이 너무나 다른 이유를 알았습니다.

사람들의 힘 하나하나는 참으로 미약합니다. 그렇지만 한 사람 한 사람의 정성이 모여 커다란 성과물을 냅니다. 예를 들면 자동차에는 2만 개 이상의 부품이 들어갑니다. 부품 하나가 잘못됐을 때 사람들은 "부품이 망가졌다"고 말하지 않고 "'자동차가 고장이 났다"고 말합니다. 세계 최고 품질의 자동차는 수많은 부품이 완벽하게 작동할 때 탄생합니다. 조그마한 조직이나 큰 기업은 그 소속원들이 제대로 일해야 완벽하게 작동합니다.

마찬가지로 국토방위를 책임지는 군에서 장병 한 명 한 명의 역할은 너무나 소중합니다. 경계근무를 서고, 총기를 손질하고, 포탄을 관리하며, 전차에 기름칠을 하는 것 하나하나는 사소해 보이지만 그 모든 게 제대로 작동했을 때 바로 '튼튼한 국방'이 완성됩니다. 그런 만큼 장병들은 자신의 역할이 절대 미미하지 않다는 것을 인식할 필요가 있습니다.

조동화 시인의 시 「나 하나 꽃 피어」는 사람들 한 명 한 명의 소중함을 노래합니다.

나 하나 꽃 피어

나 하나 꽃 피어
풀밭이 달라지겠느냐고
말하지 말아라
네가 꽃 피고 나도 꽃 피면
결국 풀밭이 온통 꽃밭이 되는 것 아니겠느냐

나 하나 물들어
산이 달라지겠느냐고도
말하지 말아라
내가 물들고 너도 물들면
결국 온 산이 활활
타오르는 것 아니겠느냐

052

아름다운 것은 아직 태어나지 않았다

아프리카의 가나는 한반도보다 약간 큰 나라입니다. 영국의 식민지였다가 1960년 독립해 가나공화국이 되었습니다. 독립투사인 은크루마는 초대 대통령으로서 아프리카의 가치를 지닌 나라 건설에 매진했습니다. 하지만 은크루마의 꿈은 1966년 2월 24일 일어난 군사 쿠데타로 좌절되었고, 정치적 혼란 속에 가나의 경제와 민생은 엉망인 상태에서 벗어나지 못했습니다.

가나의 작가인 아위 크웨이 아르마는 독립 후 가나인이 겪고 있는 좌절과 실망감을 책으로 썼습니다. 부패와 뇌물과 탐욕이 판치는 세상에서 뇌물을 거절한 소시민이 경험한 아픔을 다룬 내용입니다.

책을 펴내는 과정에서 문제가 된 건 제목이었습니다. 아무리 생각해도 적당한 제목이 떠오르지 않았던 겁니다. 어느 날 그는 가나의 수도 아크라에 있는 버스 정류장에 서 있다가 차량의 뒤편에 적힌 문구를 보았습니다. "아름다운 것은 아직 태어나지 않았다(The Beautyful Ones Are Not Yet Born)." 아르마는 머릿속에 번쩍하는 느낌을 받았고, 그 문구가 자신의 책 제목으로 딱 맞는다는 것을 느꼈습니다. 책 제목이 원래 거리에서 기원했다는 점을 반영하기 위해서 뷰티풀(Beautyful)의 오자도 제목에 그대로 반영했습니다.

아르마의 책은 1968년 미국에서 출판되었고, 그는 아프리카를 대표하는 작가의 반열에 올랐습니다. 그는 책에서 분열하고 퇴보하는 아프리카의 역사 속에서도 단결과 협력의 에너지가 꿈틀거릴 수 있음을 나타내고자 했습니다.

"나 혼자서는 아무것도 아닙니다. 나 혼자서는 아무것도 갖고 있지 않지만, 우리라는 존재는 힘이 있습니다. 다만 우리가 함께 힘을 발휘하도록 애쓰지 않는다면, 우리의 힘은 아무런 쓸모가 없을 것입니다."

사람을 한자어로 표현하면 인간(人間)입니다. 이 단어는 사람의 존재라는 게 여러 사람의 관계 속에서 의미가 있다는 걸 보여줍니다. 한국어로 '내 집, 내 가족, 내 부모'라고 하지 않고, '우리 집, 우리 가족, 우리 부모'라고 표현하는 것도 늘 '함께하는 삶이 곧 진정한 사람의 삶'이라고 하는 오랜 전통과 믿음이 있기 때문입니다.

군 복무는 한국인의 의식구조로 생각할 때 새로운 가족을 만나는 것입니다. '나와 나가 만들어가는 군대'는 약하지만, '우리와 우리가 만들어가는 군대'는 강합니다. 우리라는 가족의 믿음, 공동체의 믿음이 있을 때 군 생활도 한결 안정되고 군 전체가 더욱 강해질 수 있습니다.

군 생활은 젊은이들이 인생에서 만나는 큰일입니다. 미국인이 큰 일을 앞두고 자주 쓰는 말이 "I need fresh eyes(새롭고 신선한 시각이 필요해)"라고 합니다. 기존의 시각과 관행에서 벗어나 새로운 관점과 각오로 상황을 본다는 뜻입니다. 여기서 새롭고 신선한 시각이라는 말이 참으로 중요합니다. 세상은 늘 한결같지 않고 변화하기 때문입니다.

새로운 시각은 아름다움을 발견하는 방법이기도 합니다. 매일 마주치는 동일한 사물도 눈을 크게 뜨고 보거나 거꾸로 보면 전혀 다른 사물로 비치고, 계절이 바뀌면 전혀 다른 형상으로 다가옵니다.

젊은이의 강점은 늘 새로움을 거부감 없이 받아들이는 마음에 있습니다. 이러한 마음을 표현하는 단어가 바로 도전과 열정입니다. 국방의 의무를 수행하는 일은 어찌 보면 단순합니다. 그렇더라도 마음으로는 변화에 대한 새로운 시각, 아름다움을 발견하는 신선한 시각을 의미하는 'fresh eyes'를 늘 잊지 않는 자세가 중요합니다. 그럴 때마다 새로운 아름다움이 태어날 것입니다.

053

광복절에 생각하는 독립

김구 선생은 『백범일지』에 이렇게 적었습니다.

"네 소원이 무엇이냐?" 하고 하느님이 물으시면, 나는 서슴지
않고 "내 소원은 대한 독립이오" 하고 대답할 것이다. "그다음 소
원은 무엇이냐?" 하고 다시 물어보면, 나는 또 "우리나라의 독립
이오" 할 것이요, 또 "그다음 소원이 무엇이냐?" 하는 셋째 번 물
음에도, 나는 더욱 소리를 높여서 "나의 소원은 우리나라 대한의
완전한 자주독립이오" 하고 대답할 것이다.

백범 김구 선생은 대한민국의 완전한 자주독립을 꿈꾸면서 중
국의 상하이(1919년), 항저우(1932), 전장(1935), 창사(1937), 광저우
(1938), 류저우(1938), 치장(1939), 충칭(1940) 등지로 청사를 옮겨가
며 독립운동을 펼쳤습니다. 몇 년 전 창사의 임시정부 건물을 찾아
갔는데, 좁은 골목길 속에 위치한 허름한 건물에서도 나라를 위해

결코 용기를 잃지 않던 애국선열들의 열정을 느낄 수 있었습니다.

독립이란 남의 지배를 받던 지역이나 한 지방이 자유와 자기결정권을 되찾아 새로운 주권국가로 태어나는 것을 말합니다. 독립국가라고 하면 자신의 운명을 스스로 결정하는 주권, 나라를 구성하는 국민, 나라의 기반이 되는 영토가 있어야 합니다. '주권, 국민, 영토'라는 3대 조건이 있어야 비로소 독립국가가 되는 것입니다. 세계에서 나라 없이 가장 많은 인구를 가진 민족이 중동의 터키, 이란, 이라크, 시리아 등지에 걸쳐 사는 쿠르드족입니다. 이들은 전체 인구가 2500만 명이나 되고 고유의 문화와 언어가 있지만 주권이 없어 아직 독립국가가 되지 못하고 있습니다. 어떤 나라가 자신의 운명을 스스로 결정하려면 힘이 있어야 합니다. 여기서 힘이라는 것은 국민이 먹고 살 수 있는 경제력, 다른 나라가 침범했을 때 스스로 지킬 수 있는 국방력을 의미합니다. 스스로 지킬 수 있고, 스스로 먹고 살 수 있는 나라가 진정한 독립국가인 셈입니다.

대한민국은 역사적으로 힘이 약해서 임진왜란, 병자호란 등을 겪었고, 전 국토가 유린당하면서 많은 국민이 죽어갔습니다. 급기야 20세기에 들어와서는 일본보다 국방력과 경제력에서 뒤처져 나라를 35년간이나 빼앗기는 비운을 맛봤습니다. 우리가 스스로 부끄러워해야 하는 것은 나라를 빼앗기고 우리 스스로 가족과 이웃을 지키지 못했다는 사실입니다. 일본에 빼앗긴 후 친일을 했느니 독립운동을 했느니 하는 것은 부차적인 사실입니다. 나라의 힘이 강했다면 우리가 일본의 치하에서 비굴하게 목숨을 부지하기 위해 친일 활동을 할 필요조차 없었을 것이기 때문입니다.

나라에 독립이 중요한 것처럼 사람에게도 독립이 중요합니다. 사람에게는 주로 자립이라는 용어를 많이 씁니다. 사람이 자립한다는 것은 스스로 부모의 곁을 떠나 자신의 힘으로 생활해나가는 걸 의미합니다. 본인이 모든 일을 판단하고, 본인이 주거환경을 갖추며, 본인이 번 돈으로 먹고 사는 것입니다. 즉, 스스로 경제력을 갖춰야 한다는 의미입니다. 스스로 판단한다는 것은 나라로 치면 주권을 갖는 것이며, 본인의 주거환경은 영토를 의미합니다. 결혼을 하고 본인이 먹여 살리는 가족은 국민에 해당합니다.

젊다고 누구나 자립할 수 있는 것은 아닙니다. 스스로 결정할 수 있는 마음가짐도 중요하지만 돈을 버는 실력도 갖춰야 자립할 수 있습니다. 마음도 여리고 돈도 벌지 못하면 부모 곁에서 보호만 바라는 '캥거루족'이 될 수밖에 없고, 진정한 독립은 할 수 없습니다. 따라서 독립을 원한다면 늘 심신을 단련하고 실력을 키우는 일을 게을리해서는 안 됩니다.

어느 여고의 급훈을 소개합니다.

'스스로 깨면 병아리, 남이 깨면 프라이'

병아리는 예쁜 생명체이지만, 프라이는 달걀의 본질을 상실한 죽은 생명체입니다. 살아 있는 생명체가 되려면 스스로 어린 시절의 티를 벗고 성장해나가는 사람이 돼야 합니다. 그게 바로 성인이고, 자립입니다. 인생의 큰 고비가 되는 군 생활도 그런 의미에서 젊은 이가 진정한 독립인으로 커 나가는 성장의 과정이라고 여겨집니다.

054

시간 관리

한때 '아침형 인간'이란 말이 한국 사회에 크게 유행한 적이 있습니다. 2003년 일본의 의사인 사이쇼 히로시가 쓴 『인생을 두 배로 사는 아침형 인간』이란 책 때문입니다. 책의 가르침은 한마디로 '일찍 자고 일찍 일어나라'는 것으로, "아침이 없는 사람에게는 성공도 건강도 없다. 건강하게 장수하는 사람 중에는 야행성이 없다. 성공한 사람들은 모두 아침에 깨어 있다" 등등의 내용이 담겨 있습니다.

'아침형 인간'으로 사는 대표적인 그룹이 군인입니다. 군 복무 시절을 생각해보면 밤 10시에 취침해서 아침 6시에 기상합니다. 그건 30년 전에 제가 근무하던 시절이나 제 아들이 복무 중인 지금이나 마찬가지입니다. 기상 나팔소리와 함께 벌떡 일어나 '아침형 인간'으로 살았기에 "군을 제대한 이후에도 이렇게 생활한다면 성공하겠구나" 하고 생각했습니다. 하지만 민간인으로 바뀐 지 며칠 만에 아침형 인간의 생활에 종지부를 찍었습니다. 개인적인 만남과 친목 모임 등의 탓도 있지만, 어린 시절부터 워낙 늦게까지 잠을 자는 습관이 깊던 탓입니다. 제 생체리듬도 아침형이 아니라 저녁형이 분명해보입니다.

'아침형 인간'으로 대표적인 인물로 현대그룹을 창업한 고 정주영 회장, 미국 마이크로소프트사의 회장 빌 게이츠, 제너럴일렉트릭사의 회장이던 잭 웰치 등을 꼽을 수 있습니다. 정주영 회장이나 잭 웰치 등은 아침 7시부터 업무에 돌입했다고 합니다.

그렇다고 역사에서 아침형 인간만 성공한 것은 아닙니다. 오스트리아의 천재 작곡가인 모차르트는 떠오르는 악상을 정리하기 전에는 잠을 자지 않을 정도였다고 합니다. 제2차 세계대전 당시 영국을 승리로 이끈 처칠 총리는 새벽 4시에 잠들어 오전 늦게 일어났습니다. 미국의 버락 오바마 전 대통령도 대표적인 저녁형 인간으로 알려져 있습니다. 대한민국을 대표하는 삼성그룹이 1993년부터 '7시 출근, 4시 퇴근제도'를 도입했다가 9년 만에 폐지한 적이 있는데, 이는 새로운 마음가짐으로 시간 관리를 잘하자는 의미였지 '아침형 인간이 좋다'는 취지에서 도입한 것은 아닙니다.

시간이란 존재는 참으로 신비합니다. 시간의 특성을 가만히 생각해보면 속도가 일정하고, 누구에게나 동일하게 적용되며, 공짜로 주어지고, 저축하거나 빌려올 수 없으며, 쓰지 않아도 없어지고, 누구나 무엇이나 시간의 흐름에 따라 변하며, 눈에 보이지 않습니다. 사용하기에 따라서 가치도 달라지며 전혀 다른 대접을 받습니다. 인생의 좋은 시절은 황금기, 하루의 좋은 시간은 골든아워로 불리기도 합니다.

돈을 저축하고 잘 불리는 것을 '재테크'라고 하는 것에 빗대어 시간 관리의 중요성을 '시(時)테크'라고 합니다. 시테크를 잘한 대표적인 인물이 미국의 제42대 대통령인 빌 클린턴입니다. 미국의 대통령은 현안이 하도 많아 눈코 뜰 새 없이 바쁘기 마련입니다. 클린턴 대통령도 처음에는 시간 관리가 꽤나 엉망이었습니다. 그래서 클린턴 대통령은 임무 도중에 어스킨 볼스라는 시간 관리 전문가에게 진단을 맡겼습니다. 그 결과 볼스는 대통령 시간의 생산성을 무려 62.5%나 높였습니다. 이후 볼스는 1995년 비서실 차장으로 임명됐고 1996년부터는 비서실장으로 승진했습니다. 볼스는 비서실장이 되고 나서 국가에 봉사한다는 마음으로 자기 연봉을 단지 1달러로 책정하고 시간 관리를 포함해서 오로지 대통령 업무의 생산성을 높이는 데 전력했습니다. 그 결과 클린턴 대통령은 성공한 대통령으로 임기를 잘 마쳤습니다.

이처럼 훌륭한 시테크를 하려면 가장 먼저 계획이 필요합니다. 자신만의 목표를 설정하고 계획을 짜는 것입니다. 좋은 목표란 구체적인 결과물이 있으며, 마감시간이 정해져 있고, 측정할 수 있으며, 달성할 수 있어야 합니다. 이러한 목표를 설정한 다음 자신의 일을 '중요하고 긴급한 일, 중요하나 긴급하지 않은 일, 긴급하나 중요하지 않은 일, 긴급하지도 중요하지도 않은 일'로 나눕니다. 그러다 보면 하루하루 중요하고 긴급한 일부터 먼저 하는 습관이 생기는 것입니다.

누구에게나 주어지는 하루 24시간을 어떤 사람은 끌려 다니고 어떤 사람은 끌고 다닙니다. 시간을 끌고 다니면서 시테크를 잘하는 사람이 성공의 확률이 높습니다. 어떤 분은 인생에 성공하려면 좋은 사람과 인연을 잘 맺은 인(人)테크, 운을 놓치지 않은 운(運)테크, 시간을 잘 관리하는 시(時)테크의 3박자가 있어야 한다고 강조하기도 합니다.

시간의 가치는 길거나 짧거나에 관계없이 매우 소중합니다. 시간의 상대적 가치에 대해 다음과 같은 얘기가 있습니다. 1년의 가치는 입시에서 낙방해 재수를 하는 학생에게, 한 달의 가치는 일찍 태어나 미숙아를 안게 된 어머니에게, 한 주의 가치는 마감시간에 쫓기는 주간지 편집자들에게, 한 시간의 가치는 연인을 기다리는 사람에게, 1분의 가치는 열차를 아깝게 놓친 사람에게, 1초의 가치는 아슬아슬하게 교통사고를 피한 사람에게, 100분의 1초의 가치는 안타깝게 금메달을 놓친 선수에게 물어보면 된다고 합니다.

동서양의 많은 현인이 시간을 얘기했습니다. 로마의 철학자 세네카는 "인간은 항상 시간이 모자란다고 불평하면서 마치 시간이 무한정 있는 것처럼 행동한다"고 말했습니다. 스위스 신학자인 알렉산더 비네는 "제일 많이 바쁜 사람이 제일 많은 시간을 가진다"고 역설적으로 얘기했으며, 영국의 시인 바이런은 "바쁜 사람은 눈물을 흘릴 시간이 없다"고 설명했습니다.

중국의 회남자는 "시간이 없어서 책을 읽을 수 없다고 하는 사람은 설령 시간이 있어도 책을 읽을 사람이 아니다"고 따끔하게 지적했습니다.

장병들이 군문에 들어선 지 어언 두 달이 다 되어갑니다. 그 시간 만큼 자대 생활에 점차 익숙해지고 있을 것입니다. 정해진 일과 속에서 늘 바쁘지만 하루에 1시간 아니면 단 10분이라도 자신을 발전시키고 단련하기 위해 스스로 시간을 컨트롤하는 시(時)테크를 행동으로 실천하기 바랍니다.

055

진정성 있는 진짜 사람

어린 시절에 많이 읽던 『이솝우화』에 이런 얘기가 있습니다.

이솝이 어렸을 적 노예로 살아갈 때 주인은 훌륭한 학자였습니다. 어느 날 주인이 목욕을 하고 싶다고 지시를 내립니다.

"얘, 이솝아, 마을 목욕탕에 가서 사람이 많은지 보고 오너라."

이솝이 목욕탕으로 갔는데 문 앞에 끝이 뾰족한 큰 돌이 박힌 걸 발견합니다. 목욕을 하러 들어가는 사람이나 목욕을 마친 사람들 가운데 여러 사람이 그 돌에 걸려 넘어질 뻔했습니다. 어떤 사람은 발을 다치기도 하고 어떤 사람은 코가 깨질 뻔했습니다.

"에잇! 빌어먹을 놈의 돌멩이!"

사람들은 돌에 대고 욕을 퍼부으면서도 누구 하나 그 돌을 치우는 사람이 없었습니다. 이솝은 그 광경을 보고 '사람들이 한심하구면. 어디, 누가 저 돌을 치우는가 지켜봐야지' 하면서 기다렸습니다.

얼마 후에 한 사나이가 목욕을 하러 왔습니다. 그 사나이도 돌에 걸려 넘어질 뻔했습니다. 그는 "웬 돌이 여기 박혀 있담!" 하면서 단

숨에 돌을 뽑아냈습니다. 그런 후에 아무렇지도 않은 듯 손을 툭툭 털더니 목욕탕 안으로 들어갔습니다.

이솝은 그제야 일어나더니 목욕탕 안에 들어가 사람 수를 헤아려 보지도 않고 그냥 집으로 달려가 주인에게 이렇게 말했습니다.

"주인님, 목욕탕 안에 사람이라곤 한 명밖에 없습니다."

"그것 참 잘됐네. 너, 나하고 목욕이나 하러 가자!"

이솝은 주인과 함께 목욕탕으로 갔습니다. 목욕탕 안에는 사람들로 우글거려 발을 들여놓을 틈도 없었습니다.

주인이 화를 내며 말했습니다.

"사람이 한 명밖에 없다고 하더니, 너 왜 거짓말을 했느냐?"

이솝이 답했습니다.

"아닙니다. 주인님! 목욕탕 문 앞에 뾰쪽한 돌부리가 튀어나와 사람들이 걸려 넘어지거나 다쳤는데 누구 하나 그 돌멩이를 치우는 사람이 없었습니다. 그런데 단 한 사람, 그 돌멩이를 뽑아 치우고 들어가는 사람이 있었습니다. 제 눈에는 사람다운 사람으로 오직 그 한 사람만 보였을 뿐입니다."

학식이 높던 주인은 웃으며 이렇게 말했습니다.

"허허허, 그래서 그렇게 늦은 것이구나!"

세상은 함께 살아가는 곳입니다. 더불어 살아가려면 자기가 조금씩 양보하고 사회 구성원으로서 제 역할을 다해야 합니다.

세계적인 명문 대학이나 고등학교는 공부 못지않게 운동을 강조합니다. 훌륭한 스포츠맨십이 있는 선수가 훌륭한 리더가 된다고 믿기 때문입니다. 다시 말해 공정하게 경기에 임하고, 비정상적인 이득을 얻으려고 불의한 일을 행하지 않으며, 항상 상대편에게 예의를 지키고, 승패를 떠나 결과에 승복하는 정신이야말로 공부 이상으로 중요하다고 여기기 때문입니다. 실제로 각각 15명이 한 팀을 이루는 럭비는 영국의 명문 사립고등학교인 럭비 스쿨에서 유래했습니다. 이 학교에서 럭비의 규칙과 정신을 발전시켜 운동 이름을 아예 럭비로 한 것입니다.

리더십은 남들 앞에서 우렁차게 목소리를 높이고 선도하는 게 아닙니다. 자기가 먹은 밥그릇은 직접 개수대로 옮겨서 씻고, 남에게 고맙다는 말을 하며 정성이 담긴 메모를 남기고, 아픈 동료를 대신해 임무를 수행하며, 힘든 동료에게 따뜻한 위로의 말을 건네는 것 등이 최고의 리더십 교육입니다.

약삭빠르고 자기 잇속만 챙기는 사람은 리더가 아닙니다. 리더는 조금 둔해야 하며, 손해를 보더라도 씩 웃고 넘기는 무덤덤함을 보여야 합니다. 『이솝우화』에서 본 것처럼 '말이 아닌 행동'으로 자기가 몸담고 있는 조직이나 사회를 조금이라도 더 낫게 만들려는 자세야말로 젊은이들이 부대끼며 사는 군부대에서 꼭 필요한 덕목이라고 생각합니다.

056

실천과 성실은 작은 것부터

디즈레일리는 19세기 후반에 영국의 총리를 지낸 인물로 영국의 황금기, 즉 '해가 지지 않는 대영제국'을 이끈 인물입니다.

어느 날 그가 하녀를 구하기 위해 추천을 받고 온 두 명의 여자와 면접을 보기로 하였습니다. 잠시 후 첫 번째 여자가 면접을 보기 위해 들어왔습니다. 디즈레일리는 바로 질문을 했습니다.

"당신이 만약 접시 스무 개를 포개 들고 이 방을 나가다가 문턱에 발이 걸렸다고 합시다. 그런 경우 어떻게 하겠습니까?"

여자가 자신 있는 표정으로 대답했습니다.

"그 정도는 문제가 되지 않습니다. 저는 그 순간 턱으로 접시를 단단히 누르고 얼른 무릎을 꿇겠습니다. 그것이 여의치 않아 넘어진다고 해도 몸을 굴려서 접시를 한 개도 깨지 않겠습니다."

첫 번째 여자가 나가고 두 번째 여자가 들어왔습니다. 디즈레일리는 첫 번째 여자에게 했던 질문을 똑같이 다시 던졌습니다.

"아직까지 그런 일을 겪어보지 않아서 뭐하고 말씀드릴 수 없습니다. 다만 발이 문턱 같은 데 걸리지 않도록 미리 조심을 하겠습니다."

디즈레일리는 서커스 출신처럼 말하는 첫 번째 여자가 아닌 솔직하고 성실해 보이는 두 번째 여자를 채용했습니다.

유대인의 속담에 "지혜로운 자는 행동으로 말을 증명하고, 어리석은 자는 말로 행동을 변명한다"는 표현이 있습니다. 말이 앞서는 것을 경계하는 것입니다.

안고수비(眼高手卑)라는 말도 있습니다. '눈은 높지만 손은 낮다'는 의미로, 눈으로 히말라야의 높은 산꼭대기를 바라보기는 쉽지만 막상 거기에 도달하려면 오랜 준비와 노력이 쌓여야 한다는 것입니다. 등산가들은 히말라야를 등반하기로 정하면 옷, 신발, 로프 등의 물건을 준비하기 전에 먼저 수개월 동안 몸을 튼튼히 하는 작업부터 합니다. 몸이 튼튼하지 않으면 아예 산을 올라갈 수 없기 때문입니다.

소셜 미디어 시대를 맞아 사람들은 수많은 성공 사례를 공유합니다. 그리고 거기에 자기의 기준을 맞춥니다. "예전에 저 친구는 별 볼일 없었는데 어떻게 성공했지? 나도 곧 그렇게 될 거야" 하고 자신감을 보입니다. 성공하기까지 그 과정에서 흘린 땀과 눈물을 생각하는 사람은 거의 없습니다.

공부나 사업이나 한 번에 성공하기는 힘듭니다. 수많은 사람이 자신은 공부나 사업이나 모두 잘할 수 있다고 생각하지만, 실제로는 실패하는 경우가 훨씬 많습니다. 실패자들은 소셜 미디어에 자신의 이야기를 전혀 공유하지 않기에 우리가 잘 모를 뿐입니다.

네덜란드의 철학자 스피노자는 "내일 지구의 종말이 온다 할지라도 나는 오늘 한 그루의 사과나무를 심겠다"는 말로 유명합니다. 그는 17세기의 유명대학인 하이델베르크의 철학교수직을 제안받지만 거절하고 안경에 쓰이는 렌즈의 연마공으로 생계를 꾸려 나갔습니다. 스피노자가 한 말은 우리의 젊은이들이 언제나 잊지 않는 좌우명으로 삼을 만합니다.

"이상은 높게, 그러나 실천은 작은 것부터."

057

K9 자주포 사고를 보며

어제(8월 18일) 강원도 철원의 군 사격장에서 'K9 자주포 사고'가 발생했습니다. 탄약과 장약을 장착한 폐쇄기에서 원인을 알 수 없는 연기와 불꽃이 일어나 폭발성 화재가 일어난 것으로 추정하고 있습니다. 이번 사고로 K9 자주포에 탑승하고 있던 장병 가운데 2명이 사망하고, 5명이 화상과 골절이라는 부상을 당했습니다. 참으로 안타까운 일입니다.

K9 자주포 사고가 발생하자 '5년간 약 1700건의 작은 고장과 사고가 있었다'는 식의 언론보도가 나왔습니다. 막연히 들으면 K9 자주포에 커다란 문제가 있는 것처럼 여겨지기 쉽습니다.

그러나 이러한 인식은 실상을 상당 부분 왜곡하는 것입니다. K9 자주포는 트럭이 이끌고 다니는 포가 아니라 탱크처럼 스스로 움직인다는 의미에서 자주(自走)라는 말이 붙었고 국산 기술로 개발하여 '국산 명품 무기 1호'로 알려져 있습니다. 대당 40억 원가량으로 사거리가 40km에 육박하고 명중률이 90% 이상입니다. 터키, 폴란드,

핀란드, 인도 등에도 수출할 만큼 국제적으로 성능과 품질을 인정받고 있습니다. 5년간 1700건의 고장과 사고라고 발표했는데, 지금까지 1000대 이상의 K9 자주포가 생산된 것을 감안하면 5년 동안 고장과 사고가 대당 2건에도 미치지 못합니다. 자동차를 산 후 일어나는 고장과 수리 등을 감안하면 그리 높지 않습니다.

　제 아들이 군에 입대한 지 두 달 가까이 됐는데 포병부대로 배치됐습니다. 맡은 임무는 이번에 사고가 난 K9 자주포의 포수 역할입니다. 아들 면회를 갔더니 안내를 해주는 부사관이 생활 시설을 보여주고, 직접 K9 자주포에 대해 설명해줬습니다. 온 가족이 함께 K9 자주포의 내부에도 들어가 봤습니다. 안내를 맡은 부사관은 "15초 내에 3발까지 발사가 가능하다. 성능이 대단하다"고 말하면서 "어제 철원에서 일어난 사고는 처음이다"라고 담담하게 얘기했습니다. 막상 현장에 있는 장병들은 사고 소식에도 차분하게 대응하고 있다는 느낌이었습니다.

　옛 이야기 가운데 "남대문에 문턱이 있느냐 없느냐"로 다투면 서울에 가보지 않은 사람이 이긴다는 말이 있습니다. 서울에 가보지 않은 사람은 대문인 만큼 반드시 문턱이 있을 것이라고 우깁니다. 서울에 가본 사람은 혹시 문턱이 있는데 내가 잘못 본 것은 아닐까 의심이라도 하지만, 그렇지 않은 사람은 현장을 보지도 않은 채 자신의 생각만 믿고 고집을 부린다는 것입니다. 경험하지 못한 것은 상상하기 힘든 만큼, 현실을 모르는 사람이 더욱 자신의 주장을 강하게 펼친다는 말입니다.

K9 자주포 사고가 나니 수많은 신문과 방송에서 전문가(?)들이 나와 자기 나름의 상상력을 동원해 여러 가지 주장을 폅니다. 그러한 광경을 보다 보면 그들이 과연 K9 자주포를 현장에서 직접 조작하고 포격을 해본 장병들보다 더 잘 알까 하는 의문이 듭니다.

많은 지식인이 저지르는 치명적인 실수는 자신의 분야에서 확보한 우수한 지적 능력을 다른 모든 분야에도 그대로 적용할 수 있다고 믿는다는 사실입니다. 그들은 자신의 주장을 정당화하려고 추상적인 이론과 상상력을 동원합니다. 직접적인 경험이 거의 없는데도 직접 현장에서 경험한 사람들의 주장을 일축합니다. K9 자주포 사고와 관련하여 이러한 '헛소리 지식인(?)'들의 목소리가 지나치게 커지지 않을까 우려됩니다.

K9 자주포는 누가 뭐라고 해도 대한민국이 개발한 우수한 명품 무기입니다. 사고 한 번으로 그 명성을 훼손하거나 그동안 쌓아올린 경험을 무시해서는 안 됩니다. 사고 소식에도 불구하고 흔들림 없이 복무에 임하는 K9 자주포 부대의 장병들과 제 아들의 모습이 너무나 씩씩하고 늠름했습니다.

058

맥줏값의 차이와 갑질문화

옛날에는 고깃간을 운영하는 사람을 백정이라고 부르며 매우 천하게 여겼습니다. 당연히 사람들이 업신여기기 일쑤였습니다.

한 양반이 하루는 고깃간에 가서 말했습니다.

"돌쇠야, 고기 한 근만 주거라."

그 말을 들은 돌쇠가 고기를 잘라 주고 돈을 받았습니다.

그때 다른 양반이 와서 말했습니다.

"돌쇠네, 고기 한 근만 주게."

돌쇠는 다시 고기를 썩썩 잘라서 주었는데 그 양이 종전 것보다 훨씬 더 많았습니다. 먼저 온 양반이 이를 보고 펄쩍 뛰며 화를 냈습니다.

"이놈! 왜 고기 한 근이 이리 다르냐?"

돌쇠가 얼굴을 씩씩거리며 대답했습니다.

"그렇게 차이가 나는 것은 나리 것은 '돌쇠'가 자른 것이옵고, 이분 것은 '돌쇠네'가 자른 것이기 때문입니다요. 네!"

이와 같이 "가는 말이 고와야 오는 말이 곱고, 말 한마디로 천 냥 빚을 갚는다"고 합니다. 말의 중요성을 한순간이라도 잊어서는 안 된다는 것입니다.

마침 아는 분이 재미있는 사진을 카카오톡으로 보내왔습니다. 말에 따라 맥줏값이 차이가 난다는 내용입니다.

"어이, 맥주 한 잔!"은 3000원이고 "맥주 한 잔 주세요!"는 2900원이며 "맥주 한 잔 주실래요?"는 2800원이라고 합니다.

유대인의 지혜가 담긴 『탈무드』에도 좋은 언행에 대한 이야기가 많습니다.

유대교의 선생님인 한 랍비가 심부름을 하는 아이에게 시장에 가서 가장 훌륭한 것을 사오라고 시켰습니다. 그러자 아이는 혀를 사왔습니다. 얼마 뒤 랍비는 다시 아이에게 가장 나쁜 것을 사오라고 시켰습니다. 아이는 이번에도 혀를 사왔습니다. 랍비가 까닭을 묻자 현명한 아이가 대답합니다.

"좋으면 이보다 더 좋은 것이 없고, 나쁘면 이보다 더 나쁜 것이 없는 것, 그것이 혀가 아니겠습니까?"

요즘 한국 사회에서 끊임없이 문제가 되는 게 '갑질문화'입니다. 권력이나 지위의 우위에 있는 갑이 권리관계에서 상대적으로 약자인 을에게 하는 부당 행위를 통칭하는 개념이 '갑질'입니다. 인터넷에선 갑의 무한 권력을 꼬집는 '슈퍼 갑', '울트라 갑'이라는 말이 떠돌고 있습니다. 갑처럼 군림하려는 사람을 일러 '갑 마인드를 가진 사람'이라고도 합니다. 유명 기업의 오너나 대표, 대기업의 임원, 정치인과 고위 관료, 군 장성 등 상대적으로 힘을 가졌다고 생각하는 사람들의 실명이 거론돼 사회적으로 문제가 되고 있습니다.

흔히 사람 간의 관계를 얘기할 때 "사람 위에 사람 없고, 사람 밑에 사람 없다"는 표현을 많이 씁니다. 사회적 지위나 권력의 차이는 있을지언정 인간의 존엄성이라는 측면에서는 모든 사람이 동등하다는 의미입니다. 사람에 대한 존중은 말에서 비롯합니다. '바른 말 고운 말'만 써도 갑질문화는 금방 사라질 것입니다.

한국인의 일상생활에서 나타나는 수많은 권위주의와 집단주의적인 병폐는 '군대문화'로 치부됐습니다. 전쟁에 임해야 하는 군대는 그 정체성을 철저한 계급사회에 두고 있기 때문에, 군대문화는 곧 상명하복식의 권위주의 성격이 강했습니다. 그렇게 군대문화에 익숙해진 젊은이들이 제대해서 사회 구성원이 되다보니 군대문화가 사회의 전반적인 문화와 연결이 됩니다.

군대가 이처럼 상명하복의 계급사회일지라도, 그게 인격의 말살로 이어져서는 안 됩니다. 인격의 말살은 군 장병들의 협동심과 일체감을 파괴하기 때문입니다. 계급과 명령체계는 지키되 인격은 존중받는 군대 생활, 제 아들부터 솔선수범하여 지켜 나갔으면 하는 바람입니다.

059

몽상과 상상 — 시간은 쌓여간다

예전에는 등짐이나 봇짐을 하고서 장사하는 사람을 보부상이라고 불렀습니다. 부상(負商)은 나무로 된 접이식 상, 그릇, 토기 등과 같은 비교적 조잡한 일용품을 지게에 지고 다니면서 판매하였기 때문에 '등짐장수'라고 했습니다. 보상(褓商)은 비교적 값비싼 필묵, 금, 은, 동 제품 등 정밀한 세공품을 보자기에 싸서 들고 다니거나 걸머지고 다니며 팔았기 때문에 '봇짐장수'라고 했습니다.

어느 홀아비가 물, 술, 장 등을 담아놓는 독을 팔러 다녔습니다. 하루는 독을 지고 가다가 잠시 지게를 받쳐놓고 쉬면서 생각했습니다.

'이 독을 산값의 두 배를 받고 팔고, 그걸로 다시 두 개의 독을 사서 두 배의 값에 팔고, 그다음에는 네 개의 독을 사서 두 배의 값을 받으면 독이 여덟 개가 되고…….'

이렇게 셈을 해보니 부자 되는 것은 식은 죽 먹기였습니다. 머릿속으로 상상하니 수백 개의 독이 팔리고, 논밭과 집이 생기며, 미인을 아내로 맞아 아들딸을 낳았습니다. 홀아비는 기분이 너무 좋아서

덩실덩실 춤을 추었습니다. 그러다가 무언가 와장창 깨지는 소리가 들려 정신이 번쩍 들었습니다. 그것은 지게가 넘어지면서 독이 산산조각이 나는 소리였습니다. 비현실적인 몽상(夢想)을 일삼다가 그나마 갖고 있던 기초 재산인 독이 사라져 버린 것입니다.

몽상은 실현 가능성이 없는 헛된 생각을 말합니다. 반면에 상상(想像)은 실제로 경험하지 않은 현상이나 사물에 대하여 마음속으로 그려 보는 것으로 언젠가 현실이 될 가능성이 있습니다.

1452년에 태어난 레오나르도 다 빈치는 르네상스 시대의 이탈리아를 대표하는 천재적 미술가, 과학자, 기술자, 사상가입니다. 다 빈치가 그린 「모나리자」와 「최후의 만찬」은 불후의 명작으로 이름이 높습니다. 그는 수학을 연구하고 기하학 문제를 풀 뿐만 아니라 비행기를 설계하기도 했습니다. 오늘날의 모터만 있으면 공중으로 떠올랐을 만큼 설계 장치가 우수했다고 합니다.

하늘을 날겠다는 레오나르도 다 빈치의 상상력을 수많은 후손이 이어받아 발전시켰습니다. 하늘을 나는 비행기를 상상한 사람들 중에 라이트형제가 있습니다. 그들은 기술도 부족하고 과학적 지식도 낮던 시대에 스스로 바람을 탈 수 있는 날개, 가벼우면서도 강한 엔진, 비행기 방향을 조절할 수 있는 장치 등을 만들었습니다. 1000여 번의 비행 실험을 하여 비행기 날개와 바람의 관계 등 필요한 자료도 얻으며 몇 년을 연구와 실험을 했습니다.

1903년 12월 라이트 형제는 대서양 연안의 키티 호크 섬을 찾아 직접 만든 '플라이어호'를 시험 비행했습니다. 첫 비행에서는 이륙

한 지 3초 만에 땅에 처박혔지만, 3일 후 다시 도전했을 때는 하늘을 12초 동안 비행했습니다. 이후 또다시 비행기로 난 최고 기록은 59초 동안 244m를 이동한 것입니다. 오늘날처럼 하늘을 자유롭게 나는 시대는 라이트 형제의 상상력과 끊임없는 노력이 결합된 결과입니다.

현실에 기반한 상상력으로 발명한 것도 많습니다. 예를 들어 매직 테이프의 일종인 '찍찍이'가 그렇습니다. 한쪽 나일론 테이프에는 갈고리 모양의 작은 돌기물이 달렸고, 다른 나일론 테이프에는 고리가 달려서 서로가 맞물리는 형태로 밀착되는데, 이 발명에는 사연이 있습니다.

스위스의 발명가 조르주 드 메스트랄은 어느 날 부인과 외출하려는데 그만 부인의 드레스 지퍼가 고장이 나 애를 먹습니다. 그 순간 옷을 여미는 새로운 방법을 발명하기로 마음을 먹고 틈나는 대로 여러 가지 상상을 했습니다.

그러던 어느 날 메스트랄은 개를 데리고 산책을 나갔다 돌아왔습니다. 그런데 개의 귀와 자신의 옷에 엉겅퀴 씨가 잔뜩 달라붙어 있는 것을 보았습니다. 엉겅퀴 씨의 끝이 갈고리 모양이어서 개의 털에 달라붙은 것입니다. 여기에서 힌트를 얻은 메스트랄은 그로부터 8년 동안 옷을 여미는 새로운 방법을 발명했습니다. 벨크로는 20세기 가장 중요한 발명품이 되었고, 신발이나 지갑, 옷 등에 널리 이용되고 있습니다. 새로운 것을 만들어내려는 상상력과 노력이 결국 벨크로의 발명으로 이어진 것입니다.

몽상은 머릿속에서 맴돌다가 어느 순간 연기처럼 사라져버립니다. 상상력은 이와 달리 사람에게 새로운 영감과 즐거움으로 다가옵니다.

군 복무를 하는 젊은이들이 날마다 기억하는 게 제대까지 남은 날짜입니다. 하지만 제대 이후에 정확히 어떠한 삶의 궤적을 그릴 것인지는 생각하는 사람은 많지 않습니다. 그러다 보니 막상 제대를 하고 나면 마음이 허전하고 방향을 잃기가 쉽습니다.

군에 몸담은 젊은이들에게 필요한 것은 '미래의 삶을 그려보는 상상력'입니다. 제대 이후 학업과정이나 직업 선택, 그리고 살면서 하고 싶은 일들을 그려나가다 보면 군 생활을 하는 동안 무엇을 해야 하는지 어렴풋이 손에 잡힐 겁니다. 어렴풋이나마 미래를 그려보는 사람에게 하루하루의 시간은 소중할 수밖에 없고, 그렇게 소중한 시간에 지혜를 쌓고 몸을 단련하다 보면 금방 군문을 떠나는 순간이 올 것입니다.

우리는 흔히 "시간은 강물처럼 흐른다"고 표현합니다. 과거에서 현재로, 현재에서 미래로 한 방향으로 흘러갑니다. 하지만 시간이 쌓이는 곳도 있습니다. 나무의 나이테는 시간이 쌓이는 것임을 보여주는 증거입니다. 무럭무럭 자랐으면 나이테가 넓어지고, 잘 자라지 못하면 좁아집니다. 사람에게도 시간이 쌓이는데 하나는 얼굴이고 다른 하나는 두뇌입니다. 신체를 열심히 단련하면 건강한 얼굴이 됩니다. 병약한 몸이 되면 낯빛도 좋을 리가 없습니다. 열심히 공부하고 사색하면 머릿속에 지식과 지혜가 쌓입니다. 두뇌에 지식과 지혜가 많이 들어차면 말이 달라지고 행동이 의젓해지며 판단력이 높아집니다.

시간은 세월의 흐름에 따라 사람의 얼굴과 두뇌 속에 쌓인다는 것을 명심해야 합니다. 바쁜 와중에도 늘 미래를 생각하는 상상력을 잃지 않고 미래를 대비하는 노력을 게을리하지 않기를 바랍니다.

060

과거지향적인가 미래지향적인가

2015년경부터 대한민국에 유행하는 용어가 '금수저, 은수저, 흙수저'입니다. '수저계급론'이라고도 하는데 "은수저를 물고 태어나다(born with a silver spoon in one's mouth)'라는 영어 표현에서 유래한 것입니다. 유럽 귀족들이 은식기를 사용하였고, 아이가 태어나면 바로 유모가 은수저로 젖을 먹이던 풍습에서 나왔다고 합니다. 흔히 태어나자마자 부모의 직업이나 경제력 등으로 본인의 운명이 결정된다는 것을 비유할 때 사용합니다. 청년실업 증대, 부익부 빈익빈 등의 각종 사회 문제와 맞물리면서 큰 공감을 얻었습니다.

'수저계급론'은 과거로 말하면 '빽(백)'으로 불리던 것의 현대판 언어 같습니다. "그 사람 빽이 좋아" 하는 말은 집안이나 재력이 좋거나 아니면 아는 사람이 권력자인 사람을 지칭했습니다. '빽'은 영어의 '배경'을 뜻하는 '백(background)'에서 나온 말로, 사람들은 자신의 능력과 성품이 아니라 알게 모르게 자신의 배경을 믿거나 의지합니다. 그런 마음은 독립심을 저해합니다. 그래도 누군가 자신을 밀어준다면 큰 힘이 된다고 믿는 것은 동양이나 서양이나 인지상정인 듯합니다.

미국의 16대 대통령 링컨과 관련해서도 '빽'에 대한 일화가 있습니다. 하루는 어떤 젊은이가 할아버지 명성에 힘입어 한자리를 얻고자 링컨을 찾아왔습니다. 그는 자기 할아버지가 국가를 위해 얼마나 많은 노력을 했으며 위대한 업적을 남겼는지 누누이 설명했습니다.

이야기를 다 들은 후 링컨이 이렇게 얘기합니다.

"그분의 공적은 잘 알고 있지요. 그런데 나는 그분보다는 그분의 손자에게 관심이 있어요. 그분은 과거이지만 손자는 지금 사람이니까. 그리고 새로운 공적은 지금 그 손자가 이뤄낼 테니까. 그런데 그분의 손자는 할아버지 같은 대단한 능력을 갖추었나요?"

지구상에는 역사가 긴 나라와 짧은 나라 등 많은 나라가 있습니다. 중국이나 한국은 '오천년 유구한 역사'를 자랑합니다. 그런데 역사가 짧은 것도 장점이 될 때가 있습니다. 역사가 긴 나라 사람들이 과거를 여러 번 돌아볼 동안 역사가 짧은 나라 사람들은 과거를 한두 차례만 보고 바로 미래를 보기 때문입니다.

중국의 영화나 드라마는 대개 역사극입니다. 한국에서도 과거를 다룬 역사극이 인기를 끌 때가 많습니다. 요즘은 퓨전 사극이라고 해서 역사극에 현대적 감각과 요소를 덧붙여 만들기도 합니다. 현대 드라마를 보더라도 '과거 출생의 비밀이나 과거 인연'이라는 요소가 얼마나 많이 들어가는지 모릅니다. 영화 또한 과거의 역사를 다룬 「암살」「군함도」「택시운전사」 등은 흥행에 성공한 반면 미래를 그린 영화는 크게 흥행하는 경우가 적습니다.

반면 미국의 드라마는 미래나 우주를 많이 다룹니다. 시리즈로 나오는 것도 많은데 「스타워즈」 등이 대표적입니다. 서부극도 만들지만 대개 '정의의 사도가 악당을 물리친다'는 식의 권선징악 내용이 많지, 과거를 아름답게 미화하는 경우는 드뭅니다. 미국 드라마는 어려움에 빠졌을 때 스스로 위기를 벗어나는 것을 중시하며 '운명은 스스로 만들어가는 것'임을 강조합니다.

이러한 현상은 개인에게도 나타납니다. 유서 깊은 가문에서 태어난 사람은 족보를 많이 들춥니다. 족보가 그다지 좋지 않다고 여기는 사람은 조상을 의지하지 않고 스스로 일을 벌여 나갑니다. 한국인은 대체로 '자기 가문은 양반 집안'이라고 자랑합니다. 하지만 실상을 알고 나면 실소를 금치 못하는 사례가 많습니다.

양반이란 조선시대에 왕을 중심으로 신하들이 앉을 때 문관은 동쪽에, 무관은 서쪽에 앉았는데 문관(文官 혹은 文班)과 무관(武官 혹은 武班)을 합쳐 두 개의 반, 즉 양반(兩班)이라고 불렀습니다. 조선 초기만 해도 양반의 비율은 어림잡아 3~5% 수준이었습니다. 그러다가 임진왜란과 병자호란을 거치며 돈으로 관직을 사고 족보를 사거나 위조하는 행위가 많아지면서 조선 말기에는 70%를 훌쩍 넘고 90%까지 이르렀다는 얘기도 나옵니다. 한마디로 '뼈대 있는 진짜(?) 양반집안'은 얼마 되지 않는다는 얘기입니다. 특히 조선시대 양반은 일도 하지 않으면서 일반 양민을 수탈하고 나쁜 짓을 하기 일쑤였으니, 양반 집안이라고 굳이 자랑할 것도 없습니다.

과거의 양반 집안이 오늘날 금수저에 해당하는데, 실제로 양반의 족보가 자신의 미래를 만들어주지는 않습니다. 보통 시골이나 빈민가 출신들이 아무것도 물려받을 게 없는 자신을 흙수저라고 하는데, 이들이 금수저를 부러워한다고 처지가 바뀌는 것도 아닙니다.

서양, 특히 유럽의 영국에서는 지금도 귀족을 우대하는 문화가 강합니다. 그렇다고 그들이 과거에 연연하지는 않습니다. 그들은 자신의 운명은 자신이 만들어가야 한다고 믿고 스스로 독립심을 키워 나갑니다. 대학 과정까지 부모님께 대부분 의존하는 우리 문화와는 달리 서양 문화는 고등학교 졸업 이후에는 독립을 중시합니다. 그러면서 미래를 위해 자신의 선택을 강조합니다.

그렇다면 나는 과거지향적일까요 미래지향적일까요. 프랑스의 철학자인 장폴 사르트르는 "인생은 B와 D 사이의 C다"고 했습니다. 여기서 B는 탄생을 말하는 Birth, D는 죽음을 의미하는 Death를 뜻합니다. C는 누군가에게는 도전(challenge)이고, 누군가에겐 변화(change)일 수 있는데 사르트르가 말한 C는 선택(choice)이라고 합니다. 수많은 선택이 인생길을 장식한다는 의미입니다. 이러한 선택은 미래를 위해 자기 스스로 결정할 문제이지 과거의 문제가 아닙니다. 젊은이가 노인보다 더 가진 특권은 '선택할 수 있는 시간이 더 많다'는 것입니다. 괜히 금수저, 흙수저 논쟁에 시간을 허비하기에는 청춘은 너무나 소중합니다.

영국의 의학자인 윌리엄 오슬러경은 이렇게 말했습니다.

"내일에 아무런 도움이 되지 않는다면 당신의 과거는 쫓아버려라."

　자동차의 주기능은 전진입니다. 자동차를 운전해보면 알겠지만 운전자가 백미러를 보는 것은 앞으로 가기 위해서지 후진하기 위해서가 아닙니다.

3
장
———

진
짜

의
젓
한

군
인
이

되
다

061

애꾸눈 장군의 비밀 병기

넓은 바다를 누비는 해적은 늘 어린이들의 상상력을 자극합니다. 검은 안대로 한쪽 눈을 가린 '애꾸눈 해적 선장'은 왠지 남자답고 더 무서우며 강인해 보입니다. 애꾸눈 해적이 인기를 끈 것은 영국의 작가 로버트 루이스 스티븐슨이 쓴 모험소설 『보물섬』 때문입니다. 주인공 짐 호킨스가 보물지도에 그려진 섬을 찾아가는 이야기인데, 요리사로 위장 취업한 '애꾸눈 외다리'의 롱 존 실버는 그 이후 모든 해적의 전형이 됩니다. 영화 「어벤저스」에 나오는 국제평화유지기구 총책임자는 '닉 퓨리 국장(새뮤얼 잭슨)'인데, 그도 애꾸눈입니다. 지구상에서 가장 강력한 존재인 슈퍼 영웅들을 모아 악당들을 물리칩니다.

애꾸눈이 소설과 영화 속에서만 등장한 것은 아닙니다. 현실세계에서도 애꾸눈으로 유명한 장군이 있습니다. 바로 이스라엘의 군인인 모셰 다얀 장군입니다. 이스라엘 독립운동부터 여러 차례의 중동전쟁을 수행하던 다얀 장군은 제2차 세계대전 중 영국군에 참가

하여 싸우다가 한쪽 눈을 잃었습니다. 그 이후 검은 안대로 한쪽 눈을 가려서 강하고 매력적인 인상을 주었습니다. 그의 안대는 2005년 미국 인터넷 경매시장에서 미화 10만 달러에 팔리기도 했습니다.

다얀 장군은 변화무쌍한 전략과 전술로도 유명합니다. 1956년 이스라엘 총사령관이던 그는 제2차 중동전쟁을 승리로 이끌었고 1967년에는 국방장관으로서 제3차 중동전쟁을 승리로 이끌었습니다. 이때 단 6일 만에 승리를 거둬 '6일 전쟁'이라는 별칭이 붙기도 했습니다. 6일 전쟁 당시 모셰 다얀의 딸은 일선 전투부대의 통신병으로서 여느 이스라엘 병사들과 똑같이 싸우다 전사했습니다.

6일 전쟁을 앞두고 이스라엘 국방장관 다얀 장군은 전 세계를 향해 다음과 같이 발표합니다.

"이스라엘 군대는 지금 막강한 최신 무기로 무장을 완료했습니다. 최신 무기는 이스라엘 전군에 배치됐으며, 우리는 이 무기를 사용해 아랍 연합군을 몇 시간 내에 물리칠 것입니다."

다얀 장군의 말을 들은 전 세계는 물론 미국과 소련 등 강대국들도 바짝 긴장했습니다. '막강한 최신 무기'라고 한 만큼 핵무기나 그보다 더 강력한 신병기를 개발한 것으로 판단했기 때문입니다. 수많은 무기 전문가들을 동원해 알아보려고 했지만 도무지 이스라엘의 '최신 무기의 비밀(?)'을 알 수 없었습니다.

전쟁은 '6일 전쟁'이라는 별칭처럼 이스라엘의 일방적인 승리로 끝났습니다. 그러나 최신 무기를 사용했다는 증거는 없었습니다. 많은 사람이 의아해하는 가운데 다얀 장군은 전쟁이 끝난 시점에서 성명을 발표합니다.

"우리는 전쟁을 시작한 지 단 세 시간 만에 승리를 굳혔습니다. 그것은 우리의 최신 병기 덕분입니다. 그 무기는 이스라엘 전군의 가슴속에 간직된 것으로 무기의 이름은 '불타는 애국심'입니다. 우리는 이 놀라운 병기를 사용하여 몇 십 배나 되는 적군을 단시일에 무찌를 수 있었습니다."

최근 북한의 핵과 미사일 위협으로 한반도의 위기가 높아지고 있는 가운데 을지훈련을 진행했습니다. 을지훈련은 국가비상사태에 능동적으로 대처하기 위하여 정부가 종합적으로 비상대비업무를 수행하는 훈련입니다. 통상 군사연습과 연계하여 실시하고 있는데, 올해도 한미연합 UFG(을지프리덤가디언) 훈련과 함께 실시했습니다.

한반도에 전쟁의 위협이 높아질 때마다 국민의 여론도 갈립니다. 한쪽에서는 "평화를 원하거든 전쟁을 준비하라"고 강조하는 반면, 다른 한쪽은 "그럼 전쟁하자는 것이냐"고 맞불을 놓습니다. 평화와 대화를 강조하는 목소리도 매우 높고, 실제로 전쟁은 물적 손실이나 인명 살상 등 어마어마한 피해를 낳으므로 가급적 피해야 합니다.

그렇다고 '전쟁도 불사하겠다'는 의지가 꺾여서는 안 됩니다. 강력한 국방의 의지 없이 '평화타령'을 하는 것은 적들이 더욱 날뛰는 빌미가 되기 때문입니다. 이스라엘이 주변 국가의 수많은 위협 속에서도 생존과 번영을 확보한 유일한 이유는 '언제든지 전쟁할 수 있다'는 강인한 의지 덕분이었습니다. 이스라엘 사람들의 '불타는 애국심' 때문에 이제 주변국은 이스라엘을 감히 넘볼 생각조차 못합니다. 다얀 장군이 강조한 '불타는 애국심'의 의미를 군에 몸담은 장병들도 깊이 생각해봤으면 좋겠습니다.

062

친구와 친구 그 이상

1964년 일본 도쿄에서 올림픽이 열렸습니다. 주최 측은 주경기장을 확장해야 해서 지은 지 3년밖에 안 된 주변 건물을 헐기로 했습니다. 인부들이 지붕을 벗기던 중 꼬리에 못이 박힌 채 꼼작도 못하고 있는 도마뱀 한 마리를 발견하였습니다. 인부들은 너무나 신기하여 집 주인에게 못이 언제 박힌 것 같으냐고 물어보았고, 집 주인은 3년 전 집을 지을 때 박은 못이 분명하다고 말했습니다. 그렇다면 도마뱀은 3년째 한 자리에 못 박힌 채 살아온 게 확실했습니다.

인부들은 어떻게 이런 불가능한 일이 일어났는지 의아해하면서, 윗선에 보고해 공사를 중단하고 경과를 지켜보기로 했습니다. 얼마쯤 시간이 지나자 인부들 앞에 다른 도마뱀 한 마리가 사방을 두리번거리며 나타났습니다. 그 도마뱀의 입에는 먹이가 물려 있었고, 그는 못 박힌 도마뱀에게 가져온 먹이를 먹여주었습니다. 하루에도 서너 차례씩 3년 동안 그 도마뱀은 먹이를 물어다주는 것을 게을리하지 않았습니다. 그 모습을 지켜본 모든 사람이 크게 감동했고, 도마뱀의 못을 뽑아줬습니다. 어두운 지붕 밑에서 고통을 나눈 지 3년 만에 도마뱀은 자유를 찾았습니다.

많은 사람이 '좋은 친구'를 원합니다. 좋은 친구는 나의 아픔과 어려움을 진지하게 들어주는 사람, 나의 모든 것을 이해해주는 사람, 문득 보고 싶은 사람, 밤이 깊을 때 전화하고 싶은 사람 등 다양합니다. 그중에서 무엇보다도 좋은 친구는 '온 세상이 나를 등지고 떠날 때 나를 찾아주는 사람'이 아닌가 합니다. SNS에서 많은 사람과 소통하지만 정작 아픔과 슬픔까지 감싸주는 진정한 친구는 만들기가 쉽지 않습니다.

'좋은 친구'를 만들려면 많은 시간이 필요합니다. 친(親)의 본래의 의미는 '내 몸과 같이 여기다'입니다. 친구(親舊)라는 한자 자체가 의미하듯이 '내 몸처럼 가깝게 그러면서도 오래 사귄 사람'이 바로 친구입니다. 그러한 측면에서 군 생활을 하는 동료는 '좋은 친구'입니다. 날짜로 계산하면 얼마 되지 않지만, 하루 24시간을 같이 생활하는 사이임을 감안하면 시간 계산으로 어마어마하게 긴 시간을 보내기 때문입니다. 학창 시절을 함께 보낸 친구보다 '함께한 시간'을 따지면 더욱 가깝다고도 할 수 있습니다. 그러한 측면에서 군대에서는 특히 '전우애'를 강조한다고 볼 수 있습니다.

친구는 반드시 나를 아껴주고 보듬어주는 사람만을 뜻하는 것이 아닙니다. 자신의 발전에 도움이 된다면 진짜 적까지도 친구가 될 수 있습니다. 제2차 세계대전을 승리로 이끈 영국의 처칠 총리는 1942년 초 의회에서 적장인 로멜 장군에 대해 이렇게 말했습니다.

"우리에게는 대담하고 솜씨 좋은 적이 있습니다. 그는 전쟁에서는 우리에게 재앙이지만 장군으로서는 더없이 위대하고 훌륭하다고 말하고 싶습니다."

'사막의 여우'라는 별명이 붙은 나치 독일의 로멜 장군은 영국군에게 계속 패전을 안겨주는 만큼 증오의 대상이었습니다. 그러면서도 로멜 장군의 냉철하고 대담한 전략과 그의 모범적인 성품은 영국 총리에게도 감탄의 대상이었습니다. 위대한 리더인 처칠도 로멜의 리더십에서 뭔가 배울 점을 느낀 것 같습니다. 실제로 처칠은 로멜을 칭찬했다가 의원들에게 호된 질책을 받았지만 자신이 한 말을 끝까지 취소하지 않았습니다.

친구를 더욱 확장해보면 '친구의 친구도 나의 친구'가 됩니다. 물론 이처럼 넓은 범위의 친구가 되려면 말만 들어도 서로 그리워하고 흠모할 만한 덕목을 우선 갖추어야 할 것입니다. '친구의 친구'와 관련해 다음 얘기도 참으로 많은 것을 느끼게 합니다.

한 사나이가 어느 날 천사를 만났는데, 천사가 손에 책 한 권을 들고 있었습니다. 사나이가 궁금증을 참지 못하고 무슨 책이냐고 물었고 천사가 대답했습니다.

"이 책 속에는 하느님의 친구분들 이름이 적혀 있어요."

"그렇다면 당연히 제 이름도 적혀 있겠네요."

그 말에 천사가 책을 펼쳐서 꼼꼼히 들여다보더니 고개를 저었습니다.

"당신은 하느님의 친구가 아닌 것 같습니다. 여기에 이름이 없습니다."

이에 사나이가 반박했습니다.

"저도 그건 압니다만, 저는 그래도 그분의 친구의 친구입니다."

천사가 순간 말을 못하고 가만히 있더니 한마디 던졌습니다.

"방금 하느님이 막 지시하셨는데, 이 책 속에 당신의 이름을 적으라고 하셨습니다."

063

사람을 안다는 것

어렸을 적에 읽은 이야기책들은 대부분 '은혜 갚은 동물' 얘기입니다. 은혜 갚은 까치, 은혜 갚은 개미, 은혜 갚은 개구리 등 다양한 동물이 등장합니다. 사람과 오랫동안 동고동락한 개에 관한 미담도 많은데, 대표적인 이야기가 전북 임실에서 전해 내려오는 「오수의 개」입니다. 고려시대 때의 문인 최자가 1200년대에 지은 『보한집』에 처음 나오며, 김개인이라는 사람과 그의 개에 얽힌 이야기입니다.

개를 무척 아끼던 김개인이 어느 날 벗과 함께 술을 마셨습니다. 거나하게 취한 김개인은 개와 함께 집으로 돌아가던 중 정신을 잃고 잔디밭에 쓰러졌습니다. 주인이 정신을 잃은 사이 때마침 근처에서 일어난 불길이 김개인이 쓰러진 방향으로 번져왔습니다. 위험을 감지한 개는 열심히 짖어댔지만 주인은 깨어나지 않았습니다. 개는 주변 냇가로 달려가 온몸에 물을 적신 뒤 주인 주변의 잔디를 적셔 불길을 막았습니다. 김개인이 잠에서 깨어나 뒤늦게 개가 자신을 구하고 죽었다는 사실을 알고 슬퍼하며 좋은 자리에 잘 묻어주었습니다. 그런데 얼마 후 무덤 주변에 꽂아놓은 지팡이에서 싹이 나 커다란 나무가 되었다고 합니다. 사람들은 너무나 신기하여 이 나무를 오수(獒樹:개 오, 나무 수)라 부르고, 마을 이름도 오수로 바꿨으며, 개를 위해 비석까지 세워줬다고 합니다. 지금도 오수면 소재지에 있는 원동산공원에는 오수라는 지명 속 전설처럼 커다란 아름드리 나무가 드리워져 있으며, 오수의 개를 기리는 비석도 남아 있습니다.

어린이들이 읽는 동화가 대부분 '은혜 갚은 동물'이지만, 은혜를 잊고 배신한 동물 얘기도 있습니다. 중국의 당나라 때부터 전해 내려오는「동곽 선생과 늑대」이야기인데 중국 초등학교 교과서에도 실렸습니다.

동곽 선생이 어느 날 사냥꾼에게 쫓기던 늑대 한 마리와 마주쳤습니다. 늑대는 애절한 표정으로 도움을 청했고, 동곽 선생은 여행 가방에서 책을 꺼낸 뒤 그 안에 늑대를 숨겨줬습니다. 사냥꾼이 늑대의 행방을 묻자 동곽 선생은 모르겠다고 답했고, 늑대는 위기를 모면하였습니다. 늑대는 가방에서 기어 나오자마자 본색을 드러냈습니다. 자신이 너무 배가 고프므로 이왕이면 한 번 더 도와주는 셈치고 먹이가 되어달라고 하면서, 가방 속에서 숨이 막혀 죽을 뻔했다는 얘기까지 하며 복수를 원했습니다.

그때 지팡이를 짚고 지나던 노인이 가련한 신세가 된 동곽 선생과 늑대에게 무슨 연고냐고 물었습니다. 동곽 선생과 늑대는 각자 자신의 주장을 펼치며 노인에게 재판을 부탁했습니다. 노인은 "늑대께서 일단 가방 속으로 들어가 보시오. 그래서 정말 숨이 막힐 지경이라면 동곽 선생은 잡아먹혀도 쌉니다" 하고 말했고, 늑대는 가방 속으로 들어갔습니다. 가방이 닫히자 노인이 외쳤습니다.

"지금 뭘 기다리고 있는 거요? 저놈의 배은망덕한 늑대를 당장에 죽여 버리지 않고!"

그제야 동곽 선생은 무슨 말인지 깨닫고 그 자리에서 늑대를 죽였습니다.

이 이야기의 원본은 '한 농부가 추위에 꽁꽁 얼어붙은 독사를 가엾이 여겨 가슴에 품고 녹여주다가 결국 물려 죽는다'는 내용인데, 어린이들이 읽기에 너무 가혹해서 독사를 늑대로 바꿨다고 전해지기도 합니다. 은혜를 모르는 사람에게 사랑과 자비를 베풀었다가 도리어 역경에 처해지는 어리석은 사람이 되지 말라는 교훈입니다.

부모님이 자녀에게 조언할 때나 스승이 제자를 가르칠 때 "좋은 친구를 많이 사귀고, 나쁜 친구를 멀리하라"고 조언합니다. 문제는 "열길 물속은 알아도 한 길 사람 속은 모른다"는 속담처럼 좋은 친구와 나쁜 친구를 알기가 정말 어렵다는 사실입니다.

사람을 안다는 것은 착하고 거룩한 마음만 아는 게 아니라 악하고 교활한지도 알아야 함을 의미합니다. 부처님도 『법구경』에서 "성자는 남의 말을 믿지 않는다"고 했습니다. 이는 사람을 무작정 의심하는 게 아니라 "사람의 마음은 아침저녁으로 변한다(人心朝夕變)"는 것을 알아야 한다는 가르침입니다.

실제로 1620년에서 1666년까지 독일의 라이프치히에서 법관으로 일한 베네딕트 카르프조라는 사람은 하루 다섯 번 이상 사형 판결을 내렸는데, 믿음이 독실해서 일요일이면 꼭 교회에 나갔고 성경을 평생 50번 이상 읽었다고 자랑했습니다. 그런데 사형 판결을 밥 먹듯이 내리던 그가 사랑하는 개가 죽자 충격을 받아 그만 2, 3분 만에 죽었다고 합니다. 한 사람의 내면에 악마와 천사가 극단적으로 존재할 수 있다는 것을 보여주는 사례입니다.

영국의 문호 셰익스피어의 작품은 다양한 사람의 모습을 잘 묘사하기로 유명합니다. 작품 속의 인물들을 보면 착한 사람도 많지만 악한 사람도 많습니다. 원래 세상에는 이런 사람도 저런 사람도 있다는 것을 보여주고자 하는 게 셰익스피어의 의도라고 합니다. 많은 사람이 "왜 착한 사람이 복을 받지 않고, 악한 사람이 복을 받는가?" 하고 의문을 가지지만, 사람들이 받는 복도 선악과 관계없이 천차만별입니다. 어린 시절 배운 권선징악의 구도가 세상사에는 정확히 적용되지 않으며, 민간 사회나 군부대나 크게 차이가 없다는 것을 군에 있는 젊은이들은 알아야 할 것입니다.

중국의 창조신화에는 여와가 인간을 만들었다고 나옵니다. 여와는 진흙으로 정성껏 사람 모양을 빚은 다음 생명을 불어넣었습니다. 그런데 그 과정이 너무나 많은 시간이 들었습니다. 일이 너무 더디어지자 여와는 끈에 진흙을 매달아 한꺼번에 많은 사람을 만들었습니다. 그래서 처음에 정성들여 만든 사람은 착하고 돈 많은 사람이 되었고, 나중에 대량으로 대충 만든 사람들은 악하고 궁핍한 인간이 되었다고 합니다. 중국 신화를 읽고 나니 왜 세상에는 착한 사람 못지않게 악한 사람도 많은지 조금이나마 이해가 됩니다.

064

말하는 방식 ─ 직간과 풍간

중국의 3대 역사서 하면 공자가 쓴 『춘추』, 사마천의 『사기』, 송나라 때 사마광이 쓴 『자치통감』을 꼽습니다. 『자치통감』은 중국의 역사에서 벌어진 수많은 사건과 이에 대응하는 인간의 희로애락, 성공과 실패, 음모와 배신, 정의와 불의, 충신과 간신의 모습 등을 잘 그려내고 있습니다. 인간이 보여줄 수 있는 행동과 생각을 거의 포함하고 있다는 측면에서 어느 시대에나 필요한 지혜를 전한다고 할 수 있습니다.

『자치통감』 초반부에는 지금부터 2400년 전 전국시대의 인물인 위나라 임금 문후의 이야기가 나옵니다. 인재를 잘 등용하고 정치를 잘해 부국강병을 이룬 인물입니다. 위문후의 인품을 보여주는 사례로 악양이라는 장수와 관련된 일화가 있습니다. 위문후는 어느 때 악양에게 중산국을 공격하라고 명합니다. 하지만 악양은 중산국을 포위만 하고 공격하지 않아 수많은 비난과 비방에 시달렸습니다. 마침내 악양이 승리하고 돌아오자 위문후는 잔치를 베풀어 그를 축하해주고는 다른 포상 없이 커다란 상자 하나를 건넸습니다. 악양이 집에 돌아와 상자를 열어보니 그 안에는 악양을 중상모략하는 상소문이 가득 들어 있었습니다. 악양은 왕이 온갖 참소에도 흔들리지 않고 자신을 끝까지 믿어준 것에 크게 감동했습니다. 위문후는 이외에도 왕실 사냥터 책임자와 사냥하겠다는 약속을 끝까지 지키는 등 훌륭한 군주로 이름을 떨쳤습니다.

또 위문후는 중산국을 차지한 후 자신의 아들인 격(擊)을 중산국 왕으로 책봉하고, 잔치를 열면서 신하들에게 물었습니다.

"나는 어떤 임금인가?"

모든 신하가 허리를 굽히고 왕을 칭찬했습니다. (조직 내에서 모든 부하직원들이 상사의 말에 맞장구를 치는 것과 비슷한 풍경입니다.)

"인군(仁君), 즉 어진 임금이십니다."

그런데 중신인 임좌가 화기애애한 분위기를 깨는 발언을 합니다.

"임금께서 중산국을 차지한 다음 아우가 있는데도 아우를 제쳐두고 아들을 왕으로 봉했으니 어찌 어진 임금이라고 하겠습니까?"

위문후가 이 말을 듣고 화를 벌컥 내자 임좌가 자리를 박차고 나가버렸습니다. 위문후는 어색한 분위기를 떨쳐내며 다시 책황이라는 신하에게 물었습니다.

"경은 내가 어떤 임금이라 생각하는가?"

"어진 임금, 즉 인군이라 생각합니다."

"조금 전에 임좌는 내가 어진 임금이 아니라고 했는데, 경은 왜 나를 보고 어진 임금이라고 하시오?"

"저는 일찍이 '임금이 어질면 신하는 곧다(君仁則臣直)'고 들었는데, 조금 전 임좌의 말은 곧았습니다. 이를 보고 임금께서 어진 분인 줄 알았습니다."

위문후는 그 대답을 듣고 크게 기뻐하며 책황에게 임좌를 다시 불러오라고 명하였습니다. 임좌가 오자 위문후는 자리에서 내려가 그를 상객(上客)으로 예우했습니다.

윗사람에게 말할 때 임좌처럼 말하는 사람이 있고, 책황처럼 말하는 사람이 있습니다. 임좌처럼 잘못된 일을 얼굴을 맞댄 상황에서 직접 말하는 것을 직간(直諫)이라고 합니다. 책황처럼 완곡한 표현으로 윗사람이 잘못을 스스로 고치도록 말하는 것을 풍간(諷諫)이라고 합니다.

아무리 마음이 넓은 사람도 자신의 잘못을 직접 거론하면 싫어합니다. 특히 본인의 지위가 높을수록 남의 충고나 조언을 기분 나빠하는 경향이 있습니다. 이럴 때는 아무리 옳은 소리도 직접 언급하지 않고, 분위기가 좋을 때 넌지시 알려주는 게 중요합니다.

정치계나 일반 세속사회, 즉 기업이나 관료사회 등에서는 직간하는 '임좌형 인간'이 성공하기란 어렵습니다. 바른 소리를 일삼다가 중도에 꺾이고 맙니다. "곧은 나무가 먼저 꺾인다"는 속담이 있는데, 이는 똑똑하거나 정직한 사람이 오히려 남의 모함을 받거나 먼저 도태되기 쉽다는 것을 의미합니다. (서양에도 "키 큰 양귀비가 먼저 꺾인다"는 비슷한 속담이 있습니다)

그렇다고 사람이 강직하지 말라거나 비굴하게 행동하라는 것은 아닙니다. 다만 말과 행동을 할 때 남을 배려하는 마음으로 나아가야 사람들에게 아낌을 받고 더 쉽게 성장할 수 있습니다.

군대는 철저한 상명하복에 위계구조가 엄격한 조직입니다. 이런 곳일수록 상대방을 잘 배려하는 행동과 말이 필요합니다. 대부분 학창 시절 이후 군 생활이 사실상 처음 접하는 조직문화일 텐데, 이들이 '책황형 인간'으로서 '풍간의 지혜'를 잘 알고 실천하기를 바랍니다.

065

'얀테의 법칙'을 아시나요?

세계에서 가장 닮고 싶은 선진복지국가로 덴마크, 스웨덴, 노르웨이, 핀란드 등 북유럽 국가를 꼽습니다. 그들의 일상과 정신세계의 중심이 되는 것 가운데 '얀테의 법칙'이 있습니다. 개인적인 성공이나 업적보다는 사회 전체의 평안과 안정을 중시하며, 보통 사람이 함께 살아가는 세상을 얘기하는 원칙으로 '보통 사람의 법칙'으로도 불립니다.

얀테는 덴마크 출신 노르웨이 작가인 악셀 산데모제가 1933년에 발표한 소설 『도망자, 그의 발자취를 따라서 건너다』에 등장하는 가상의 덴마크 마을 이름입니다. 이 마을의 특징은 '잘난 사람'이 대우받지 못한다는 것입니다. 보통 사람들보다 똑똑하거나 잘생기면, 잘난 사람이 아니라 이상한 사람으로 취급을 받습니다. 이 마을에서 살려면 지켜야 하는 10가지 원칙이 있는데 그게 바로 '얀테의 법칙'입니다.

첫째, 당신이 특별하다고 생각하지 말라.

둘째, 당신이 남들만큼 좋은 사람이라고 생각하지 말라.

셋째, 당신이 남들보다 똑똑하다고 생각하지 말라.

넷째, 당신이 남들보다 더 낫다고 <u>스스로</u> 확신하지 말라.

다섯째, 당신이 남들보다 더 많이 안다고 생각하지 말라.

여섯째, 당신이 남들보다 더 중요하다고 생각하지 말라.

일곱째, 당신이 모든 것을 잘한다고 생각하지 말라.

여덟째, 당신은 남을 비웃지 말라.

아홉째, 누구나 당신에게 관심이 있다고 <u>스스로</u> 생각하지 말라.

열째, 당신이 남들에게 무엇을 가르칠 수 있다고 생각하지 말라.

'얀테의 법칙'은 소설을 발표한 시점에 정리를 한 것일 뿐, 이미 오래전부터 북유럽의 어머니들이 아이들에게 들려준 이야기입니다. 자신의 성공이나 지위, 즉 개인적인 이익을 위해 욕심을 내지 말고, 절제와 겸손의 미덕으로 함께 살아가는 세상을 만드는 게 더 중요하다는 것을 가르치고 있습니다.

'얀테의 법칙'과 일맥상통하는 언어로 덴마크의 휘게(Hygge)와 스웨덴의 라곰(Lagom)이 있습니다.

휘게는 '좋은 사람들과 함께 좋은 것을 즐기는 따뜻한 분위기'인데, 함께하는 사람들은 물론 함께 나누는 모든 것을 휘게라고 표현합니다. 따뜻한 간식 하나, 맛있는 차 한 잔이 휘게가 되는 것입니다.

라곰은 '딱 필요한 만큼만' '아주 조금 부족하게' '적당히 알맞게'의 의미를 지닙니다. 남아서 버릴 만큼 너무 많아서도 곤란하고, 모두에게 나눠주지 못할 만큼 너무 적어서도 안 된다는 것으로 모두 적절하고 공평하게 나누고 즐길 수 있는 양을 의미합니다.

주어진 여건에 대해서도 늘 긍정적으로 표현합니다. 예컨대 "오늘 날씨가 어때요?" 하고 물으면 비가 오나 눈이 오나 세찬 바람이 불어도 늘 "라곰(적당한 날씨야!)" 하고 표현합니다. 무엇을 가지고자 할 때도 크게 욕심 부리지 않고, 주어진 여건에 크게 불평하지 않으니 행복의 기준이 매우 낮습니다. 그러다 보니 행복을 느끼는 횟수가 많아지고 만족감이 높을 수밖에 없는 것입니다.

'얀테의 법칙'에 숨어 있는 열한 번째 원칙이 있는데 이는 "설마 우리가 당신에 관해 아주 조금만 안다고 생각하는 건 아니겠지?" 하는 표현입니다. 사회를 살아가다 보면 아무리 숨기려 해도 자신의 가치는 말과 행동으로 늘 드러나게 마련이라는 가르침입니다.

북유럽은 겨울이 길고 추운 관계로 먹을 것이 풍족하지 않았습니다. 어려운 시절을 많이 겪다 보니 서로 돕고 의지하지 않으면 생존을 장담하기 어려웠습니다. '얀테의 법칙'이나 휘게, 라곰 등의 용어를 보면 서로 돕고 사는 시스템을 만드는 게 매우 중요한 덕목임을 북유럽 사람들은 일찍부터 깨달은 것 같습니다.

이러한 북유럽의 문화는 세계적으로 주목을 받고 있으며, 우리나라에서도 그 필요성을 강조하는 목소리가 높습니다. '얀테의 법칙'을 얘기하다 보니 무엇보다도 서로 배려와 존중의 문화가 필요한 곳이 젊은이들이 함께 모여 사는 군대가 아닐까 생각합니다.

066

재능과 열정의 결합

기독교의 성경 마태복음에 '달란트 이야기'가 나옵니다. 주인이 먼 곳으로 여행을 떠나면서 하인 세 명에게 각각 능력에 맞게 5달란 트, 2달란트, 1달란트를 맡겼습니다. 5달란트를 받은 하인은 열심히 노력해서 5달란트를 더 남겼고, 2달란트를 받은 하인도 열심히 일해서 2달란트를 더 벌었습니다. 1달란트를 받은 하인은 나가서 일하지 않고 돈을 땅에 파묻어놓은 채 놀기만 했습니다.

주인이 여행에서 돌아와 하인들의 보고를 받은 후 5달란트를 받아 5달란트를 더 남긴 하인과 2달란트를 받아 2달란트를 더 남긴 하인에게는 똑같이 칭찬을 했습니다. 반면 게을러서 1달란트를 땅에 묻어놓고 그저 놀고먹은 하인에게는 크게 책망한 후 문 밖으로 쫓았습니다.

달란트는 그리스어 '탈란톤(talanton)'에서 나온 말로 원래 '저울', '계량된 것' 등 무게의 단위를 뜻합니다. 옛날에는 금과 은이 화폐였으므로 금과 은의 가치를 무게로 표시했습니다. 따라서 달란트는 무게라는 의미와 동시에 화폐의 단위가 되었습니다. 당시 금 1달란트는 20kg에서 40kg이며, 보통은 약 33kg라고 하는데 금 1g을 5만 원이라고 할 때 1kg은 5000만 원이 됩니다. 그러니까 33kg은 무려 16억 5000만 원이 되는 것입니다. 이러한 달란트는 나중에 재능과 능력을 나타내는 뜻으로도 사용하였으며, 영어로 재능과 소질을 의미하는 탤런트(talent)가 되었습니다.

성경에서는 달란트를 '하느님의 말씀을 전하는 재능'으로 해석하는데, 세속적으로 표현할 때는 각자 타고난 재능을 의미합니다. 세 명의 하인에게 준 달란트가 5달란트, 2달란트, 1달란트로 각기 다른 것은 사람에게 주어진 재능이 모두 다를 수밖에 없다는 것을 알려줍니다. 실제로 기독교와 같은 전통을 가진 이슬람의 표현에도 "신은 어떤 사람에게는 아주 많이 주시고, 어떤 사람에게는 적당히 주시며, 다른 사람에게는 아주 조금 주시고, 또 다른 사람에게는 아예 주지도 않으신다"는 게 있습니다.

주어진 재능은 달라도 이를 잘 계발하는 사람은 칭찬을 받고 복을 받는다는 게 마태복음이 알려주는 교훈입니다. 자신의 재능을 계발하지 않는 사람은 오히려 있는 것마저 빼앗겨서 더욱 곤궁한 처지로 몰릴 수 있다는 사실도 알려줍니다.

성공적인 삶을 살려면 "타고난 능력과 개인적 열정을 잘 결합해야 한다"고 합니다. 그런데도 많은 사람이 목적 없는 삶을 살아갑니다. 자신이 하는 일에 관심이 없는 사람, 원래부터 재능이 없다고 포기하는 사람, 집이 워낙 가난하여 노력해도 가망이 없다고 여기는 사람들이 그렇습니다.

　군에 입대한 많은 젊은이도 학업이 힘들거나 특별히 할 일을 찾지 못해서 일단 국방의 의무부터 마쳐야겠다는 생각으로 들어왔을 겁니다. 이런 젊은이들은 자신의 재능을 발견하지 못해 스스로 매우 부족하고 못났다고 여기기 쉽습니다. 하지만 생각의 각도를 조금만 달리 하면 자신이 대단한 사람임을 알 수 있습니다. 먼저 신체가 매우 건강하기에 군대에 복무할 수 있고, 정신이 올바르기에 국방의 의무를 잘 수행할 수 있습니다. 학창 시절을 돌아보면 배운 것도 적지 않고, 여행 경험도 많습니다. 요즘 젊은이들은 부모 세대와 달리 넓은 세상도 많이 구경합니다. 그렇게 보면 가지고 있는 재능이 적지 않음을 알 수 있습니다.

　우리는 지금의 위치에 서기까지 많은 만남과 경험을 했고, 수많은 이야기를 만들었습니다. 이러한 이야기를 더욱 풍성하게 만드는 것은 본인의 몫입니다. 그렇게 주어진 재능을 열정과 결합하려는 마음가짐, 그것만큼은 군에 있더라도 늘 잊지 않았으면 합니다.

067

프란치스코 교황의 운(運)

1927년 10월에 이탈리아의 제노바항을 출발해 아르헨티나로 가는 배 한 척이 있었습니다. 프린시페사 마팔다호인데 안타깝게도 이 배는 최종 목적지에 도착하지 못했습니다. 사고로 배에 구멍이 뚫려 브라질에 가까운 바다에서 침몰했기 때문입니다. 당시 사고로 3등 선실에 탄 거의 모든 승객을 포함해 약 500명이 목숨을 잃었습니다.

그 와중에 프린시페사 마팔다호의 3등 선실 표를 샀지만 사정이 생겨 배를 놓친 운 좋은 사람의 이야기가 있습니다. 아르헨티나에 새로운 삶을 정착하려고 계획을 세운 마리오 베르고글리오 가족입니다. 마리오의 아버지는 떠나기 전에 사업체를 팔았는데, 돈으로 바꿔야 할 전표가 늦게 도착하는 바람에 배를 놓치고 맙니다. 마리오 가족은 마지막 순간에 예약을 취소하고 다음 달 아르헨티나로 떠나는 배를 탑니다.

아버지를 따라 아르헨티나로 간 마리오 베르고글리오는 철도노동자로 일하면서 레히나 마리아 시보리와 결혼합니다. 결혼한 지 1

년 후 두 사람 사이에서 호르헤 마리오 베르고글리오가 태어납니다. 호르헤는 부에노스 아이레스 대학에서 화학을 전공했으며, 젊은 시절 폐렴 합병증으로 한쪽 폐를 절제해 50년 넘게 한쪽 폐로 살았습니다. 그는 한때 술집 등에서 입구를 지키는 바운서로 일했다는 이야기도 있습니다. 그러다가 32세에 수도사가 됩니다.

2013년 3월 13일 바티칸시티의 시스티나 성당 굴뚝에서 하얀 연기가 나옵니다. 가톨릭의 새로운 교황이 탄생했다는 소식입니다. 그의 이름은 바로 아르헨티나의 호르헤 마리오 베르고글리오 추기경으로 제266대 교황으로 선출돼 세계에서 가장 영향력 있는 인사인 프란치스코 교황이 됩니다.

연민과 겸손의 언행으로 유명한 프란치스코 교황은 가는 곳마다 인파가 몰립니다. 브라질 리우 해변에는 300만 명이 모였고 필리핀 마닐라를 찾았을 때는 600만 명 이상이 운집했습니다. 2015년 9월에 미국을 찾았을 때는 수도 워싱턴, 필라델피아, 뉴욕 등의 거리에 수백만 명의 인파가 몰려 극심한 혼잡을 이뤘습니다. 2014년 8월에 한국을 방문하여 선풍적인 인기를 누리기도 했습니다.

세계적으로 존경받는 프란치스코 교황의 혈통을 조금만 거슬러 올라가면 이렇듯 매우 흥미진진한 이야기가 있음을 알 수 있습니다. 교황의 할아버지와 할머니, 그리고 아버지가 예정대로 아르헨티나 배를 탔다면 목숨을 잃을 가능성이 높고, 그랬다면 오늘날 프란치스코 교황은 이 세상에 없을 겁니다.

많은 사람이 조금이라도 좋지 않은 일이 생기거나 불행한 일이 닥치면 '왜 나는 운이 없을까?' 하고 생각합니다. 그러면서 운이 좋은 사람을 부러워합니다.

하지만 프란치스코 교황의 사례에서 보듯이 지금 살고 있는 사람들은 매우 운이 좋습니다. 아버지와 어머니, 할아버지와 할머니 등 우리의 조상이 대대로 자식을 낳아 혈통을 이어온 덕분에 오늘날 우리가 세상을 살고 있기 때문입니다.

더욱이 요즘은 생활 여건이 매우 좋습니다. 불과 100년 전만 해도 휴대폰과 인터넷은 고사하고 TV, 냉장고, 세탁기에 기본 동력을 제공하는 전기도 없었습니다. 사람들은 대부분 걸어 다녀야 했고, 하루 세끼를 제대로 먹는 사람도 드물었습니다. 군대의 생활 여건도 크게 개선됐습니다. 개인 침대를 지급하고, 세탁기는 물론 에어컨까지 가동합니다. 저도 그렇지만 아버지 세대들은 오늘날 군 내무반을 볼 때마다 "정말 세상 좋아졌네" 하고 감탄합니다. 그렇게 보면 '세상의 운'은 어떻게 생각하느냐에 따라 전혀 다르게 해석된다는 점을 알 수 있습니다.

068

배려하는 마음

어느 유명한 대기업에서 신입사원 면접을 보았을 때의 일입니다. 면접 대상자들이 긴장한 표정으로 한 명 한 명 면접 대기실로 들어섰습니다. 잠시 후 시험을 총괄하는 사장이 들어서더니 한 젊은이를 호명했습니다.

"이 젊은이는 면접시험을 보지 않아도 됩니다. 이미 입사가 확정됐습니다."

면접을 보려고 모여든 사람들이 웅성거리면서 항의했습니다.

"왜 그에게만 특혜를 주는 겁니까?"

사장이 젊은이에게 말했습니다.

"바지 호주머니에 들어 있는 것을 꺼내 보세요."

젊은이가 꺼낸 것은 삭은 휴지조각들이었습니다.

사장이 말했습니다.

"이 젊은이가 들고 있는 것은 여러분이 걸어온 복도에 떨어져 있던 휴지 조각입니다. 여러분은 복도를 걸어오는 동안 이것을 보지 못했거나, 보았더라도 줍지 않았습니다. 이것을 보지 못했다면 주의력이나 관찰력이 부족한 것입니다. 보고도 줍지 않았다면 성실하지 못했거나 주변에 대한 배려가 없었기 때문입니다. 오로지 이 젊은이만이 휴지 조각을 보고 주웠습니다. 이것이 면접 없이 합격한 이유입니다. 여기에 대해 이의가 있습니까?"

면접장에 모인 수험자들 가운데 어느 누구도 반론을 제기하지 못했습니다.

마쓰시타 고노스케는 일본에서 '경영의 신'으로 불립니다. 가전업체인 마쓰시타전기(현재 파나소닉)를 창업했으며 '내셔널, 파나소닉' 상표로도 유명합니다.

마쓰시타가 어느 날 맛집으로 유명한 식당에 가서 스테이크를 시켰습니다. 그 식당은 워낙 명성이 높아 요리사나 일반 직원들의 자부심이 대단히 컸습니다. 한참 스테이크를 즐기던 마쓰시타가 절반쯤 먹었을 무렵 비서를 시켜 요리사를 불렀습니다. 주방에 있던 요리사는 명성이 자자한 마쓰시타가 부르니까 혹시 뭔가 잘못되지 않았나 생각하며 잔뜩 긴장한 표정으로 나왔습니다.

마쓰시타가 요리사에게 얘기했습니다.

"이곳의 스테이크는 내가 지금까지 먹어본 스테이크 가운데 최고입니다. 정말 맛있어서 감사의 말씀을 전하고자 합니다. 그런데 제가 이제 나이가 들다 보니 소화력이 부쩍 떨어져서 많이 먹지를 못합니다. 절반 정도만 먹어도 충분합니다. 할 수 없이 나머지 절반을 남겨야 하는데 그렇게 되면 혹시 요리하시는 분이 '내가 요리한 스테이크가 맛이 없어 남겼나?' 하고 오해할 수 있다고 생각했습니다. 그래서 만의 하나 오해가 생기지 않도록, 그리고 스테이크가 정말 맛있었다는 감사의 인사를 드리기 위해 오시도록 했습니다."

요리사는 그 말을 듣고 왜 마쓰시타가 일본에서 '경영의 신'으로 불릴 만큼 크게 성공했는지 깨달았습니다.

대기업에 입사에 성공한 젊은이와 대기업을 경영하는 마쓰시타의 공통점은 '주변에 대한 배려'입니다. 굳이 내 일이 아니더라도 주변을 위해 솔선수범하는 마음, 음식 하나를 먹더라도 그것을 만든 사람의 정성을 생각하는 마음은 말은 쉽지만 실천하기는 매우 어렵습니다. 하지만 이처럼 배려하는 마음을 매일매일 조금씩 실천에 옮길 때 사람의 인격도 높아지고 사회도 아름다워집니다. 모든 젊은이가 각자 맡은 임무를 제대로 수행해야 부여된 국방 의무를 다할 수 있는 군부대에서는 특히 '배려'가 무엇보다도 필요한 덕목이라고 여겨집니다.

069

비난과 욕설을 당했을 때

부처님이 어느 도시에 갔는데 한 사람이 화를 내며 욕설을 퍼붓습니다. 그런데 부처님은 조용히 미소만 지을 뿐 아무런 대꾸도 하지 않습니다. 그러자 화를 내던 사람이 제풀에 지쳐 욕설을 멈췄습니다.

부처님은 그제야 욕설을 한 사람과 대화를 합니다.

"당신이 어떤 사람에게 선물을 주었는데 그가 받지 않는다면 어떻게 하시겠습니까?"

"당연히 다시 가져가야겠지요."

"그렇지요. 당신은 나에게 지금 많은 선물을 주었는데 나는 하나도 받지 않았습니다. 그것을 다시 가져갈지 말지는 당신에게 달려 있습니다."

화를 냈던 사람이 깜짝 놀라 부처님의 얼굴을 쳐다보았습니다. 잔잔한 미소와 평화로운 모습이 평소와 하나도 다르지 않았습니다.

부처님이 이어 말합니다.

"허공은 끊을 수도 없고, 깨뜨릴 수도 없고, 색칠을 할 수도 없습니다. 검은 구름도 흰 구름도 허공을 검게 하거나 희게 하지는 못합니다. 나는 나를 존경하고 좋아하는 사람이나 미워하고 욕하는 사람모두에게 저 허공과 같은 마음으로 대합니다."

부처님의 넓은 도량과 인품에 큰 깨달음을 얻은 그 사람은 부처님의 제자가 되었습니다.

세상에는 싸워서 어찌할 수 있는 사람과 싸워도 어찌할 수 없는 사람이 있습니다. 무례한 사람들에게 욕을 먹고 화를 내는 것은 싸워서 어찌할 수 없는 것에 속합니다. 그러한 사람은 피하는 게 상책입니다. 예컨대 인격에 큰 문제가 있는 사람을 '반(反)사회적 인격장애자'라고 규정합니다. 이들의 특징은 법으로 정해져 있는 규율을 잘 따르지 않고, 개인의 이익이나 만족을 위해 거짓말과 사기를 일삼으며, 충동적이면서 자주 싸움이나 폭력을 일삼고, 책임감이 거의 없으며, 다른 사람에게 상처를 줘도 죄책감을 전혀 느끼지 않는 사람을 말합니다. 인격장애자 가운데 더욱 문제가 되는 사람이 '사이코패스'입니다. 심리학자인 로버트 헤어에 따르면 성인 100명에 1명이 사이코패스라고 합니다.

사람이 사는 세계는 늘 '갈등의 연속'입니다. 살아온 방식이 다르고, 생각과 성격이 다르다 보니 다툼과 불화는 필연적으로 있을 수밖에 없습니다. 이러한 상황에서 등장하는 게 '비난과 욕설'인데, 이를 극복하는 가장 좋은 방법은 대응하지 않고 무시하는 것입니다.

국방의 의무를 수행하느라 늘 긴장하고 살아가는 군부대에서는 사소한 갈등이 큰 불화로 이어질 수 있습니다. 이럴 때는 "손바닥도 마주쳐야 소리가 난다"는 속담을 기억하는 게 좋습니다. 권투나 격투기 등을 보더라도 싸움에는 반드시 두 사람이 필요하며, 이때 한 사람이 피하면 싸움은 일어나지 않습니다. 싸움을 피하면 인간관계가 나빠질 일도 별로 없다는 게 만고불변의 진리이기도 합니다.

070

비난과 욕설을 가했을 때

남의 일에 참견하고 험담하기 좋아하는 한 유대 여인이 있었습니다. 수다쟁이 여인 때문에 곤란을 겪던 많은 사람이 랍비(유대 사회의 율법학자, 나의 스승, 나의 주인이라는 의미)에게 해결책을 부탁했습니다.

랍비가 여인을 불러 말했습니다.

"늘 있지도 않은 일을 꾸며대고, 이웃의 사소한 잘못도 들춰내고 험담하고 그러십니까? 사람들이 그런 걸 얼마나 싫어하는지 아십니까?"

수다쟁이 여인이 대답했습니다.

"저는 절대로 없는 얘기를 꾸며댄 적이 없습니다. 과장했거나 사실을 조금 손봐서 더 실감나고 다채롭게 한 것뿐이에요. 제가 험담을 했다고는 생각하지 않는데요."

랍비가 한참 생각을 하더니 방에 들어가 큰 봉투를 들고 나왔습니다.

"이 봉투를 가지고 광장으로 가서 열어본 후 시키는 대로 해보세요"

여인이 광장에 도착하여 봉투를 열어보니, 안에는 깃털이 한 가득 들어 있었습니다. 여인은 랍비의 말에 따라 걸으면서 깃털을 길바닥에 늘어놓았습니다. 여인이 집에 도착할 즈음 봉투가 다 비자, 여인은 다시 늘어놓았던 깃털을 하나하나 주워 담으면서 광장으로 돌아갔습니다.

마침 산들 바람이 불어오는지라 제자리에 남은 깃털은 몇 개 없었고, 어디로 갔는지 찾을 길도 막막했습니다. 할 수 없이 여인은 깃털 몇 개만 가지고 랍비에게 돌아가 자초지종을 얘기했습니다.

랍비가 말했습니다.

"그건 당연한 겁니다. 유언비어나 험담은 그 큰 봉투 안의 깃털과 같습니다. 일단 입에서 튀어나오면 다시는 되돌려 담을 방법이 없습니다. 만일 당신이 귀신을 만난다면 당신은 얼른 도망갈 것입니다. 유언비어나 험담을 들어도 귀신과 마찬가지로 재빨리 도망쳐야 합니다."

미국의 대표적인 신문 『뉴욕타임스』 12개월 치를 놓고 비난(blame)이라는 단어를 검색하니 1만 1000건가량의 기사가 나왔습니다. 비난이 홍수처럼 쏟아지는 시대에 살고 있는 것입니다. 뉴스와 정치를 보면 누군가를 비난하는 기사가 대부분인데, 특정 대상을 손가락질하는 기사는 사람들의 관심을 끌어서 이른바 '잘 팔리는 기사'가 되기 때문입니다. 젊은이들이 일자리를 구하지 못하는 실업 문제는 정부 잘못이고, 범죄가 늘어나는 것은 경찰이 무능해서이며,

교통사고가 늘어나는 것은 도로를 제대로 만들지 않았기 때문이라는 식으로 누군가에게 책임을 묻고 비난을 퍼붓습니다. 다른 사람을 희생양으로 삼는 것입니다.

비난(blame)의 어원은 블라스페마레(blasphemare, 나쁜 말을 하다)로 고대 기독교에서 훈계와 배척의 뜻으로 사용했습니다.

성서시대(기원전 17세기~6세기)의 희생양(scapegoat)은 말 그대로 양(goat, 단어 뜻은 염소. 성경에서 양은 의인이며 염소는 악인을 뜻하기도 함)이었습니다. 당시 사람들은 죄와 불운이 사람들 사이에 옮겨진다고 믿었습니다. 속죄일(day of atonement)에 양이 이스라엘 사람들의 죄를 황야로 가지고 가준다고 여겼습니다. 양이 황야를 떠돌다 죽으면 하느님의 자녀라고 믿는 이스라엘 사람들은 최소한 1년 동안 죄를 용서받는다고 생각했습니다.

인류학자인 제임스 조지 프레이저에 따르면 희생양 만들기는 '자신이 피하고 싶은 문제를 남에게 떠안기는 것'입니다. 상대방을 추궁하면서 자신은 보호하는 방식의 언어가 바로 비난입니다. 국가는 자신의 문제를 다른 국가에 떠넘깁니다. 문제가 생기면 국민들은 국가 탓을 하며, 기업에 문제가 생기면 경영진과 노조가 상대방 탓이라고 삿대질을 합니다. 비난 문화가 팽배하는 조직에서는 어떤 오류나 잘못이 발생했을 경우 가장 어려운 위치에 놓인 사람에게 탓을 돌리는 '조직 내 왕따' 경향이 강하게 나타납니다. 이러한 경향은 특히 10대 청소년들에게서 나타나는데 자신의 잘못을 또래 집단에서 가장 약한 사람에게 떠넘깁니다. 이게 '왕따 현상'입니다.

비난에는 대체로 감정이 실립니다. 화나고 분하고 치가 떨려서 비난을 하는데 이러한 감정에 사로잡히면 시야가 급격하게 좁아집니다. 오늘날에는 집단 괴롭힘이 오프라인은 물론 온라인에서도 이뤄집니다. 가짜 뉴스와 비난 댓글이 그것입니다.

많은 사람들이 세상은 특정 방식으로 굴러가야 한다는 자신만의 '이상적인 세계관'을 갖고 있습니다. 그들은 잘못한 사람(나, 부모, 상사, 파트너, 비즈니스 업계, 정부, 그 모든 어리석은 사람들)이 잘못을 고쳐야 한다고 생각합니다. 그런 사람은 분노를 쉽게 표시하거나 자꾸 "~~해야 한다"고 자주 혼잣말을 합니다.

이런 사람일수록 남을 비난하고 자신의 책임을 피하려고 합니다. 자신의 결점과 잘못을 외부로 돌리는 것은 심리적인 '쓰레기 내버리기'에 해당하는데, 정치인이나 시민단체 소속의 사회운동가, 교수 등 이른바 지식인들에서 흔히 볼 수 있습니다. 이들은 남을 깎아내려야 자신의 지위가 올라간다고 생각합니다. 그래서 지식인이나 사회운동가들이 세상을 밝고 아름답게 만드는 경우는 거의 없다고 합니다.

나름 학식이 높다는 사회 지도층은 물론 일반적인 사람들의 비난을 보면 근거가 없는 경우가 대부분입니다. 인터넷 댓글 등을 보면 "그 놈은 미친 ××, 그는 사람이 아니다. 천하에 나쁜 악당" 등 말로나 글로 옮기기도 부끄러운 표현이 수두룩합니다. 이를 보고 근거를 물어보면 "그 사람 얘기를 직접 들은 것도 아니고, 친구가 그러더라. 책은 못 읽었고, 인터넷에서 보니까"라는 식으로 얼버무립니다. 비난과 험담의 화살을 맞는 사람의 고통에 견주어보면 참으로 무책임한 태도입니다.

비난과 험담을 입에 달고 사는 사람들의 문장은 대부분 "그들에게 문제가 있어" 혹은 "세상에 문제가 있어"입니다. "나한테 문제가 있어"라는 말을 하는 사람은 극히 드뭅니다.

안타깝게도 비난과 험담은 남에게도 상처를 주지만 자신에게도 상처를 남깁니다. 우선 남 탓으로 일관하면 자신이 노력을 게을리 하기 쉽습니다. 많은 젊은이들이 '일자리를 구하지 못하는 것은 여러분 책임이 아니라 사회 책임'이라고 목소리를 높이는 헛소리 지식인들의 입에 발린 위로를 받기도 하지만, 그렇다고 문제가 해결되는 일은 없습니다. 자신이 독립적인 인격으로 대우받으려면 독립적으로 판단하고 책임을 지는 마음자세가 있어야 합니다. 그래서 과거 김수환 추기경은 늘 '내 탓이오'를 외쳤습니다.

인터넷 공간에 남긴 비난과 험담의 흔적이 사이버공간에서 널리 퍼져나가면 '바람에 날린 깃털'처럼 주워 담을 수도 없습니다. 젊어서 무심코 던진 험담과 비방이 세월이 흘러 기업에 입사할 때나 사회적으로 어떤 일을 할 때 부메랑으로 돌아와 자신을 괴롭히는 경우도 많이 일어납니다.

'비난은 가깝고 칭찬은 먼 사회'는 건강한 사회가 아닙니다. 비난은 많고 칭찬은 적은 조직은 좋은 조직이 아니고 발전하는 조직은 더더욱 아닙니다. 군대도 조직인 만큼 예외일 수가 없습니다. 그렇지만 세상에는 좋은 사람이 더 많습니다. 죄를 지어 교도소 가는 사람보다 그렇지 않은 사람이 더 많고, 세금을 떼어먹는 사람보다 꼬박꼬박 세금을 내는 사람이 더 많습니다. 난폭 운전을 하는 사람보다 안전 운전을 하는 사람이 훨씬 많기에 우리는 안심하고 차를 몰 수 있다는 사실을 알 필요가 있습니다.

무엇보다도 남을 손가락질하면 손가락 하나가 상대방을 가리키지만 나머지 손가락 중 세 개가 자신을 향하는 것을 알 수 있습니다. 한 번 시험해보시면서 '비난 험담 욕설'이란 단어를 가급적 멀리하기를 바랍니다.

071

가짜 자존심, 진짜 자존감

한 현인에게 원하는 것은 무엇이든지 할 수 있는 능력이 있다는 소문이 났습니다. 사람들은 그의 능력을 확인하고 싶었습니다. 그래서 현인을 찾아가 "산을 불러보라!"고 외쳤습니다. 현인은 무슨 영문인지 몰라 어리둥절해 있다가 마음을 가라앉히고 말했습니다.

"산 양반! 잠깐 이쪽으로 올 수 있겠습니까?"

물론 산은 꼼짝도 하지 않고 원래 그 자리에 그대로 있었습니다. 현인은 몇 번 더 산을 불러 보았습니다. 그러더니 천천히 일어나 산을 향해 걷기 시작했습니다. 주변에 있던 사람들이 물었습니다.

"아니, 어디로 가십니까?"

현인이 사람들을 돌아보며 말했습니다.

"나는 그다지 자존심이 강한 사람이 아닙니다. 산을 불렀지만 산이 오지 않으니 내가 그리로 가면 되는 것이 아니겠습니까?"

자신을 좋게 평가하고 사랑하는 마음을 자존심과 자존감이라고 합니다. 자존심은 다른 사람과 비교하여 얻는 긍정의 마음으로 패배

할 때는 무한정 곤두박질을 칠 수 있습니다. 친구는 돈을 잘 버는데 나는 그렇지 못하면 자존심에 큰 상처를 입습니다. 많은 사람이 의견 대립할 때 '나도 자존심이 있어, 내 말이 맞아!' 하면서 자신의 뜻을 바꾸지 않는 것을 자존심으로 알고 있는데, 이는 틀린 표현입니다. 이러한 사람은 단지 고집이 센 것뿐입니다.

자존감은 자신을 있는 그대로 받아들이고 사랑하는 긍정적인 마음입니다. 자신을 아끼고 믿기 때문에 상황이 변해도 급격하게 변하지 않습니다. 친구나 동료에 비해 버는 돈이 적더라도 자신의 일을 사랑하고 행복한 마음으로 접근하는 사람은 자존감이 높은 것입니다. 마을을 청소하는 아저씨가 출세한 장관에 비해 자존심은 상할지 모르지만, 자신의 일을 사랑한다면 자존감이 상할 이유는 없습니다. 과거 미국의 한 대학에서 총장을 역임한 분이 퇴직 후 대학 수위로 일하자 이슈가 된 적이 있습니다. 이 분이 수위를 한 이유는 돈 때문이 아니라 오로지 '학교와 학생 사랑'이었다고 합니다. 그만큼 자존감이 높은 분이라는 얘기입니다.

진짜 자존심, 즉 자존감이 있는 사람은 고개를 숙일 때 숙이면서도 본인에게 주어진 임무를 잘해냅니다. 우리 사회에는 물건을 팔러 다니는 사람들을 '영업하는 사람'이라며 다소 낮춰보는 경향이 있습니다. 하지만 이는 겉으로 드러나는 모습일 뿐 실상은 다릅니다.

미국에 조 지라드라는 사람이 있었습니다. 그는 1928년에 태어나 35세까지 인생의 낙오자였습니다. 아버지의 폭언과 매질, 가난 때문에 고등학교를 중퇴했습니다. 변변한 기술도 자본도 없던 그는 구두

닭이, 접시닦이, 난로 수리공, 건설현장 인부 등 40여 개의 직업을 전전하며 온갖 고생과 실패를 경험했습니다. 도둑질을 하다 소년원 유치장에서 지옥 같은 하룻밤을 보내기도 했고, 직장에 들어가서는 번번이 쫓겨났으며, 노름판을 운영하다 경찰에 적발돼 벌금 고지서만 잔뜩 받았고, 사기도 당했습니다.

그는 아기가 먹을 분윳값도 없어 자살까지 생각하다가 마지막 기회라는 심정으로 자동차 영업에 뛰어들었습니다. 말을 더듬는 치명적인 단점이 있었지만 핵심에 집중해 말하는 훈련을 끊임없이 반복했습니다. 그 결과 미국 쉐보레 자동차의 영업사원으로 1963년부터 1978년까지 16년간 총 1만 3001대의 신차를 팔았습니다. 어떤 해에는 하루 평균 6대의 자동차를 팔기도 했습니다. 12년 연속 세계 기네스북에 오르는 전무후무한 기록을 세웠으며, 미국 경제잡지 『포브스』가 '세기의 슈퍼 세일즈맨'으로 선정하기도 했습니다.

그가 제시한 법칙 중에 '250명의 법칙'이라는 게 있습니다. 친지의 결혼식장에서 발견한 하객의 숫자로, 한 사람이 갖고 있는 인맥이 평균 250명 정도 된다는 사실입니다. 한 명의 고객이 250명의 사람들과 연결되어 있다고 하니, 영업을 잘하는 법은 따로 있는 게 아니라 한 사람 한 사람의 고객이 250명의 가치가 있다고 여기면서 소중히 생각하는 것이었습니다. 조 지라드는 '세일즈는 기술, 도구, 경험, 수완을 이용하여 제품을 판매하는 전문직업'이라며 자신의 직업에 자존감을 보였습니다.

조 지라드와 비슷한 사람으로 전설적인 보험왕인 폴 마이어도 있습니다. 그는 대학을 다닌 적도 없는 데다 말을 더듬고 내성적인 성격 때문에 보험회사 입사 과정에서 57번이나 퇴짜를 맞았습니다. 결국 26세에 보험회사 영업사원으로 들어간 그는 1년 만인 27세에 신계약 업적 100만 달러라는 대기록을 세웠습니다. 또한 하루에만 150만 달러의 실적을 기록하기도 했습니다.

조 지라드와 폴 마이어에게서 배워야 할 덕목은 '자존감'입니다. 그들은 자신의 일을 지극히 사랑하는 마음으로 '먼저 고객에게 다가가는 자세와 행동'을 통해 성공 스토리를 써내려갔습니다.

세상이 원하는 젊은이들의 모습은 '자존감 있는 청년'입니다. 유복하게 자라나 "내가 최고야!" 하는 겉멋만 잔뜩 들어 있는 사람을 세상은 반겨 맞이하지 않습니다. 중국의 임제선사는 "수처작주 입처개진(隨處作主 立處皆眞)"이라는 말을 남겼습니다. 어디서든 스스로 주인이 되어서 적극적으로 살아가는 것이 참된 삶의 근본이라는 뜻입니다. "산이 오지 않으면 산으로 가면 된다"는 각오로 늘 자신에게 주어진 일을 자존감 있게 성실히 수행하다 보면 어느덧 부쩍 성장한 자신을 발견할 것입니다.

072

나는 어떤 나무일까

스승과 제자가 하루는 대화를 나눕니다.

"가시가 달린 나무를 보았는가?"

"예, 보았습니다."

"어떤 나무가 있던가?"

"가시나무, 탱자나무, 찔레꽃나무, 두릅나무 등등 여러 종류가 있습니다."

"가시 달린 나무로 넓이가 한 아름이 되는 나무를 보았는가?"

"보지 못했습니다."

스승이 제자에게 설명합니다.

"가시가 달린 나무는 한 아름이 될 정도로 크지 않는다. 가시가 없어야 큰 나무가 되는 것이다. 그렇게 큰 나무는 집을 짓는 재목이 되고, 가구 재료로 쓰인다. 사람도 마찬가지다. 가시가 없는 사람이 다른 사람에게 필요한 사람이 되고, 사회를 밝게 하는 훌륭한 사람이 되며, 두루두루 쓰임새 있는 인물이 되는 법이다."

스승은 이어 다음과 같이 말합니다.

"가시는 남을 찔러서 아프게 하고 상처를 내서 피를 흘리게 한다. 사람에게도 가시가 있는데 입을 통해 나온 게 말의 가시이고, 손발을 통해 나온 게 육신의 가시이며, 욕심을 통해 나온 게 마음의 가시다. 나무에 가시가 없어야 재목이 되듯이, 사람도 가시를 없애야 인격 있는 사람이 된다."

나라든 집안이든 자신의 두 어깨에 짊어지고 나갈 중요한 인재를 동량지재(棟梁之材)라고 합니다. 동(棟)은 '용마루 동'이고, 양(梁)은 '대들보 양'입니다. 옛날 기와집을 보면 집과 지붕을 떠받치는 중요한 요소가 바로 '동량'입니다. 두 가지가 없으면 집이 똑바로 설 수 없습니다. 오늘날에는 능력이 있고 성품이 뛰어난 젊은이가 미래에 훌륭한 인재로 성장하기를 바라는 마음에서 "그 친구 동량지재야!" 하는 덕담으로 쓰기도 합니다.

집을 지을 때 동량으로 쓰이려면 가시가 없어야 합니다. 굵고 크고 곧게 자라야 합니다. 사람으로 치면 '넓은 도량, 큰 포부, 곧은 마음'을 가진 사람이 바로 동량지재입니다.

하지만 세상 사람들이 모두 동량지재인 것은 아닙니다. 배운 지식을 나쁜 데 활용하고, 은혜를 원수로 갚는 사람도 많기 때문입니다.

어느 한 스승이 세 사람의 제자를 키웠습니다. 나중에 본인이 반역죄로 몰리자 제자들이 모두 스승을 잡으려고 뒤쫓았습니다. 그는 다른 나라로 도망을 치기 전에 세 제자를 정부 관료로 추천했었습니다. 그런데 그가 죄인으로 모함을 받자 은혜를 입은 사람들이 그를 외면하고 오히려 체포하려 했다고 합니다.

그 말을 들은 한 사람이 웃으면서 말했습니다.

"밀감나무와 유자나무를 심으면 그 열매는 맛있고 향기도 좋습니다. 반면에 탱자나무와 가시나무를 심으면 결국 자라서 서로 찌를 것입니다. 안목이 있는 사람은 반드시 육성할 인재를 잘 가려야 합니다."

사람은 스스로 탱자나무와 가시나무가 되지 않도록 노력해야 합니다. 그러려면 착한 말, 착한 행동, 착한 마음으로 마음의 가시를 없애려고 매일 노력해야 합니다. 그러다 보면 어느덧 우뚝 선 거목으로 자라고 있는 자신을 느낄 것입니다.

설악산, 지리산 등 높은 산에 올라가 보면 주목나무가 있습니다. 주목나무는 1년에 고작 1mm씩 허리가 굵어지고, 100년을 자라도 높이가 10m에 둘레가 60cm 남짓 자랍니다. 100년을 살아도 눈에 띄지 않지만, 100년을 넘겨 다른 나무들이 죽어갈 때 승부수를 던지고 천년을 넘게 살아 '산정의 제왕'이 됩니다. 살아서 천년, 죽어서 천년이라는 별명처럼 '모든 나무의 주인'으로 우뚝 서는 것입니다. 우리 젊은이들이 매일매일 바쁜 군 복무 와중에도 자신에게 "나는 어떤 나무일까?" 하고 한 차례씩 물어보기를 권고해봅니다.

073

보는 각도를 달리하라

뉴욕의 한 거리에 옷을 수선하는 가게 세 곳이 있었습니다. 모두 솜씨가 뛰어났고 경쟁도 치열했습니다. 가게 세 곳의 주인들은 모두 손님을 유치하기 위해 멋진 간판을 내걸고 싶었습니다.

드디어 첫 번째 가게가 '뉴욕 최고의 재봉사!'라는 간판을 내걸었습니다. 이를 본 두 번째 가게는 이튿날 '전국에서 가장 뛰어난 재봉사!'라는 간판을 내걸었습니다.

세 번째 가게의 주인은 유대인이었는데, 멀리 출장을 떠나 아직 돌아오지 않은 관계로 이러한 상황을 알지 못했습니다. 그러다 보니 미처 대처를 하지 못했습니다. 세 번째 유대인 가게 주인의 아내는 손님들을 뺏기자 너무나 속이 상해 밥을 먹지 못할 지경이었습니다. 며칠이 지나 유대인 재봉사가 돌아왔습니다. 아내에게 심각한(?) 상황을 전해 듣더니 빙그레 웃으며 걱정할 필요 없다고 아내를 안심시켰습니다.

그는 다음 날 간판을 내걸었습니다. 그러자 새로운 고객이 몰려와

장사가 전보다 훨씬 잘됐습니다. 게다가 옆 가게들을 훨씬 앞질렀습니다. 간판에 걸린 글귀는 아주 간단했습니다.

'이 거리에서 가장 뛰어난 재봉사!'

이처럼 세상을 보는 각도를 달리하면 경쟁에서 이기고 남보다 앞서 나갈 수 있습니다. 많은 기업인이 세상을 자신만의 독특한 관점에서 바라보며 성공의 이야기를 써내려갔습니다.

젊은이들이 즐겨 입는 패션 브랜드 자라(Zara)는 스페인의 북서부 갈리시아 지방에서 시작했습니다. 설립자인 아만시오 오르테가는 남들과 비슷한 방법으로 옷을 제작해서는 경쟁에서 이기기 어렵다고 보고, 자신의 강점으로 속도를 선택합니다. 최신 유행을 반영한 의류를 저렴한 가격대에 내놓는 '패스트 패션(Fast Fashion)'이 자라의 성공방식입니다. 기존의 옷들이 모양, 색상, 재질 등 전통적인 특징을 중시했다면 오르테가는 '속도'라는 특성을 중시해 2주 단위로 옷을 출시했습니다. '소량생산 적기 판매(Just In Time)방식'은 유행에 민감한 젊은이들에게 열성적인 지지를 받아 오늘날 글로벌 브랜드로 성장했습니다.

세계적인 패스트푸드 체인점 맥도날드는 1940년에 리처드 맥도널드와 모리스 맥도널드 형제가 캘리포니아주 샌버나디노에 열어 운영하던 바비큐 레스토랑에서 기원합니다. 맥도널드 형제는 1948년에 햄버거 사업으로 전환하면서 노동 분업에 근거한 '스피디 서비스 시스템(Speedy Service System)'을 도입해 효율성을 높입니다. 음식을 규격화해 값을 낮추고, 바쁜 현대인을 위해 속도라는 특징을 가미하자 맥도널드는 전 세계적인 레스토랑으로 성장합니다.

커피로 세계적인 기업이 된 스타벅스는 단순한 프랜차이즈가 아닙니다. 시애틀의 조그만 가게에서 시작한 스타벅스는 친구나 가족이 함께 모여 아늑함과 평안함을 느끼는 '따뜻한 공간'을 창출했습니다. 다른 커피 가게들이 모두 커피 맛에만 집중했다면, 스타벅스는 커피 맛을 뛰어넘어 고객에게 '감성적인 체험'을 제공한 것입니다. 그 덕분에 스타벅스는 세계적인 기업이 된 것입니다.

학창 시절을 되돌아보면 유독 달리기 시합을 싫어하는 학생들이 있습니다. 5~6명이 한꺼번에 달리는데 일등은 오로지 한 명에 불과하기 때문입니다. 하지만 보는 각도를 다르게 하면 모든 학생이 일등이 되는 방법이 있습니다. 각자 자기가 원하는 방향으로 달리기를 하는 것입니다. 그러면 모두 자신이 선택한 방향에서 누구보다 앞설 수 있습니다.

군 생활을 하는 젊은이들이 미래를 놓고 많은 고민을 합니다. 남들과 비교도 많이 합니다. 이럴 땐 '세상을 보는 각도를 달리해보는 것'이 좋습니다. 등산을 하다 보면 산 밑에서 보는 풍경과 산 정상에서 보는 세상이 다르다는 걸 느낍니다. 보는 지점이 다르므로 세상을 보는 각도도 달라지는 것입니다.

소설가 마르셀 프루스트는 이렇게 표현했습니다.

"발견을 위한 진정한 항해는 새로운 풍경을 찾는 것이 아니라 새로운 눈을 가지는 데 있다."

세상을 다르게 보면, 세상을 사는 인생도 달라집니다.

074

좌절을 극복하는 비법

젊고 총명한 의원이 의회 연설을 시작했습니다. "시작이 절반이다"는 말처럼 청산유수의 연설이 이어지고 점차 기세가 올랐습니다. 그런데 그 순간 대부분의 사람들이 두려워하는 일이 발생했습니다. 연설 내용을 잊어버린 것입니다. 의원은 동료 의원들 앞에서 얼어붙은 채 서 있던 3분이 영원처럼 느껴졌습니다. 동료들의 비웃는 모습, 안타까운 표정, 비난의 눈길 등을 보면서 머릿속은 하얗게 변해갔습니다. 의원은 연설을 포기하고 절망감에 사로잡힌 채 자리로 돌아가 머리를 감쌌습니다. 머릿속에는 온통 '내가 왜 바보가 됐을까, 이제 내 경력은 끝났어!' 하는 자책과 회한뿐이었습니다.

다음 날 아침 신문들은 젊은 의원이 처참하게 무너져 내리는 모습을 '대참사'라고 표현했습니다. 의사들은 그가 '대뇌 결함'이 있거나 혹은 젊지만 '초기 치매'일지 모른다고 추정하기도 했습니다. 사실 그의 학창시절은 말썽꾸러기 낙제생 수준이었습니다. 생활기록부에 따르면 '품행이 나쁜 믿을 수 없는 학생으로, 의욕과 야심이 없고 다른 학생들과 자주 다투며, 상습적으로 지각하고 물건을 제대로 챙기지 못하며 야무지지 못하다'고 쓰여 있었다고 합니다. 역사 공부는 잘했지만 다른 과목은 하위권이었고 수학을 끔찍이 싫어했습니다.

연설에서 대참사를 경험한 그가 36년의 세월이 흘러 이제는 총리로서 의회 연설 자리에 섰습니다.

"정부에 참여한 장관들에게 이야기했던 대로 의회에 말합니다. 내가 바칠 것은 피와 땀과 눈물밖에 없습니다. 우리는 가장 호된 시련을 앞에 두고 있습니다. 기나긴 투쟁과 고난의 세월이 우리를 기다리고 있습니다. 여러분은 우리의 정책이 무어냐 묻습니다. 나는 답할 수 있습니다. 그것은 땅에서 바다에서 하늘에서 전쟁을 수행하는 것입니다. 신께서 우리에게 허락한 모든 힘과 우리의 모든 능력을 다하여, 인류가 저지른 개탄스러운 죄악의 목록 가운데에서도 가장 극악한 폭정과 맞서 싸우는 것입니다. 이것이 우리의 정책입니다. 여러분은 우리의 목적이 무엇이냐 묻습니다. 나는 한마디로 답할 수 있습니다. 그것은 승리입니다. 어떠한 대가를 치르고서라도 반드시 승리합니다. 모든 공포를 이겨내고 반드시 승리합니다. 승리에 이르는 길이 아무리 길고 험난해도 반드시 승리합니다. 승리하지 않으면 생존할 수 없습니다. 기필코 승리를 쟁취합시다. 승리하지 않으면 대영제국이 존속할 길이 없고, 대영제국이 지탱해온 모든 것이 존속할 수 없습니다. 승리하지 않으면 인류가 그 숭고한 목표를 향해 전진하게 만드는, 시대의 추동력도 존속할 수 없습니다. 나는 활기와 희망으로 나의 과업을 떠맡습니다. 나는 확신합니다. 우리의 대의와 소명은 결코 실패하지 않을 것입니다. 이 시점에서 나는 모든 이에게 도움을 호소해야겠습니다. 자! 단결된 힘으로 우리 함께 전진합시다!"

연설 내용에서 짐작할 수 있듯이 이 이야기의 주인공은 영국의 총리 윈스턴 처칠입니다. 처칠 총리는 영국의 공영방송인 BBC가 2002년 영국인 100만 명을 대상으로 조사한 '위대한 영국인 100명' 가운데 '만유인력의 법칙'을 발견한 아이작 뉴턴과 극작가인 셰익스피어를 제치고 1위를 차지했습니다.

사람들은 예외 없이 여러 사람 앞에서 연설하는 것을 두려워합니다. 발표를 앞두고서 '나는 프레젠테이션을 형편없이 못한다. 나의 발표 실력은 엉망이다. 내 이야기는 따분함으로 가득 차 있다'며 마음속을 부정의 단어로 가득 채웁니다. 이처럼 잘못된(?) 자기 평가는 운명을 개척해나가는 길을 막습니다.

처칠이 일반인과 다른 점은 '절대 같은 실수를 되풀이하지 않겠다'고 다짐하고 노력했다는 사실입니다. 그는 말주변도 어눌했습니다. 타고난 연설가도 아니었습니다. 하지만 그는 진심으로 믿는 바만 쓰고 모든 말을 쉼 없이 다듬은 후에 이를 전달했습니다. 끊임없는 노력과 준비를 평생 동안 지속한 결과 66세에 총리가 되었고, '20세기 최고의 연설가'라는 평가를 받으며 역사를 바꾸었습니다. 모든 일을 성공하는 데는 '시작이 절반이고, 나머지 절반은 노력'이라고 합니다. 처칠은 그러한 '성공 방정식'을 잘 알고 실천했습니다.

그는 수많은 명언을 남겼습니다.

"최선을 다하고 있다고 말해봤자 소용없다. 필요한 일을 할 때는 반드시 성공해야 한다."

"위험이 다가왔을 때 도망치려고 생각해서는 안 된다. 도망치면 위험이 배가 된다. 그러나 결연하게 맞선다면 위험은 반으로 줄어든다."

"쓸데없는 생각이 자꾸 떠오를 때는 책을 읽어라. 쓸데없는 생각은 비교적 한가한 사람들이 느끼는 것이지 분주한 사람은 느끼지 않는다. 우리는 한가한 시간이 생길 때마다 유익한 책을 읽어 마음의 양식을 쌓아둬야 한다."

젊음의 특권은 세상의 파도를 헤쳐 나갈 용기가 있다는 사실입니다. 군에서 새로운 인생경험을 쌓고 있는 젊은이들이야말로 국민의 생명과 안전을 위해 총을 든 용기의 대명사입니다. 처칠은 용기 있는 젊은이들을 위해 다음과 같이 말했습니다.

"돈을 잃은 것은 적게 잃은 것이다. 명예를 잃은 것은 크게 잃은 것이다. 용기를 잃은 것은 전부를 잃은 것이다."

075

여우형인가 고슴도치형인가

어린이들이 좋아하는 『이솝우화』에는 영리하고 꾀 많은 동물로 여우가 많이 나옵니다.

한 늙은 사자가 몸이 자유롭지 못해 예전처럼 사냥을 할 수 없었습니다. 사자는 병이 든 척하고 동굴 안에 앉아서 병문안을 오는 동물들을 잡아먹었습니다. 어느 날 여우가 찾아왔는데 밖에서 문안 인사만 할 뿐 동굴 안으로 들어가지 않았습니다. 사자가 그 이유를 묻자 이렇게 대답합니다.

"안으로 들어간 동물의 발자국은 많은데, 밖으로 나온 발자국은 하나도 없습니다."

사려가 깊은 여우가 위험 신호를 미리 알아채고 미리 피한다는 얘기로 여기서 여우는 지혜를 상징합니다.

서양에서는 사람들의 성향을 비교할 때 '여우형과 고슴도치형'으로 나누기도 합니다. 이 아이디어는 2600여 년 전에 살았던 그리스의 시인 아르킬로코스의 "여우는 많은 것을 알지만, 고슴도치는 하나의 큰 것을 안다"는 표현에서 유래했습니다. 여우형은 재주가 출중하고 꾀가 넘쳐 온갖 일에 참견하는 영리한 사람으로, 고슴도치형은 한 가지 일에 깊은 통찰력으로 집중하는 현명한 사람으로 그려집니다. 여우는 기상천외한 방법으로 사냥꾼을 속이다가 끝내 붙잡히지만, 고슴도치는 몸을 둘둘 말아 가시바늘을 세우면 아무도 잡을 수 없으므로 영리한 여우보다 현명한 고슴도치가 낫다고 평가합니다.

영국의 철학자이자 정치사상가인 이사야 벌린은 『고슴도치와 여우』에서 '많은 것을 두루 알고 있는' 여우형 인간으로 도스토옙스키, 아리스토텔레스, 셰익스피어 등을 꼽았습니다. '하나의 큰 것만을 깊이 아는' 고슴도치형 인간으로는 톨스토이, 플라톤, 단테를 지목했습니다.

여우와 고슴도치를 빗대 기업을 분석한 짐 콜린스는 『좋은 기업을 넘어 위대한 기업으로』에서 여우형보다는 고슴도치형 경영자가 이끄는 기업이 위대한 기업이 된다고 설명합니다.

그렇다면 세상을 살아가는 방식으로 여우형보다 고슴도치형 인간이 더 나을까요?

고슴도치형의 가장 큰 약점은 하나에만 집중하여 세상을 넓게 보지 못하고 자기가 보고 싶은 것만 본다는 것입니다. 자신을 끊임없이 돌아보고 새로운 것을 찾는 여우형과는 달리 기존의 얕은 지식과 자신감에 매몰되어 좁게 본다는 측면에서 고슴도치형은 발전에 부적합합니다. 고슴도치형 인간은 세상 돌아가는 이치에 어두운 맹목적인 사람이 될 수 있다는 것입니다. (실제로 '고슴도치도 제 새끼는 함함하다(예쁘다)'는 말처럼, 고슴도치형 부모는 오로지 자기 자식만 최고로 여기는 이기적인 부모가 될 수 있습니다.)

현대사회는 변화의 속도가 매우 빠릅니다. 어제 맞던 얘기가 오늘 맞지 않을 수 있습니다. 그런데도 많은 사람, 특히 윗사람일수록 생각 바꾸기를 싫어합니다. 생각과 말을 바꾸면 애초 결정이 틀렸다는 것을 인정하는 것이며 자신이 똑똑하지 못하고 어리석은 사람임을 인정하는 것이라고 여기기 때문입니다. 그러다가 최악의 결과를 초래하기도 합니다.

진짜 현명한 사람은 자신의 생각만 고집하지 않습니다. 조령모개(朝令暮改)라는 말은 "아침에 내린 명령을 저녁에 바꾼다"는 뜻으로 흔히 비판할 때 씁니다. 오늘날 삼성전자를 만드는 데 크게 공헌한 윤종용 전 부회장은 "리더는 조령모개를 잘해야 합니다. 상황이 바뀌고 과거의 지시가 틀렸다는 걸 확인하면 곧바로 방향을 바꾸는 것이 중요합니다. 틀린 결정을 부둥켜안고 집착하는 것처럼 어리석은 일은 없습니다" 하고 말했다고 합니다.

위대한 경제학자 존 메이너드 케인스가 어떤 사람에게 비난을 받았습니다.

"당신이 지금 한 말은 옛날에 한 말과 다르지 않습니까? 왜 오락가락합니까?"

그러자 케인스가 답변합니다.

"저는 사실이 바뀌면 제 생각도 바꿉니다. 당신은 사실이 바뀔 때도 기존 생각을 그대로 고수합니까?"

　군의 일상은 어찌 보면 매우 단조롭습니다. 단조로움에 빠져 있다 보면 생각하는 훈련을 잊을 수 있습니다. 하지만 군 생활 도중에도 세상은 끊임없이 변하므로 세상 흐름을 읽는 눈을 잃지 않으려고 늘 노력해야 할 것입니다.

076

30년 전 오늘

군 복무와 대학을 경험한 사람들이 평생 잊지 못하는 번호가 세 가지 있습니다. 출생신고를 하면 주어지는 주민등록번호와 대학에 들어가면 받는 학생번호, 그리고 군에 입대하면 주어지는 군인번호(군번)입니다. 주민등록번호는 평생 사용하기 때문에 기억하고, 학생번호는 사회생활을 하면서 늘 질문을 받기 때문에 기억합니다. 군번은 세대 이후에는 사용할 일이 거의 없지만 워낙 기억이 강렬하기 때문에 또렷이 기억하는 것 같습니다.

30년 전인 1987년 9월 7일은 제가 세 번째 번호를 부여받은 날입니다. 대학 2년을 마치고 그날 입대한 곳은 논산훈련소. 시골에 계신 부모님께 미리 인사를 드리고 친구들을 만났다가 그날 기차를 타고 훈련소로 갔습니다. 늦여름의 따가운 햇살을 받으며 들어가는 훈련소 문이 전송 나온 사람들과 훈련소의 경계선이었습니다. 천천히 걸어가고 있는데 외부에서 전혀 보이지 않는 지점에 이르자 모자를 푹 눌러쓴 조교가 "야, 빨리 안 뛰어!" 하고 소리 지르던

게 아직도 생생하게 기억납니다. 그때 받은 여덟 자리 군인번호가 '1381××××'입니다.

두 달 가까이 훈련을 마치고 배정받은 부대로 가기 위해 야간열차를 탔습니다. 어디로 가는지 아무도 알려주지 않았지만 어둠 속에서 어렴풋이 보이는 밖의 풍경으로 미뤄 짐작할 때 서울로 향하는 것 같았습니다. 나중에 알고 보니 저는 용산역에서 내리고, 다른 입대동기들은 더 멀리 이동하였습니다. 용산역에서 내려 다시 이동해 아침을 맞이한 곳은 북한산 근처의 훈련장이었고, 그때서야 비로소 서울 인근의 부대가 앞으로 근무할 곳이라는 사실을 알았습니다.

부대에 배치된 후 이듬해 2월까지 6개월 동안은 가장 졸병인 이등병이었습니다. "이등병은 겨울이 참으로 서럽다"고 했는데, 차가운 물에 걸레를 빨고 내무반 청소를 도맡아 할 때는 참으로 서글펐습니다. 너무 힘들어 감기라도 걸렸으면 하고 바랐는데, '허약한 군인정신(?)'에도 감기 한번 걸리지 않고 겨울을 보냈습니다. 그리고 3월 초에 드디어 일병 계급장을 달았고 바로 '2박 3일 휴가'를 받았습니다. 입대 동기와 위병소를 나오자마자 달려간 곳은 중국집이었고, 그때 먹은 짜장면은 지금도 제 인생에서 가장 맛있는 짜장면으로 기억합니다.

"10년이면 강산도 변한다"고 하더니 어느덧 30년의 세월이 흘러 제 아들이 현역 군인이 되었습니다. 입대할 때 연병장까지 부모와 같이 들어가는 것이 과거와 전혀 달랐습니다. 입대 이후 얼마 지나지 않아 바로 자신이 군 복무 할 부대가 정해지는 것을 보고, 시스템이 참 많이 바뀌었다는 것을 느꼈습니다. 또 자대 배치 이후 부모님이 면회 오면 바로 '1박 2일' 외출할 수 있다는 것을 알고 시대의 변화를 절감했습니다. 무엇보다도 내무반에 각자 침대가 있고, 세탁기와 에어컨이 설치돼 있는 모습에서 세대 차이를 크게 실감했습니다. 30년 전만 해도 더위는 서로 피하고 추위는 서로 껴안으면서 견뎌냈고, 겨울에도 찬물에 손세탁을 했습니다.

그런데도 역시 '군대는 군대'라는 말은 진실인가 봅니다. 지난 번 면회를 갔을 때 보니 아들의 얼굴이 위병소를 나서자마자 활짝 펴지는 것이었습니다. "위병소만 통과해 들어가면 온도가 5도는 내려가고 추워진다"는 말이 30년 전에도 있었는데, "바깥 공기가 너무나 좋아!" 하는 아들의 말을 듣고 보니 그 말은 시대를 초월하는 진실임을 느낍니다.

날짜를 세어보니 어느덧 아들이 군에 입대한 지 70일이 훌쩍 지났습니다. 매일매일 고달픈 병영생활을 하는 아들로서는 하루가 길겠지만 역시 "국방부 시계는 거꾸로 매달아도 돌아간다"는 말처럼 시간은 제대 날짜를 향해 멈추지 않고 달려갑니다.

군 복무를 하는 아들에게 그나마 조금이라도 위안이 되는 사실을 하나 알려주고자 합니다. 1950년대에 육군 병장으로 제대한 할아버지는 4년을 복무했고, 1989년에 육군 병장으로 제대한 아버지는 복무 기간이 30개월인 데 비해 2017년 입대한 아들의 복무 기간은 21개월이라는 것입니다.

077

관찰의 힘

군 복무를 마친 젊은이들의 이야기 주제는 크게 세 가지라는 유머가 있습니다. '군대 이야기, 축구 이야기, 군대에서 축구한 이야기'가 바로 그것입니다. 군 생활이 매우 단조롭기 때문에 기억에 남고 흥미를 유발할 만한 일들이 적다는 사실을 알려주는 유머입니다. 이처럼 단조로운 군대도 다음과 같은 일화를 보면 전혀 다르게 다가올 수 있습니다.

프랑스의 한 문학 청년이 『보바리 부인』이란 소설로 유명해진 플로베르를 찾아가 문하생이 됩니다. 이 청년은 플로베르의 친구 누나의 아들이었습니다. 플로베르는 매주 문학수업을 받으러 오는 청년에게 아무것도 가르치지 않습니다. 스승이 몇 달이 지나도록 아무것도 가르쳐주지 않자 제자가 물었습니다.

"언제 가르쳐주실 겁니까? 배움을 얻기 위해 계단을 수천 번씩이나 오르내렸습니다."

그러자 스승이 한마디 묻습니다.

"그래. 계단을 수천 번씩이나 오르내렸단 말이지. 그럼, 자네 혹시 우리 집 계단이 몇 개인지는 알고 있는가?"

뜻밖의 물음에 제자는 말문이 막혔습니다. 플로베르는 한마디 더 합니다.

"하찮은 일 하나라도 제대로 볼 수 있는 눈. 그것이 작가의 기본 이라네."

그러고 나서 플로베르는 제자를 데리고 군부대 앞으로 갔습니다. 그리고 군부대 앞 풍경을 글로 묘사하라고 시킵니다. 군부대는 들어 갈 수 없는 곳이라서 제자가 할 수 있는 일은 군부대 앞에 앉아 하루 종일 정문을 지키는 위병소를 쳐다보는 게 전부였습니다. 부대 앞 에는 보초 몇몇이 왔다갔다하며 경계를 서고 있었는데 시간이 지나 도 변함이 없었습니다.

단조로운 위병소 모습을 보고 제자는 겨우 몇 줄 쓰는 데 그쳤습 니다. 스승은 다음 날 다시 군부대로 가보라고 시켰습니다. 이튿날 이 되니 문장이 몇 줄 더 늘었습니다. 매일매일 군부대 앞을 가보니 보초들의 교대 시간, 행동 하나하나, 시시각각 변하는 표정 등이 다 르게 느껴졌습니다. 제자는 스승의 지도를 받으며 상상력을 동원 하더니 급기야 그 단순한 풍경을 수십 장의 종이에 묘사할 수 있 었습니다.

여기서 등장하는 제자가 바로 프랑스가 낳은 세계적인 작가 기 드 모파상입니다. 모파상은 1880년 30세가 되던 해에 소설 「비곗덩어 리」로 문단에 데뷔해 『목걸이』『여자의 일생』 등의 걸작을 남깁니다.

세계 문학사에서도 미국의 에드거 앨런 포, 러시아의 안톤 체호프와 함께 세계 3대 단편 작가로 불리는 영광을 얻습니다.

군 복무의 일상을 상당부분 차지하는 업무가 보초를 서는 일입니다. 위병소 근무도 보초 업무에 속하는데, 언뜻 생각하면 매우 단순합니다. 그러다가 눈을 들어 사방을 둘러보면 매일매일 조금씩 변해가는 자연을 느끼고 매일매일 달라지는 자신을 실감할 수 있습니다. 봄에는 싹이 돋아나는 나무의 이름을 하나하나 기억하고, 여름에는 예초(刈草, 풀베기)작업의 대상이 되는 잡초가 무엇인지 생각하며, 가을에는 지긋지긋한 빗자루질의 대상인 낙엽을 보며 생명의 순환을 사색할 수 있습니다. 회색 건물이 가득한 도시에서 느끼기 어려운 계절의 변화를 온몸으로 실감하는 곳이 바로 산골에 위치한 군 부대이기 때문입니다.

관찰은 사물을 건성건성 보지 않고 자세히 보는 과정입니다. 뉴턴이 떨어지는 사과를 보고 만유인력의 법칙을 발견했다는 일화부터 세상의 모든 일을 관찰해보면 어제는 느끼지 못하던 새로움이 자신의 머리에 퍼뜩 떠오를 수 있습니다. 위병소 옆의 나무 한 그루도 봄, 여름, 가을, 겨울에 따라 다른 옷을 입고 다른 모습으로 묘사하듯이, 세상 만물은 지식과 훈련에 따라 얼마든지 다르게 보이고 다르게 그릴 수 있습니다. '관찰과 사색의 즐거움'은 시끄러운 도시에서 절대 얻을 수 없습니다. 낮에는 자연이 그대로 보이고, 밤에는 풀벌레 소리가 울리는 곳이야말로 진짜 생명이 살아 숨쉬는 '관찰과 사색의 공간'임을 인식할 필요가 있습니다.

078

문제없는 삶이란

미국인이 존경하는 기업가 중에 '철강왕'으로 불리는 앤드루 카네기가 있습니다. 어느 날 카네기에게 친구가 찾아왔습니다. 그는 자기 삶은 문제투성이라고 하소연을 늘어놨습니다. 한참 동안 듣고 있던 카네기가 말했습니다.

"자네 나랑 같이 가세. 내가 문제가 없는 곳을 한 곳 알고 있네."

카네기는 친구를 어디론가 데리고 갔습니다. 잠시 후 도착한 곳은 다름 아닌 공동묘지였습니다. 친구가 화를 벌컥 내며 따졌습니다.

"아니, 자네 지금 나를 놀리는 것인가?"

카네기가 친구에게 한마디 했습니다.

"여보게, 문제없는 삶은 없네. 문제가 없다면 이미 죽은 사람이지. 문제는 문제 자체가 아니라 문제를 받아들이는 자네의 태도야."

세상의 문제는 '어떻게든 할 수 있는 것'과 '사람의 힘으로 어찌할 수 없는 것'으로 나뉩니다. 노력해도 어떻게 할 수 없는 것은 일찌감치 포기하고, 노력해서 가능한 일에 집중하는 게 인생을 알차게 보내는 현명한 자세입니다.

노력해도 어찌할 수 없는 것은 무수히 많습니다. "나는 흙수저야" 하면서 가난한 부모님 밑에서 태어난 걸 원망해봤자 부모님이 바뀌지 않습니다. "나는 키가 작고 못생겼다"고 아무리 한탄해도 어떻게 해볼 도리가 없습니다. 아무리 '헬조선'이라고 원망해도 대한민국 태생이라는 사실은 바뀌지 않습니다. 중·고등학교 시절에 공부를 열심히 하지 않아서 나쁜 성적을 받던 과거는 지금 시점에서 어찌해볼 도리가 없습니다. 그러한 문제는 머릿속에서 지우는 게 도움이 됩니다.

다음의 일화도 풀 수 있는 문제와 풀 수 없는 문제의 차이를 보여줍니다.

어느 날 저녁, 전함 한 척이 칠흑같이 어두운 바다를 항해하고 있었습니다. 어둠과 안개를 헤치며 조심스럽게 나아가고 있는데 갑자기 정체불명의 불빛이 희미하게 나타나더니 배를 향해 점점 다가왔습니다.

당황한 선장이 마이크를 들고 외쳤습니다.

"여기는 전함이다. 당장 뱃머리를 돌려라."

그래도 불빛은 움직이지 않고 계속 가까이 왔습니다.

선장이 거듭 외쳤습니다.

"여기는 전함이다. 뱃머리를 돌리지 않으면 발포하겠다."

불빛이 전혀 방향을 바꿀 생각을 하지 않자 선장은 화가 치밀어 욕까지 해댔습니다.

"어디서 감히 비키지 않는 건가? 마지막 경고다. 당장 발포하겠다."

드디어 불빛 쪽에서 대답이 나왔습니다.

"여기는 거룩한 등대다. 당장 뱃머리를 돌려라."

경영학자인 배리 존슨은 다음처럼 설명했습니다.

"인생에는 나쁜 소식과 좋은 소식이 있습니다. 나쁜 소식은 인생에는 풀 수 없는 문제가 수두룩하다는 것이며, 좋은 소식은 그걸 풀려고 굳이 애쓰지 않아도 된다는 사실입니다."

카네기의 얘기처럼 문제없는 삶은 없고, 문제없는 조직도 없습니다. 상명하복 구조인 군도 마찬가지입니다. 그렇더라도, 늘 긍정적인 사고로 풀 수 있는 문제와 풀 수 없는 문제를 잘 구별해 하루하루 대처해 나간다면 불평과 불만이 크게 줄고 만족도가 높아질 수 있습니다.

079

천사의 얼굴, 악마의 얼굴

어느 위대한 화가가 세상 전체를 표현하는 그림을 그리기로 했습니다. 수많은 사물과 사람, 그리고 천사와 악마도 그려 넣기로 했습니다. 문제는 모델이었습니다. 많은 사람을 만나 보아도 천사의 표정이 나오지 않았던 것입니다.

화가는 모델을 찾아 세상을 돌아다녔습니다. 드디어 깊은 산속에서 세상의 때라고는 전혀 묻지 않은 맑은 옹달샘 같은 얼굴을 한 소년을 찾아냈습니다. 그의 얼굴로 천사를 그렸더니 아름답기 그지없었습니다.

이제는 악마 모델을 찾아야 했습니다. 화가는 수많은 범죄자나 악당을 만나보았습니다. 그러나 진짜 악마라는 인상을 주는 사람은 발견할 수 없었습니다. 그렇게 20년의 세월이 흘렀습니다.

어느 날 화가의 친구가 급히 달려오더니 악마 모델을 찾았는데 오늘 중에 처형된다는 소식을 전해주었습니다. 그는 황급히 살인자를 만나러 갔습니다. 정말 악마처럼 기괴하고 무서운 얼굴이었습니다. 화가가 그를 모델로 삼아 그림을 그리려고 하자 살인자가 고백을 했습니다.

"제가 20년 전 천사 모델을 한 그 소년입니다."

깨끗하고 순수하던 산골 소년이 20년 동안 세상에서 온갖 나쁜 일을 일삼다 보니 어느덧 악마의 얼굴로 변했던 것입니다.

미국의 링컨 대통령은 "나이가 40을 넘은 사람은 자기 얼굴에 책임을 져야 한다"는 말을 남겼습니다. 나이가 들면 사람 얼굴에는 주름살 등 세월의 흔적이 나타나기 마련입니다. 그 흔적은 곧 삶의 궤적이라는 가르침입니다.

40세가 넘어 '아름다운 얼굴'을 가지려면 많이 웃고 긍정적이어야 합니다. 한 번 웃으면 한 번 젊어지고, 한 번 화내면 한 번 늙는다는 '일소일소 일노일로(一笑一少 一怒一老)'처럼 많이 웃는 게 가장 좋은 비결입니다.

사람은 80여 가지의 근육을 사용해 7000여 가지의 표정으로 웃을 수 있다고 합니다. 웃다 보면 스트레스도 풀리고 혈액순환이 좋아져서 얼굴이 자연스럽게 젊어지고 호감이 가는 얼굴로 변한다는 게 전문가들의 과학적인 조사 결과입니다. 그래서 웃음으로 사람의 마음을 치유하는 웃음치료사라는 직업이 있는가 봅니다.

젊은 남성들이 부대끼며 사는 군부대에서는 웃을 일이 많지 않습니다. 게다가 한국에서는 전통적으로 '웃음이 많은 사람은 실없는 사람'이라고 약간은 부정적인 평가를 하기도 합니다.

하지만 웃음은 만병통치약이며 생명에너지의 근원입니다. 육체

건강뿐만 아니라 정신 건강에 그보다 더 좋은 보약은 없습니다. 딱히 웃을 일이 없으면 화장실에서 거울을 보고 자신을 향해 씩 한번 웃어주는 것도 좋은 방법입니다. 매일 웃음의 시간과 양을 늘려가다 보면 링컨이 얘기한 것처럼 40세에 '천사의 얼굴'이 될 수 있을 것입니다.

080

승리의 비결은 끈기

인생을 보람과 성공으로 이끌려면 '5가지 ㄲ 법칙'이 필요하다고 합니다. 바로 '꿈, 꾀, 끼, 끈, 깡'이라는 쌍기역이 들어가는 다섯 가지를 갖춰야 한다는 얘기입니다.

"소년이여, 꿈을 가져라"는 표현처럼 꿈은 미래에 대한 이상이며 비전입니다. 미래에 대한 안목과 통찰력을 지닌 사람이 제대로 된 인생을 살 수 있다는 의미입니다.

'꾀'는 지식이며 지혜임과 동시에 자신의 능력을 키우는 학습능력입니다. 많은 지식, 그리고 지식을 좋은 방향으로 잘 활용하는 지혜야말로 사람이 살아가는 데 꼭 필요한 덕목입니다.

'끼'는 성품을 의미하는 것으로 생기와 활기가 있어야 한다는 뜻입니다. 함께 있으면 유독 에너지가 넘치는 사람이 있는데 그런 사람이 바로 끼가 있는 사람입니다. 그런 사람은 끼가 있어야 제대로 자신의 소질을 잘 발휘할 수 있습니다.

'끈'은 인연이고 인간관계를 의미합니다. 한국 사회는 혈연, 학연, 지연으로 연결된다는데 인연은 어떤 식으로든 이뤄지기 마련입니다. 같은 부대에 근무하는 것 자체도 인생의 큰 인연입니다. 사람 사이에 끈은 이어질 때도 있고 끊어질 때도 있지만, 어떤 경우에도 함께 일하는 사람과 좋은 끈을 맺으면 그 결과가 나쁜 경우는 거의 없습니다.

사람은 '깡'이 있어야 한다고 합니다. 깡은 용기, 패기, 기백 그리고 추진력이며, 인내심과 불굴의 정신을 의미합니다. 도전과 개척의 정신이기도 합니다. 흔히 깡다구라는 말은 억지를 쓰거나 무모한 행동을 하는 것으로 비하하여 쓰기도 하지만, 깡이 없으면 진정한 사나이라고 부르기 어렵습니다.

꿈, 꾀, 끼, 끈, 깡은 없어서는 안 될 덕목이지만, 그중에서도 깡은 매우 특별한 덕목입니다. 깡을 좀 더 고상하게 표현하면 인내, 즉 끈기인데 그만큼 끈기가 어렵다는 얘기입니다.

역사에는 끈기 있는 위인이 참으로 많은데 그중 한 명이 발명왕 에디슨입니다. 에디슨은 남들이 '1000번의 실패 뒤에 얻는 한 번의 성공'을 미련하다고 비난할 때 "나는 안 되는 방법 1000가지와 되는 방법 한 가지, 즉 1001가지의 방법을 알았다"는 식의 사고방식으로 접근했습니다.

에디슨의 끈기는 일상의 끈기인데, 군대의 끈기와 전쟁터의 끈기는 일상의 끈기와 비교할 수 없는 끈기입니다.

군대에 가본 사람은 행군하려면 끈기가 얼마나 필요한지 잘 압니다. 피곤이 겹쳐 졸리는 데다 발에 물집이 터져서 쓰라리고 목적지는 여전히 멀기만 합니다. 계속해서 걸어야 하는 행군이 그렇게 힘든데, 그와 비교할 수 없는 끈기가 있습니다. 바로 전쟁터입니다. 사람의 목숨이 왔다 갔다 하는 전쟁터에서 목숨을 걸고 끝까지 투쟁심을 잃지 않는 사람은 찾아보기 쉽지 않습니다.

전쟁의 역사에서 '전략의 아버지'로 불릴 만큼 명장으로 추앙받는 인물이 있습니다. 2033년 전에 살았던 카르타고의 한니발입니다. 그는 고국에서 멀리 떨어진 적지 로마 땅에서 17년간 전쟁을 벌였는데 수많은 전투에서 승리를 거뒀습니다. 병사들과 함께 먹고 자고, 자신의 이익은 손톱만큼도 생각하지 않는 '의지와 끈기' 덕분이었습니다. 그런데도 한니발은 로마를 멸망시키지 못했습니다. '의지와 끈기' 면에서 한니발에 필적할 만한 장군들이 로마에 있었기 때문입니다.

대표적인 인물이 로마군 총사령과 파비우스 막시무스입니다. 그는 한니발과 정면 승부를 벌여서는 이길 가능성이 적다는 사실을 알고 지연전술을 펼칩니다. 정면 승부는 피하면서 수비가 느슨한 곳만 골라 공격하는 식으로 싸워 한니발을 지치게 만들었습니다.

파비우스 막시무스보다 더 끈기 있는 인물이 마르쿠스 클라우디우스 마르켈루스입니다. 그는 '로마의 칼'로 불리는 인물인데, 비록 전투에서 패배해 수천 명의 희생자를 내더라도 바로 다음 날 공격을 명령하는 악바리 근성이 있는 인물입니다.

마르켈루스는 전투를 벌였다가 2700명의 시체를 남기고 도망쳤습니다. 마르켈루스는 그 충격에서 채 벗어나기도 전에 패잔병들을 모아놓고 다그쳤습니다.

"명예를 생명으로 여기는 로마군이 도망치다니, 너희는 정말 부끄러운 줄 알아야 한다. 지난 10년간 한니발은 우리 로마군을 무찔러 시체로 산을 만들었다. 그래도 싸우다 죽을지언정 등을 보이고 도망치는 로마군은 아직 없었다. 그런데 너희는 도망쳐 한니발에게 또 다른 영광을 주었다."

부끄러움에 고개를 숙이던 병사 한 명이 외쳤습니다.

"장군님, 내일 저희들이 하는 일을 지켜보십시오."

다음 날 마르켈루스는 대승을 거두었습니다. 끈기를 보인 장군과 수치심을 느낀 병사들이 힘을 합친 결과 한니발의 군대를 이겼고, 한니발은 퇴각할 수밖에 없었습니다.

한니발도 용기를 잃지 않고 좌절할 줄 모르는 마르켈루스를 보면서 기가 질려 하늘을 보고 탄식했다고 합니다.

"신이시여! 저자에게만은 무엇을 어떻게 해야 할지 모르겠습니다. 저자는 이기면 이긴 대로, 지면 진 대로 추격합니다. 승리와 패배 간에 아무런 차이가 없습니다. 저자는 군인다운 모습을 보인 유일한 로마인입니다. 저자는 이기면 기세를 올려 쳐들어오고, 지면 수치스럽게 여겨 다시 공격합니다. 결코 전의를 잃는 법이 없습니다. 저자와 영원히 칼을 맞대야 한다는 게 정말로 견디기 어렵습니다."

미국의 남북전쟁에서 전쟁을 승리로 이끈 장군이 율리시스 그랜트입니다. 남북전쟁 초기에 북군이 밀렸으나 그랜트가 총사령관이 된 후 결국 북군이 승리합니다. 나중에는 미국 제18대 대통령이 되어 50달러 지폐의 모델이 되었습니다. 링컨 대통령은 그에 대해 다음과 같이 평을 합니다.

"그랜트 장군의 위대한 점은 침착하면서도 목표에 집요하게 매달린다는 점이다. 그는 쉽게 흥분하지 않고 불독같이 용맹스러우며 끈질기다. 그의 이빨에 한 번 물리면 그 누구도 빠져나올 수 없다."

군인으로서 이 정도의 덕목을 갖춘다면 어렵지 않게 성공의 스토리를 쓸 수 있을 것입니다.

081

'화장발 힐링'을 멀리하라

미국의 시사주간지 중에 『뉴스위크』가 있습니다. 1933년에 발행을 시작했는데 21세기가 다가오기 직전인 1999년 12월 호에 '21세기에 부상할 산업'을 소개했습니다. 여기에 뽑힌 산업 중에는 건강한 마음을 유지해주는 '멘털 산업(Mental Fitness)'과 건강하고 아름다운 신체를 만들어주는 '몸짱 산업(physical Fitness)'이 있습니다. 『뉴스위크』의 전망처럼, 전 세계는 지금 불안과 스트레스를 치유해주는 힐링(healing)과 비만을 줄이고 몸매를 관리해주는 피트니스가 크게 인기를 끌고 있습니다. 요가나 피트니스 강사가 수시로 소셜 미디어 세계에서 스타로 떠오르고, 힐링은 대규모 산업이 되었습니다. 힐링 여행, 힐링 메뉴, 힐링 캠프, 힐링 연수, 힐링 콘서트, 힐링 드라마, 힐링 축제, 힐링 인문학 등 모든 상품에 힐링이 붙어야 사람들의 눈길을 사로잡습니다.

'위로와 격려'를 주제로 한 책도 잘 팔립니다. "내려놓으세요, 버리세요, 마음을 따라가세요, 좋아하는 일을 하세요" 하고 외치는 힐링 강사, 행복 강사들이 젊은이들의 박수를 받고, 먹방이 크게 인기를 끕니다. 정작 사회와 개인의 진정한 성숙과 지적인 발전을 위한 프로그램은 외면받고, 서점에 놓인 '진짜 인문사회서적'에는 먼지가 쌓여갑니다.

healing은 치유를 뜻하는 영어로, 대체로 정신적인 아픔을 의미합니다. 그렇다면 과연 방송이나 신문, 소셜 미디어 등에서 소개한 힐링을 하면 아픔이 치유되고 건강해질까요?

안색이 좋지 않은 사람이 진짜 건강을 되찾으려면 운동을 하고 그래도 치유되지 않으면 의사를 찾아가야 합니다. 필요에 따라 약도 먹고, 그것도 부족하면 수술을 받거나 입원을 해서 잘 다스려야 합니다. 반면에 남에게 잘 보이고만 싶다면 화장을 하면 됩니다. 화장으로 다스리면 잠시나마 '나는 건강해' 하고 자신을 속일 수 있습니다.

돈을 벌지 못하는 기업이 '적자 경영'을 숨기려고 하는 행동이 분식회계입니다. 분식(粉飾)이란 얼굴에 분칠을 해서 곱게 꾸미는 것으로, 분식회계는 실제보다 좋게 보이려고 사실을 숨기고 거짓으로 회계장부를 조작하는 것을 뜻합니다. 이렇게 분식회계를 하는 것은 범죄이므로 담당자는 크게 처벌을 받습니다.

지금 우리 사회에서 벌어지는 힐링은 대부분 사람으로 말하면 화장발과 비슷합니다. 진짜가 아닌 가짜 힐링이라는 얘기입니다.

힐링을 하는 사람은 대부분 자기가 직면한 상처나 고통을 들여다보는 것 대신에 회피하는 전략을 취합니다. 자신의 약점, 자신의 상처를 들여다보고 이를 극복하려고 하면 너무나 고통스럽기 때문입니다. 이럴 때 힐링 상품을 소비하면 "나는 힐링에 성공했어!" 하는 환상(판타지)을 얻을 수 있습니다. 음식을 먹고, 바닷가를 산책하고, 호텔의 편안함을 즐길 때 자신이 직면한 모든 문제를 일시적으로나마 잊을 수 있습니다.

그렇지만 고단한 현실 공간으로 돌아오면 잠시 잊었던 문제들이 빤히 눈을 뜨고 자신을 쳐다봅니다. 이를 해결하려고 노력을 하지만 쉽지 않습니다. 그러면 다시 치유를 한다고 힐링에 나섭니다. 힐링에 힐링이 계속 이어지는 이유입니다. 그렇게 힐링하는 와중에 '힐링 상품 소비의 대가인 청구서'가 날아들고 쌓여갑니다.

카드 청구서에 적힌 금액을 자신의 지갑에 채워 넣는 사람은 바로 "당신은 힐링이 필요해요!" 하고 속삭이던 힐링 전도사들입니다. 그들은 값싸고 일시적인 위로를 제공하면서 돈을 위해서 하는 일이 아니라고 강변합니다. 그러나 실상을 들여다보면 힐링 전도사, 힐링 업체, 행복 전도사들은 돈을 벌려고 '힐링 호객'을 위해 엄청나게 경쟁합니다. '힐링을 제공하는 사람들 간의 치열한 호객 싸움'은 바로 힐링이 아픔을 일시적으로 가라앉혀주는 마취제나 진통제에 불과하다는 것을 적나라하게 보여주는 사례입니다.

힐링은 마술이 아닙니다. 몸에 아픈 곳이 있으면 상처를 째고 수술을 하거나 약을 복용하듯이, 내면의 상처도 정면으로 내부를 들여다보고 그 원인을 분석해서 없애야 치유할 수 있습니다.

'경쟁이라는 극심한 스트레스를 이겨내고 경쟁의 굴레에서 벗어나는 유일한 방법'은 '경쟁에서 이기는 것'뿐이라고 합니다. 여기서 경쟁이란 타인과의 싸움이라기보다 자신과의 싸움을 의미합니다. 직장생활이 힘들면 공부를 더해서 좋은 직장으로 옮기고, 돈이 부족하면 구두쇠처럼 아껴서 목돈을 장만하고, 언어실력이 달리면 밤을 새워 공부해 언어를 연마하는 게 진짜 아픔에서 벗어나는 길입니다. 자신을 돌아보고 자신의 약점과 상처를 치유하는 길이 무엇인지 파악한 후 치유책을 실천해야만 '진정한 힐링'이 됩니다.

군에 입대한 이유를 물어보면 대부분 '공부에 지쳐서' '무엇을 공부할지 몰라서' '사회에 진출하기가 겁나서'라고 대답합니다. 이것은 '일시적인 도피'에 불과합니다. 군 복무는 대한민국 남성이라면 응당 치러야 할 의무인 만큼 이를 정면으로 받아들이고, 자신을 강하게 단련하는 기회로 삼아야 합니다. 규칙적인 생활을 하여 평생을 자신과 함께할 몸을 튼튼히 하고, 틈틈이 책을 보며 지식의 기반을 쌓은 젊은이는 나중에 '가짜 힐링, 화장발 힐링'에 현혹되지 않는 몸과 마음이 건강한 사회인이 될 것입니다.

082

나쁜 습관의 단사리

이제 세계인에게 휴대전화는 일상의 파트너입니다. 지하철이나 버스로 출퇴근할 때, 카페에서 커피를 마실 때, 식당에서 음식을 먹을 때 사람들은 늘 휴대전화를 봅니다. 친구끼리 모이는 자리에서도 이야기에 참여하는 사람보다 휴대전화를 들여다보는 사람이 더 많습니다. (휴대전화를 통상 스마트폰이라고 하는데, 휴대전화만 계속 보면 스마트해지지[똑똑해지지] 않기 때문에 개인적으로 왠지 스마트폰이라고 부르기가 꺼려집니다.)

휴대전화를 열면 참으로 많은 뉴스와 정보를 접합니다. 영국의 신문 『가디언』에 따르면 인터넷상에서 흘러 다니는 정보가 18개월 만에 두 배씩 늘어난다고 합니다. 이렇게 많은 정보가 있는데도 사람들은 늘 '지식 부족, 정보 부족, 경험 부족'을 호소합니다. 정보화시대에 '풍요 속의 빈곤'을 얘기하고 있는 것입니다. 이는 정보의 홍수에 빠져서 진짜 필요한 정보를 찾지 못하고, 마음의 중심을 잡지 못하기 때문입니다.

정보의 홍수 시대에 몸과 마음을 평안히 할 수 있는 습관이 단사리(斷捨離)입니다. 단사리는 한자 뜻 그대로 '끊고 버리고 벗어나기'로 해석할 수 있습니다. 불필요한 물건을 줄이고 사소한 일에 집착하지 말자는 의미를 담고 있습니다. 일본에서 유행하던 단어로 '선택과 집중'을 통해 행동 공간을 넓히고 시간적 여유를 만들어내자는 취지를 담고 있어서 많은 사람이 공감했습니다.

　예컨대 사람들은 '의사 결정'을 자주 하면 크게 피로감을 느낍니다. 이걸 할까 저걸 할까 고민하는 와중에 스트레스를 받기 때문입니다. 그런데 안타깝게도 인생은 알고 보면 의사 결정의 연속입니다. 일상에서 스트레스를 주는 대표적인 사례가 외출할 때 옷 고르기입니다. 특히 여성들은 수십 벌의 옷을 놓고도 "입을 옷이 없어!" 하며 울상을 짓습니다.

　알고 보면 옷 고르기는 사소한 의사결정입니다. 페이스북을 창업한 마크 저커버그는 늘 똑같은 티셔츠를 입습니다. 회색 티셔츠를 스무 벌 이상 갖춰놓고 아무 옷이나 손에 집히는 대로 꺼내 입으면서 "옷 고르는 데 에너지를 낭비하기 싫어서"라고 이유를 설명합니다. 애플의 스티브 잡스는 청바지에 검은 터틀넥 상의를 입었고, 버락 오바마 대통령은 남색 수트 차림을 즐겨 선택했습니다.

　사람은 '습관의 동물'이라고 합니다. 습관이란 같은 상황에서 자동으로 나오는 반복된 행동을 말하는데, 사람들은 자신에게 좋지 않은 행동인 줄을 알면서도 그것을 그만두지 못합니다. 실제로 쇼핑몰을 찾은 고객이 합리적으로 물건을 고를 것 같지만, 소비자들의 95%

는 무의식적인 사고에 따라 물건을 선택하고 소비합니다. '건강식'이 있는데도 맥도날드에 가서 기름기 많은 음식을 사는 것은 습관이 그렇게 형성되었기 때문입니다.

이러한 나쁜 습관에서 벗어나려고 의도적으로 취하는 행동이 바로 '단사리'입니다. 단사리를 하려면 '좋은 습관과 나쁜 습관'을 구분한 후 좋은 습관에 하나하나 집중해야 합니다. 나쁜 습관을 우선 버리는 게 아닙니다.

나쁜 습관을 버릴 때는 스트레스를 받지만, 좋은 습관에 집중할 때는 기쁨을 느낍니다. 그만큼 스트레스도 덜 받으므로 싫증을 내지 않고 오래 지속할 수 있습니다. 나쁜 행동을 할 시간도 줄어듭니다. 예컨대 책을 매일 30분가량 읽으면 그 시간만큼 쓸데없는 몽상이나 TV시청 같은 것을 하지 않게 됩니다. 매일 땀흘리는 운동을 30분가량 하면 그만큼 나쁜 습관을 행동으로 옮길 수 있는 시간이 줄어듭니다.

사람은 습관의 동물이자 보상의 동물입니다. 독서나 운동을 하면 행복감을 느끼는 것처럼, 좋은 습관을 들이면 행복도가 높아져서 몸과 마음이 좋은 보상을 받습니다. 좋은 습관을 들이는 게 성공으로 이어지는 것입니다.

경영학자인 피터 드러커는 "성과를 올리는 데 성격, 강점, 약점, 가치관, 신조는 아무래도 상관없다. 성과를 올리려면 해야 할 일을 해내기만 하면 그만이다. 성과를 올리는 데 필요한 것은 바로 습관이다. 성과로 이어지는 습관은 다른 어떠한 습관처럼 쉽게 익힐 수 있으며, 반드시 익혀야 한다"고 강조했습니다.

"인생에서 후회는 읽지 않은 책처럼 쌓인다"는 표현이 있습니다. 후회는 대체로 나쁜 습관에 따라 나쁜 행동을 했을 때 일어납니다. 좋은 습관에 따라 좋은 행동에 '선택과 집중'을 하면 그만큼 후회도 적고 삶이 풍성해집니다. "세 살 버릇 여든까지 간다"는 말처럼, 좋은 습관은 한 살이라도 젊을 때 잘 형성된다는 것을 군에 있는 젊은 이들이 인식하기 바랍니다.

083

경청, 듣는 사람이 이긴다

삼성은 창업자인 이병철 회장 시절에 대한민국 최고기업이 되었고, 아들인 이건희 회장 시절에는 글로벌 기업이 되었습니다. 세습 경영이라는 말도 많지만 어쩌됐든 삼성이 세계적인 브랜드가 된 만큼, 아버지와 아들은 경영능력을 세상으로부터 인정받은 셈입니다.

이병철 회장은 1979년 당시 37세이던 셋째 아들 이건희를 본격적으로 경영을 가르치려고 그룹 부회장으로 승진시킵니다. 첫 출근 날, 이병철 회장은 아들에게 직접 '경청(傾聽)'이라는 글자를 써줍니다. 자신이 하고 싶은 말을 참고, 상대방의 말을 잘 듣는 것이 기업하는 사람에게 필요한 가장 중요한 덕목임을 강조한 것입니다.

경청은 그냥 듣는 게 아니라 상대방과 한마음이 되어 온몸으로 공감하면서 듣는 것을 의미합니다. 그렇게 상대방의 소중함을 인정하고 귀를 기울이면 상대방의 마음을 얻게 된다는 측면에서 '이청득심(以聽得心, 들음으로써 마음을 얻는다)'을 뜻합니다.

경청의 중요성은 공자의 말을 적은 『논어』에 나옵니다. 제자인 자장이 벼슬을 얻는 방법을 묻자 공자가 이렇게 조언합니다.

"많이 듣고 난 후 그중에서 의심나는 것은 버리고 그 나머지를 조심해서 말하면 실수가 적을 것이다. 많이 보고 난 후 위태로운 것은 버리고 그 나머지를 조심해서 행하면 뉘우치는 일 또한 적을 것이다. 말에 허물이 적고 행동에 후회가 적으면 벼슬길이 바로 열린다."

공자는 또 어떤 사람이 다른 사람을 평가하면서 "그는 어질기는 하지만 말재주가 없습니다" 하고 말하자 이렇게 반박합니다.

"말재주를 어디에 쓴다는 말인가? 잘난 말재주로 남의 말을 막으면 미움을 받기 쉬우니라."

사람들은 기본적으로 말을 잘하는 사람보다 자기 말을 잘 들어주는 사람을 좋아합니다. 사람들이 가장 좋아하는 대상은 자기 자신입니다. 친구와 찍은 사진에서도 자신을 가장 먼저 찾고, 단체 사진에서도 자기 모습이 가장 잘 나오기를 바랍니다. 매일 아침 자기 얼굴을 보고 하루를 시작하면서 "나름 잘 생겼네!" 하고 자세를 잡아보는 게 사람입니다. 사람들이 두 번째로 좋아하는 사람은 자신을 잘 이해하고 사랑해주는 사람입니다. 모든 것을 자기 위주로 생각하기 때문입니다. 그래서 상대방의 말을 들어주는 경청이 중요한 것입니다.

미국의 유명한 실험 심리학자 앨버트 메라비언에 따르면 의사소통에서 말의 내용이 차지하는 비중은 7%에 불과하다고 합니다. 표정, 눈빛, 몸짓 등 몸으로 전하는 보디랭귀지가 55%이며, 목소리의 톤과 높낮이 등이 38%라고 합니다. 상대방을 진정으로 이해하려면 상대방의 몸짓과 소리의 변화까지 잘 감지해야 한다는 뜻입니다.

상대방의 마음까지 배려해서 잘 들어주는 경청은 현실적으로 어렵습니다. 상대방에 대한 정보가 부족하기 때문입니다. 게다가 사람들은 "자신의 머릿속에 있는 세상은 상대방의 머릿속에 있는 세상과 거의 같다"고 믿는데 그건 큰 착각입니다. 사람들은 살아온 배경이 달라 저마다 독특한 신념과 가치관이 있습니다. 따라서 근본적으로 자신과 똑같이 세상을 바라보는 사람은 한 명도 없습니다. 경청이 쉽지 않은 또 다른 이유입니다. 그렇다면 이렇게 중요한 경청은 어떻게 실천해야 할까요?

먼저 경청할 수 있는 환경을 만들어야 합니다. 하던 일을 멈추고 상대방에 집중하는 모습을 보여주는 것입니다. 그리고 대화중에 눈을 마주치고 고개를 끄덕이면서 적극적으로 반응을 합니다. 마지막으로 상대방의 말을 잘 이해하고 있음을 요약과 해석으로 확인해주는 겁니다. "네 말의 진짜 의미는 이런 거지. 정리하자면 이런 것 같네!" 하고 맞장구를 쳐주면 상대방은 거기에 저절로 감동합니다.

식당, 술집, 카페 등 사람들이 모이는 곳에 가보면 유독 목소리가 큰 사람이 있습니다. 대화의 절반 이상을 차지해야 직성이 풀리는 사람도 많습니다. 이런 사람들은 그 시점에서 나름 인정을 받을지는 몰라도 사람의 마음을 얻기는 결코 쉽지 않습니다.

미국에서 자기 이름을 건 대담 프로그램을 25년간 진행한 래리 킹이란 사람이 있습니다. 그는 '토크계의 전설', '대화의 신'으로 불리는데 오바마 대통령, 빌 게이츠 등 수많은 유명 인사와 솔직한 대화를 나눴습니다. 래리 킹은 자신의 성공에 대해 '자신보다 상대방을 돋보이게 하는 자세, 속내를 털어놓게 만드는 깊은 공감, 그리고 핵심을 간파하는 적절한 질문'을 결합하는 경청이 비결이라고 설명했습니다.

사람들의 일상은 수많은 대화로 이뤄집니다. 젊은이들이 즐겨 쓰는 이메일이나 카카오톡도 중요한 대화입니다. 대화를 할 때는 상대방을 배려해 좋은 말을 쓰고 상대방에게 공감을 표시하는 '경청의 자세'를 지켜야 합니다. 젊은이들이 경청을 습관으로 만들었으면 좋겠습니다. 경청은 인간관계에 활기를 불어 넣고, 성공으로 이끄는 밑거름이 됩니다.

084

넓게 보는 사람

대한민국 축구 역사에서 가장 기억하고 싶은 장면은 '2002년 한일 월드컵 4강'입니다. 많은 국민이 당시 국가대표감독인 네덜란드 출신 거스 히딩크를 지금도 영웅으로 기억합니다. 히딩크와 관련한 책을 인터넷에서 검색해보면 무려 537건이나 됩니다. 『CEO 히딩크』『마키아벨리안 히딩크』『히딩크 어록』『월드컵 히딩크 유머』『히딩크 아저씨 사랑해요』 등과 히딩크가 직접 쓴 자서전 『월드컵 영웅 히딩크』도 있습니다. 히딩크는 세계 축구흐름에 정통한 데다 철저하게 실력 위주로 선수를 뽑아 최적의 조합을 구축해 한국 선수들의 능력을 극대화했다는 평가를 받습니다.

많은 사람이 히딩크의 능력을 보는데 저는 히딩크가 태어난 네덜란드의 저력을 더 보고자 합니다.

네덜란드는 나라에서 제일 높은 곳이 해발 322.5m에 불과하며 전국토의 25%가 해수면보다 낮습니다. 튤립과 풍차의 나라로 잘 알려져 있습니다. 국토면적은 남한의 40% 정도인 4만 1543km²이며 인구는 1700만 명으로 한국처럼 작은 땅에 많은 사람이 삽니다. 사람들이 오밀조밀 살고 자원도 없다 보니 무역, 금융 등에 종사하고 늘 '인적자원'을 중시했습니다. 사람의 경쟁력을 키워야 생존이 가능했다는 얘기입니다. 세계 최초로 주식회사를 설립한 나라가 네덜란드이며, 네덜란드에 있는 14개 종합대학들 중에서 12개가 세계 200대 대학에 포함돼 있다는 사실은 잘 알려져 있지 않습니다.

네덜란드 사람들은 기본적으로 3, 4개 이상의 언어를 구사합니다. 네덜란드 사람들의 근원을 올라가보면 영국, 독일, 프랑스 사람들과 유사한 까닭에 언어도 비슷한 게 많아 배우기 쉬운 측면도 있습니다. 하지만 살아남기 위해 언어를 배웠다는 것도 무시할 수 없습니다. 무역과 금융을 하다 보면 다른 나라 사람을 만나야 하고 의사소통을 하려면 다른 언어구사는 필수였기 때문입니다. 네덜란드 노동 인력의 4분의 1 이상이 해외에서 일하거나 근무 경험이 있다는 통계도 있습니다. 여러 언어를 구사하면서 다른 나라에서 사는 게 하나도 이상하지 않다는 얘기입니다. 그게 바로 히딩크가 한국에서 성공한 이유이기도 합니다.

네덜란드 사람들은 비즈니스도 글로벌 시각에서 추진했습니다. 나라가 작다 보니 물건을 만들어 팔려면 자연스럽게 다른 나라 시장으로 가야 했습니다. 세계적인 전기전자업체 필립스, 국제적인 고급브랜드 맥주로 꼽히는 하이네켄, 석유화학회사인 쉘(Shell), 금융 그룹으로 유명한 ING 등이 네덜란드를 국적으로 하는 업체입니다.

글로벌 기업을 경영하려면 국가별로 특이한 점과 공통적인 점을 분류하고 동시에 전체 틀을 만들어 표준화하는 작업을 진행해야 합니다. 제품과 서비스를 개발할 때부터 전 세계를 겨냥하는 것입니다. 한국에서는 이러한 예가 많지 않습니다. 정보기술(IT)강국이라는 한국이 세계적으로 사용하는 소프트웨어가 거의 없는 것은 처음부터 세계를 대상으로 생각하지 않았기 때문입니다.

대한민국은 식량자급률이 25%도 되지 않습니다. 식량을 수입하지 않으면 전 국민의 4분의 3이 굶어야 한다는 뜻입니다. 외국에 물건을 수출하고 석유나 먹거리를 사오지 않으면 나라 자체가 폭삭 주저앉습니다. 시골 장터에 가더라도 외국산 농산물과 외국산 생활제품 등이 있는 것을 볼 수 있습니다.

이러한 대한민국에 살려면 외국어 구사와 세계를 보는 지식 등이 반드시 필요합니다. 많은 젊은이가 외국어 공부에 스트레스를 받고, 글로벌 시각을 갖는 데 어려움을 느낍니다. 그래도 스트레스와 어려움을 견뎌야 자신의 미래가 있고 대한민국의 미래가 있습니다.

군 복무 중인 청년들을 포함해 이 땅의 젊은이들이 늘 세계를 주 활동무대로 삼고 지구촌을 누비는 '히딩크 같은 인물'이 되기를 희망합니다. 대한민국을 대표하던 기업인 김우중 전 대우회장은 『세계는 넓고 할 일은 많다』는 책을 썼으며, 삼성 이건희 회장은 1997년 자서전 성격의 『생각 좀 하며 세상을 보자』를 펴냈습니다. 제목 자체가 이들이 세상을 일반 사람과는 참 다르게 봤구나 하는 느낌이 듭니다.

085

군에서 느끼는 열한 가지 행복

주말을 맞아 경기도 의왕에 있는 백운산을 찾았습니다. 능선을 따라 오르는 길섶에 소나무가 늘어서 있는데, 솔향기가 진동합니다. 시원한 바람을 느끼며 정상에 오르니 피로가 가시고 가슴이 상쾌합니다. 일상의 번뇌와 잡념이 깨끗이 사라짐을 느낍니다. 등산이 늘 힘든데도 다시 산을 찾는 것은 바로 등산 과정이 가져다주는 행복 때문이 아닌가 합니다.

사람들은 누구나 행복을 추구합니다. 그러면서도 유행가 가사처럼 "행복이 무엇인가" 하고 물으면 선뜻 답하는 사람은 없습니다. 자신이 처한 상황이 더할 수 없이 비루하다면 거기서 행복을 느끼기는 매우 어렵습니다.

조선시대에 권력 다툼에서 밀려난 사람은 역모죄로 처형되거나 누명을 쓰고 귀양을 갔습니다. 귀양은 죄인을 서울에서 먼 시골이나 섬으로 보내 일정한 기간 동안 제한된 곳에서만 살게 하는 형벌입니다.

조선 중기 시절에 살던 노수신은 을사사화 등에 연루돼 75세의 인생 가운데 32세부터 약 20년을 귀양살이합니다. 한창 일할 나이에 어둠과 고통의 시간을 보냈으니 심적 고통이 적지 않았을 것입니다. 하지만 노수신은 자신의 처지를 비관하지 않고 유배생활이 가져다주는 재미를 4가지로 설명했습니다.

첫째, 새벽에 일어나 머리카락을 빗는 맛이 있고, 둘째, 느지막이 아침을 먹고 산책을 하는 맛이 있으며, 셋째, 창가에 앉아 햇볕을 쬐는 맛이 있고, 넷째, 밤에 등불을 밝히고 독서하는 맛이 있다는 것입니다. 제한된 공간에서 어차피 움쭉달싹할 수 없으니 이를 재미로 풀어내 아픈 마음을 달랬다고 여겨집니다.

이런 긍정마인드 덕분인지 노수신은 52세에 귀양에서 풀려나 대사간, 대사헌, 이조판서, 대제학, 우의정, 좌의정, 영의정을 두루 역임합니다.

조선 후기에 실학사상을 집대성한 정약용도 귀양을 빼놓고는 그의 인생을 설명할 수 없습니다. 18년 동안의 긴 강진 유배생활은 지금 다산초당이라는 유적지로 남아 있습니다. 귀양살이는 깊은 좌절이기도 하지만, 정약용은 이를 학문을 하라는 하늘의 뜻으로 받아들여 학문적 업적을 이뤄냅니다. 고독한 유배지의 생활이『목민심서』『경세유표』『흠흠신서』등 다양하고 훌륭한 저작이라는 결실을 만들어냅니다.

군 복무도 귀양살이처럼 '자유에 대한 제약'을 받습니다. 그렇지만 귀양살이보다 훨씬 더 많은 행복을 발견할 수 있습니다.

첫째, 복무기간이 21개월로 귀양살이보다 훨씬 짧습니다. 둘째, 귀양을 가면 찾아오는 이가 거의 없지만 군 복무 중에는 외출, 외박, 휴가가 자주 주어집니다. 셋째, 매일 일정한 시간에 깨고 일정한 시간에 잠이 드니 몸이 건강해집니다. 계속 사회생활을 했다면 친구의 유혹에 빠져 음주나 게임 등으로 밤을 지새는 경우가 많이 있었을 것입니다. 넷째, 매일 삼시 세끼를 꼬박꼬박 일정량을 먹으니, 균형 잡힌 몸매를 만들 수 있습니다. 사회에서 있다 보면 끼니를 놓치거나 폭식, 과식을 하는 경우가 많습니다. 다섯째, 도시를 떠나 자연 속에서 생활하니 맑은 공기와 따뜻한 햇볕을 즐길 수 있고 피부가 좋아집니다. 여섯째, 산과 들을 보면서 계절의 변화를 음미할 수 있습니다. 일곱째, 일과 시간이 끝나면 틈틈이 독서를 즐기거나 공부를 하면서 지식을 쌓을 수 있습니다. 여덟째, 전국 각지에서 온 동료들을 사귀니 '전국 네트워크'를 구축할 수 있습니다. 아홉째, 부모의 품을 떠나 생활하다 보니 독립심을 키울 수 있습니다. 열 번째, 군 복무를 통해 '진정한 성인이자 진짜 사나이'로 인정받을 수 있습니다.

군 생활에서 느낄 수 있는 행복이 이렇게 많다는 사실에 "말도 안 돼!" 하고 반박하는 젊은이도 많을 것입니다. 그렇다면 열한 번째는 '인생의 참교훈을 배울 수 있다'는 것을 군 복무의 행복으로 꼽고 싶습니다. 미국의 심장전문의사인 로버트 엘리엇은 "피할 수 없으면 즐겨라"고 했습니다. 스트레스를 피하고 건강한 삶을 살려면 부딪쳐 즐기라는 말입니다. 고달픈 삶을 살아가는 많은 사람이 공감하는 말이기도 합니다.

086

지혜의 가치, 땀의 가치

"땀 흘려 일한 만큼 정당한 대가를 받는 공정한 사회를 만들겠습니다."

TV나 신문을 보면 세상을 아름답게 만들겠다는 사람들이 이런 표현을 많이 씁니다. 땀을 많이 흘린 사람은 많이 받고, 땀을 적게 흘린 사람은 적게 받는 게 당연하다는 생각이 듭니다. 땀을 노력으로 바꿔 생각해도 "노력한 만큼 보상을 받게 해줘야 한다"는 말이 그럴듯합니다. 그렇다면 다음 일화를 보고 어떤 생각을 해야 할까요?

어느 한 공장에서 핵심 역할을 하던 기계가 멈췄습니다. 수백만 달러짜리 기계가 작동을 하지 않으니 나머지 공정도 모두 멈춰 설 수밖에 없었습니다. 회사 내 모든 기술자가 달려들었지만 기계가 멈춘 원인은 찾지 못했습니다. 사장은 어쩔 수 없이 외부에서 유명한 기술자를 불렀습니다.

비행기를 타고 날아온 기술자는 기계를 이리저리 살피더니 망치를 하나 가져오라고 하여 기계의 한 부분을 내리쳤습니다. 사람들은 모두 그의 기이한 행동에 놀랐지만 이내 기계는 다시 움직이기 시작했습니다. 사장은 기쁨을 표시했다가 외부 기술자가 요구한 출장청구서를 보고 뒤로 넘어질 뻔했습니다. 출장비로 만 달러나 요구했기 때문입니다.

"망치질 한 번에 만 달러라니 너무한 것 아닙니까?"

사장이 불만 섞인 목소리로 말을 하자 외부 기술자가 살짝 웃으면서 대답했습니다.

"망치질 값은 십 달러에 불과합니다. 나머지는 어디를 때려야 할지 찾아낸 값입니다."

또 어느 한 귀족이 조그만 흉상을 만든 조각가에게 이렇게 따졌습니다.

"자네는 열흘 만에 만든 조그만 흉상 하나에 왜 그렇게 많은 돈을 청구하는 건가?"

조각가가 이렇게 대답을 합니다.

"작품을 만드는 데 걸리는 시간은 열흘에 불과한 게 맞습니다. 다만 이런 작품을 열흘 안에 만들 수 있도록 기술을 익히는 데는 30년이 걸렸습니다."

젊은이들은 취업이 잘되지 않는 상황을 '노오력의 배신'이라고 말합니다. 열심히 일했는데 월급이 많지 않은 것을 한탄하며 '열정 페이'라는 용어를 사용하기도 합니다. 이러한 젊은이들이 미처 알지 못하는 세상의 이치가 있는데, 바로 '노력이나 열정에 따라 보상이 주어지지 않는다'는 사실입니다. 보상은 늘 결과물에 따라 주어집니다. 예컨대 흙 100톤을 옮겨야 할 때 어떤 사람은 삽을 사용하고 어떤 사람은 포클레인을 이용합니다. 당연히 삽을 사용한 사람은 시간도 며칠 걸렸고 땀도 많이 흘린 반면, 포클레인을 이용한 사람은 한시간 만에 해결했습니다. 이런 상황이 주어질 때 일을 맡기는 사람은 신속하게 일을 끝내는 포클레인을 선호합니다.

노동의 대가, 즉 임금을 결정하는 중요 요소는 해당 노동자를 얼마나 쉽게 대체할 수 있느냐입니다. 짐을 나르는 일은 힘이 들지만 단순노동이라서 한 사람이 빠지면 쉽게 다른 사람을 구할 수 있습니다. 반면에, 어려운 수학을 가르치는 대학 교수는 단 두 시간만 일하고 땀도 거의 흘리지 않는데도 그를 대체할 사람을 구할 수 없기에 임금이 높습니다. 망치를 사용해 기계를 고친 기술자도 대체 불가능한 인력이기에 그만큼 출장비가 높은 것입니다.

모든 노동은 나름 가치가 있습니다. 다만, 노동의 대가인 임금은 그 직무가 얼마나 중요하고 어려운지 그리고 그것을 할 수 있는 사람이 많은지 적은지 등에 따라 달라집니다. 어려운 일이 생겼을 때 꼭 찾는 사람이 가치 있는 사람이 되고 큰 보상이 주어집니다.

"모든 사람은 평등하고, 사람들은 평등하게 대우받아야 한다"는 말은 맞습니다. 이는 인격적인 평등을 말하며, 생명체로서 사람의 가치는 동일합니다. 반면에, '노동의 대가인 임금'으로 평가받는 사람의 가치는 다르며 결과물에 따라 다른 대우를 하는 게 냉혹한 현실 세계의 모습입니다. 열심히 하는 사람보다 잘하는 사람이 대접을 받는 게 세상의 진실입니다.

군 복무 중인 젊은이들이 '지혜의 가치와 땀의 가치'를 냉철하게 잘 구분해서, 제대 이후에 자신의 가치를 높이는 방안이 무엇인지 미리미리 생각하고 대비하는 작업을 게을리하지 않았으면 하는 바람입니다.

087

냉철하게 편견 버리기

중국 춘추시대 진나라에 범소자란 인물이 있었습니다. 그의 가문은 진나라 국정의 한 축을 담당하는 권문세가였습니다.

어느 날 범소자는 지방장관 자리가 하나 빈 걸 알고 이 자리를 자기가 데리고 있던 사람 가운데 한 명으로 채우고 싶어 가신 왕생에게 누가 적임자인지를 물었습니다. 왕생은 지체없이 장류삭이란 가신을 천거했습니다.

순간 범소자는 적잖이 의아하게 생각하며 물었습니다. 왕생은 평소에 장류삭을 몹시 증오했기 때문입니다.

"장류삭은 그대의 원수가 아니오?"

그러자 왕생이 대답했습니다.

"개인적인 원한을 공적 일에 개입하지 않고, 그를 좋아한다고 해서 잘못을 덮지 않고, 미워하지만 그의 잘함을 놓치지 않는 것이 의로움의 근간입니다. 주공께서는 저에게 적합한 인물이 누구인지를 물었고 저는 거기에 맞춰 대답을 했을 뿐입니다."

이런 일화도 있습니다. 중국 진(秦)나라의 왕인 문공이 호언이란 신하에게 서하 태수로 누구를 삼으면 좋은지 묻자 호언은 우자고를 추천합니다.

"우자고는 그대와 원수지간이 아니오?"

"폐하께서는 저에게 서하 태수로 누가 적당한지를 물었을 뿐 누가 저의 원수인지를 물으신 것이 아니지 않습니까?"

뒷날 우자고가 그 얘기를 듣고 호언을 만나 사죄하며 말했습니다.

"경께서 저를 용서하시고 폐하께 서하 태수로 추천해주셨다고 들었습니다. 정말 감사드립니다."

호언이 그 말을 듣더니 벌컥 성을 내며 쏘아붙입니다.

"그대를 추천한 것은 공적 임무이고, 그대를 미워하는 것은 사적인 문제요. 내가 사사로운 일로 공의(公義, 공정한 도의)를 해칠 수 없어 그대를 추천했을 뿐이오. 내가 그대를 미워함은 예전과 전혀 달라진 게 없소. 그러니 빨리 떠나지 않으면 활로 쏘아버리겠소."

예술가들 가운데는 고집이 센 사람들이 많습니다. '내가 최고'라는 자부심으로 좀처럼 남들을 인정하지 않습니다. 그림을 그리는 김 화백과 이 화백이 있었는데, 계파가 서로 다른 두 사람은 서로를 매우 싫어했습니다. 김 화백은 사석에서 이 화백 얘기만 나오면 '개새끼' '그 새끼'라고 지칭할 정도였습니다.

어느 해 전람회가 열려 김 화백이 심사위원장이 되었습니다. 심사는 이제 마지막 두 작품만 남았고, 최종 결정권은 김 화백에게 있었습니다. 공교롭게도 두 작품 중 하나는 이 화백이 출품한 것이었습니다. 심사위원들은 당연히 이 화백의 작품을 떨어뜨릴 것이라고 생각했습니다. 최종 결정의 순간이 오자 김 화백이 두 작품 앞을 오가며 고민을 합니다. 특히 이 화백의 작품을 볼 때는 일그러진 표정을 지으며 노골적으로 불쾌감을 표시했습니다. 그러기를 수차례 반복하며 한참 동안 그림을 감상하다가 한마디 합니다.

"개새끼!"

그리고 잠시 뜸을 들이더니 한마디 더합니다.

"그래도 그림 하나는 정말 잘 그려. 에이 ××."

전람회의 대상은 결국 이 화백이 차지하였습니다.

사람들이 살아가면서 맺는 인간관계는 대개 좋아하는 사람과 싫어하는 사람으로 갈립니다. 그리고 많은 사람이 공정하게 사물을 대하지 않고 한쪽으로 치우쳐 생각하는 편견(偏見)에 빠집니다. 그렇다고 해서 냉철한 판단력을 잃어서는 안 됩니다.

한국인의 인간관계를 설명할 때 흔히 '혈연, 지연, 학연'을 얘기합니다. 가족과 친척을 먼저 생각하고, 같은 지역 출신끼리 뭉치며, 같은 고등학교와 대학교를 나온 사람을 먼저 챙깁니다. 이렇게 연줄끼리 뭉치다 보니 서로 편을 갈라 싸우게 되고 좀처럼 상대방을 이해하지 않으려고 합니다. '내로남불', 즉 떳떳하지 못한 사랑을 할 때도 '내가 하면 로맨스고 남이 하면 불륜'이라는 식으로 접근하고, '남의 불행은 나의 행복'이라는 말도 서슴없이 합니다.

이렇게 편견과 닫힌 마음으로 세상을 보면 발전이 없습니다. 의롭다는 것은 어떤 일을 처리할 때 나의 이해관계나 감정을 개입하지 않는 것을 의미합니다. 마음에 들지 않더라도 그 친구가 있어야 회사가 잘 돌아간다고 생각하면 진급을 시켜주거나 월급을 올려주는 게 맞습니다. 한국인들은 일본을 정말 싫어하지만, 일본이 아무리 밉더라도 잘하는 것은 배워야 합니다.

인생에서 지혜를 알아간다는 것은 편견을 가급적 줄이는 것을 의미합니다. 그렇지만 편견을 줄이고 냉철하게 판단하기는 너무나 어렵기만 한 게 현실입니다.

088

내 탓 남 탓

일본의 다나카 가쿠에이는 20세기 후반에 일본 정치계를 주름잡은 인물입니다. 가난한 농가에서 태어나 15세에 학교를 중퇴해 사회생활을 시작했으며, 초등학교 졸업의 학력으로 일본 총리에 오른 입지전적인 인물입니다. 그가 학력도 보잘것없는데 29세에 정치에 입문하여 국가 최고지도자가 된 데는 나름의 수완이 있었기 때문입니다.

일본은 의원내각제를 채택하는 나라로 의원만이 장관이 될 수 있습니다. 그가 대장성 장관으로 임명되었을 때입니다. 대장성(大藏省)은 우리나라로 치면 기획재정부 비슷한 곳으로 국가예산의 관리와 기획, 조세정책, 금융행정을 총괄하는 부처로, 나라의 돈 씀씀이를 실질적으로 결정하는 막강한 곳입니다. 그러다 보니 정부 내에서도 가장 엘리트 관료가 가는 부처여서 일본 최고의 명문인 도쿄대학 출신이 그득했습니다. 당연히 많은 사람이 다나카가 과연 엘리트 관료들을 잘 통제할 수 있을지 의문의 눈으로 바라봤습니다.

'시골 무식쟁이 장관(?)'의 등장에 대장성 분위기도 심상치 않았습니다. 하지만 다나카 장관은 취임 연설을 시작한 지 5분 만에 엘리트 관료들의 마음을 사로잡았습니다.

"온 세상이 다 알고 인정하듯이 여러분은 일본의 수재 중에서도 수재입니다. 나는 초등학교를 겨우 마친 데다 대장성 일에는 문외한입니다. 그러니 대장성 일은 여러분이 하십시오. 나는 뒤에서 책임을 지는 역할을 맡겠습니다."

'책임은 나에게 있다. 모든 게 내 탓이다'는 인생관을 지닌 다나카였으니, 나중에 총리까지 오를 수 있었습니다.

한국 사회에 한때 '내 탓이오' 열풍이 불었습니다. 2009년 선종한 고 김수환 추기경이 남의 잘못도 자신의 잘못으로 여기며 모든 일을 "내 탓이오, 내 탓이오, 내 큰 탓이오" 하고 크게 외쳤기 때문입니다.

지금 우리 사회를 보면 이러한 '내 탓이오' 열풍은 거의 사라지고, '네 탓, 남 탓'만 하는 목소리만 커지는 것 같습니다. 가난도 남의 탓이고, 취업이 안 돼도 남의 탓으로 돌립니다. 최근 20대 젊은이와 대화를 나누다가 "젊은이들이 취직이 되지 않는 현상에 대해 책임을 따진다면 본인의 책임과 사회의 책임이 몇 대 몇이라고 생각하는가?" 하고 물었습니다. 그랬더니 본인 책임은 20%, 사회 책임이 80%라고 대답해 깜짝 놀랐습니다. 사실상 '사회 책임'이라고 하지만 실제로 사회라는 것은 존재하지 않습니다. 사회에 책임을 지운다고 해도 아무도 응답하지 않는다는 얘기입니다.

자신의 출신 성분을 탓하며 '흙수저, 무(無수저)'라고 외치거나, "저는 재벌 2세가 꿈인데 부모님이 노력을 안 해요" 하고 썰렁한 유머를 날려 봤자 자신의 처지는 조금도 나아지지 않습니다.

세상의 문제를 볼 때는 '선악의 시각이 아니라 강약의 시각'으로 봐야 합니다. 예컨대 친구에게 빚보증을 섰다가 돈을 떼인 사람이 있다고 합시다. 한 사람은 '빚보증은 부모 자식 간에도 안 선다'는 말을 생각하며 "내가 바보였다"고 자책합니다. 다른 사람은 "왜 하늘은 착한 나에게 이런 시련을 주실까" 하고 원망합니다. 철학자인 쇼펜하우어는 이와 관련하여 "돈 빌려 달라는 것을 거절하여 친구를 잃는 일은 적지만, 반대로 돈을 빌려주면 도리어 친구를 잃기 쉽다"고 말하기도 했습니다.

자기 탓을 하는 사람은 세상을 현명함과 어리석음의 시각에서 보고, 남 탓을 하는 사람은 세상을 '선함과 악함'으로 구분합니다. 그런데도 많은 사람이 세상 문제를 선악의 안경을 쓰고 봅니다. 세상에 빛을 준다는 종교인이나 지식인, 사회 활동가, 시민단체 등에도 이런 사람들이 아주 많습니다. 하지만 세상은 선악의 기준으로 움직이지 않습니다. 능력이 있느냐 없느냐, 강하냐 약하냐에 따라 냉정한 잣대로 평가하는 게 세상입니다. 공부를 열심히 해 능력이나 자질을 키우면 좋은 대우를 받고 그렇지 못하면 직장을 잡기가 힘듭니다. 대부분의 세상사가 '내 탓'이며 '자기책임의 원칙'에 따라 작동하는 것입니다. 그런 만큼 군에 몸담고 있는 젊은이들도 자신의 능력과 자질을 높이는 노력을 단 하루도 게을리하지 않아야 합니다.

089

유머와 동행하는 삶

한국인의 특징으로 '욱 하는 성질'을 꼽는 사람이 많습니다. 순간적으로 치밀어 오르는 화를 참지 못해 말다툼으로 이어지고, 심할 때는 몸싸움과 범죄로 이어지기도 합니다. 자신의 감정을 다스리고 온화한 성격을 형성하도록 도움을 주는 방법이 있습니다. 바로 유머를 잘 활용하는 것입니다.

훌륭한 위인들은 대체로 유머를 잘 활용했습니다. 유머로 상황을 반전시키고, 위기를 모면하기도 했습니다.

일본의 총리를 지낸 애꾸눈 이누카이 쓰요시가 외상으로 재직할 때의 일화입니다. 그가 의회에서 연설할 때 야당 의원이 인신공격성 발언을 하며 비아냥거렸습니다.

"당신은 한쪽 눈밖에 없는데 어떻게 복잡한 국제정세 돌아가는 것을 제대로 볼 수 있겠는가?"

이누카이 외상은 전혀 당황하지 않고 이렇게 응수합니다.

"의원님께서도 아시겠지만 일목요연(一目瞭然)이라는 말이 있지 않습니까?"

일목요연은 한 번 보고도 분명히 잘 안다는 뜻입니다. 일목(一目)은 원래 '한 번 본다'는 의미인데, 그 일목을 '눈 하나인 애꾸눈'으로 슬쩍 뜻을 바꿔 사용한 것입니다. 이누카이 외상을 공격하던 야당 의원은 그 대답을 듣고 얼굴이 발개지면서 몸 둘 바를 몰라 했습니다.

링컨 대통령도 유머로 상황을 역전시키는 데 달인이었습니다. 공화당 대통령 후보 자리를 놓고 상대방인 더글러스 상원의원이 그를 공격합니다.

"링컨은 말만 그럴듯하게 하는, 두 얼굴을 가진 이중인격자입니다."

링컨은 그의 말에 차분하게 응수합니다.

"더글러스 후보가 저에게 두 얼굴을 가진 사나이라고 합니다. 그렇다면, 여러분 잘 생각해보십시오. 만약 제가 두 얼굴을 가진 사나이라면, 오늘같이 중요한 날 잘생긴 얼굴로 나오지 이렇게 못생긴 얼굴로 나왔겠습니까?"

한 사람이 중요한 행사에서 사회를 맡았습니다. 행사를 진행하면서 참석한 주요 인물을 소개해야 하는데, 긴장한 나머지 사람 이름이 헷갈렸습니다. 그러자 사회자가 한마디 합니다.

"제가 일 년에 수많은 행사를 다닙니다. 실수를 딱 한두 번 하는데 오늘이 하필 그날인가 봅니다. 죄송합니다."

학창 시절 "공부하라!"는 말을 지겹게도 들었던 젊은이들이 이런 부모의 유머를 들으면 어떻게 반응할까요? 한 학생이 성적표를 들고 집에 갔는데 한마디로 '양가집 도령(여학생은 규수)'이었습니다. 대부분의 과목이 '양' 아니면 '가'였다는 얘기입니다. 그런데 성적표에서 과목 하나가 '미'였습니다. 부모님이 이를 보고 하는 말씀이 "아들아, 한 과목에 너무 집중해서 공부하지 마라!"였답니다.

유머(humor)라는 영어에 딱 알맞은 한국어는 찾기 어렵다고 합니다. 우스개, 해학, 익살 등이 있지만 유머는 그것보다는 조금 더 고급스러운 표현입니다. 유머는 라틴어 '흐르다'는 뜻의 단어에서 온 것이라고 합니다. 그러니까 사람과 사람 사이에 말이 자연스럽게 흘러가면서 마음이 잘 통하는 상태를 만드는 게 유머의 의미입니다. 그렇게 마음이 잘 통하려면 언어를 잘 사용해야 합니다. '언어의 한계가 생각의 한계'라는 표현처럼, 책을 많이 읽어 지식이 많이 쌓인 사람들이 유머도 더 멋있고 우아하게 구사합니다. 유머는 그냥 웃기는 게 아니라 그 상황 속에 품격과 지혜를 담고 있기 때문입니다. 그런 면에서 자신의 치부나 과오를 오히려 개그의 소재로 사용해 시청자들의 웃음을 유발하는 '셀프 디스(self dis)'는 품격 있는 유머로 보기 어렵습니다.

유머는 대체로 자신을 낮추는 겸손의 자세를 취할 때 진가를 발휘합니다. 예컨대 "너는 왜 못생겼니?" 하고 놀리면 "그러니까 잘생긴 제 친구들이 더 빛나잖아요?" 하고 응수할 수 있습니다.

한국인은 이러한 유머 문화가 약합니다. '상대에게 가볍게 보여서는 안 된다'는 체면 문화가 유머 본능을 억제하기 때문입니다. 특히 '상대방을 웃기지 못하면 어떻게 하지?' 하는 강박관념 때문에 유머를 구사하는 것을 꺼립니다. 하지만 지적 분위기가 듬뿍 담긴 품격 있는 유머는 사람 사이의 간격을 좁히고 사회를 훈훈하게 만듭니다. 인간은 유머를 구사할 수 있는 유일한 생명체인 만큼, 유머는 인간의 특권이기도 합니다. 멋진 유머를 구사할 줄 아는 젊은이가 멋진 젊은이입니다.

090

합리적인 젊은이와 차부뚜어 선생전

요즘에는 여러 분야에 능통한 스타가 참 많이 등장하는 시대입니다. 예를 들어 '짠돌이 스타'이자 '통장 요정'으로 주목받는 연예인이 있습니다. 남다른 절약 이론가인 그가 TV 예능프로그램에 나와서 다른 사람의 지출을 분석해주고 돈 모으는 방법을 알려줍니다. 그의 결론은 거의 '사지 말라'이고 "스튜핏(stupid!, 바보 같은 짓)"이라는 말은 유행어가 되었으며 다음과 같은 어록을 남겼습니다.

"돈은 안 쓰는 것이다.""옷은 기본이 22년이다.""지금 저축하지 않으면 나중에 하기 싫은 일을 해야 한다.""생수는 (사지 않고) 집에서 준비해가는 것이다.""커피는 선배가 사줄 때 먹는 것이다.""손은 장갑에, 발은 드레스에 가려서 안 보이니 칠하지 마라.""앞뒤가 안 맞는 소비는 잘못됐다.""메모는 충동구매의 천적""소화가 안 될 때는 소화제 대신 점프를!"(비옷을 사지 않고) 비를 맞는 것은 낭만적이다.""초심 이즈 베리 임포턴트(초심이 매우 중요하다)""투어버스나 일반버스나 창 밖 풍경은 똑같다."

그가 돈 아끼라고 하는 잔소리에 많은 젊은이가 꼰대라거나 구두쇠라고 비웃지 않고 오히려 지지합니다. 진지하게 조언하고, 유머를 곁들이는 데다 무엇보다도 자신의 말을 그대로 실천해왔기 때문입니다. 양복 세 벌로 10년 이상 버텼다는 얘기에는 저절로 고개가 끄덕여집니다.

그가 말하는 것에 "남이 사주는 것만 얻어먹고 다니면 평생 사람 못 사귄다." "젊을 때는 추억과 경험을 만드는 게 소중한 자산이다"라며 반박하는 사람도 있습니다. 물론 이러한 반박에도 일리가 있습니다. 하지만 '짠돌이 스타'의 잔소리는 돈을 합리적으로 생각하지 않고 소비하는 사람, 절제 없이 명품(실제로는 사치품)을 사들이며 마구 카드를 긁어대는 사람을 의미하는 '흥청망청러'를 대상으로 하는 말입니다.

많은 한국인이 한때 '폼생폼사'를 외쳤습니다. 폼에 살고 폼에 죽는다는 뜻입니다. 배가 고파도 예쁜 옷이나 비싼 구두와 핸드백을 산다거나, 실력도 없으면서 좋은 제품만 선택할 때 잘 쓰는 말입니다. 이런 사람들은 '비합리적인 사람'이라는 평가를 받는데, 제가 생각하기에 감정과 정서에 크게 좌우되는 한국에서 '합리적'이라는 말은 크게 피부에 와 닿지 않습니다. 하지만 합리적이라는 말의 뜻을 잘 살펴보면, 돈 아끼라고 외쳐서 '짠돌이 스타'가 된 연예인은 '꽤 합리적인 사람'임을 알 수 있습니다.

합리적(rational)이라는 말의 영어 어원은 비율을 뜻하는 'ratio'에서 나왔습니다. 라틴어로 'rationem putare'는 '셈을 하다'는 뜻인데, 여기서 'ratio'는 사물의 관계를 의미하고 'putare'는 '자르다'는 뜻입니다. 로마인 입장에서 볼 때 사물의 관계를 잘 살펴보고 필요 없는 부분을 잘라낸다는 의미로 '셈을 하다'는 말을 한 것입니다. 그들은 이치를 따지는 것과 수를 계산하는 것을 같이 봤습니다.

이렇게 생각할 때, 합리적인 사람은 의사결정을 할 때 '비용과 편익의 비율'을 잘 따져서 편익을 비용으로 나눴을 때 그 수치를 높이 가져가는 사람을 의미합니다. 오늘날 사용하는 용어 '가성비(cost-effectiveness)', 즉 '가격 대비 성능'을 잘 따지는 사람이 합리적인 사람이라는 뜻입니다.

합리적인 사람의 반대쪽에 비합리적인 사람, 즉 '대충대충 사는 사람'이 있습니다. 대표적인 사례로는 중국의 사상가이자 교육가인 후스(胡適)가 쓴 「차부뚜어(差不多) 선생전」입니다. 내용은 다음과 같습니다.

여러분, 중국에서 제일 유명한 사람이 누군지 아십니까? 이 사람을 말하자면, 모두 알 만큼 전국적으로 유명합니다. 그의 성은 차(差)이고 이름은 부뚜어(不多, 차부뚜어란 그게 그거다, 별 차이 없다는 뜻)로, 각 성의 현과 촌에 사는 사람입니다. 당신은 분명 그를 본 적이 있고, 분명 다른 사람이 그를 언급하는 것을 들은 적이 있습니다. 차부뚜어 선생의 이름은 모든 세상사람의 입에 오르내립니다. 왜냐하면 그는 중국 국민을 대표하기 때문입니다.

차부뚜어 선생의 외모는 당신과 저와 별 차이 없습니다. 그는 두 눈이 있지만 잘 보지 못합니다. 두 귀가 있지만 잘 듣지 못합니다. 코와 입이 있지만 냄새와 맛을 잘 느끼지 못합니다. 그의 머리는 작지 않지만, 그의 기억력은 흐리고, 그의 생각 역시 주도면밀하지 못합니다.

그는 자주 이렇게 말합니다.

"무릇 별 차이 없으면 그걸로 족하다. 굳이 정확할 필요가 있겠는가?"

어릴 적 그는 어머니가 붉은 사탕을 사오라고 하면 흰 사탕을 사서 돌아오곤 했습니다. 어머니가 꾸짖으면 그는 고개를 흔들며 이렇게 말합니다.

"붉은 사탕과 흰 사탕은 별 차이가 없지 않나요?"

학교에서 선생님이 "직례성의 서쪽에는 무슨 성이 있을까?" 하고 물으면, 그는 '산시'라고 대답합니다. 선생님이 "틀렸어. 산시가 아니라 산서야" 하고 지적하면 그는 "산시와 산서는 별 차이 없지 않나요?" 하고 대답합니다.

훗날 그는 상점의 점원이 되었습니다. 글을 쓸 줄 알고 계산을 할 줄 알았습니다. 다만 정확하지 않을 뿐입니다. 십(十) 자를 자주 천(千) 자로 잘못 쓰거나, 천(千) 자를 십(十) 자로 잘못 썼습니다. 상점 주인이 화가 나서 자주 그에게 욕을 했습니다. 그는 웃으며 화난 것을 풀어주려고 이렇게 말했습니다.

"천(千) 자와 십(十) 자는 삐침(획) 하나의 차이가 있을 뿐인데, 별 차이 없지 않나요?"

하루는 급박한 일이 생겨서, 기차를 타고 상하이로 가야 했습니다. 그는 천천히 기차역으로 걸어가는 바람에 2분 늦었습니다. 열차는 이미 떠난 후였습니다. 그는 눈을 한번 흘겨보고 멀리 떠나는 기차의 연기를 바라본 후 고개를 흔들며 말했습니다.

"내일 가면 되지. 오늘 가나 내일 가나 별 차이 없지 않은가. 기차회사가 너무 열심히 일하네. 8시 30분에 떠나나 8시 32분에 떠나나 별 차이 없지 않은가."

그는 중얼거리며 천천히 걸어서 집으로 돌아왔습니다. 마음속으로는 기차가 왜 2분을 기다리지 않았는지 줄곧 이해가 되지 않았습니다.

하루는 그가 병을 얻어, 가족이 동쪽 거리에 사는 의사 선생님을 모시러 갔습니다. 가족이 급히 뛰어갔지만 의사 선생님을 찾을 수 없어 서쪽 거리에 사는 수의사를 모셔왔습니다. 차부뚜어 선생이 병이 들어 침대에 누워 있다가, 사람을 잘못 데려온 걸 바로 알았습니다. 하지만 병이 위중하여 고통이 심하고, 마음이 급해 더 기다릴 수 없었습니다. 그는 마음속으로 이렇게 생각했습니다.

'의사나 수의사나 별반 차이가 없으니, 그에게 진료하라고 해야겠다.'

수의사가 그의 침대 앞으로 다가갔고, 소를 진료하는 방식으로 차부뚜어 선생의 병을 진료했습니다. 1시간을 못 넘기고 차부뚜어 선생은 숨을 거두었습니다.

차부뚜어 선생은 숨을 거두기 직전에 힘겨운 목소리로 말했습니다.

"산 자와…… 죽은 자는…… 별반…… 차이가…… 없다. 무릇…… 별 ……차이 ……없으면…… 되는 것이다. 굳이…… 그렇게…… 열심일 필요가 있겠는가."

그가 죽은 후 사람들은 많은 것을 깨닫고 그를 차부뚜어 선생이라 칭하였습니다. 모두 그를 일생 동안 열심히 살지 않았고, 결단을 내려본 적이 없으며, 따져본 적이 없지만 진정으로 '덕이 많은 사람'이라는 것을 알았습니다. 그래서 사람들은 그에게 '원통(圓通:융통성)대사'라는 법호를 부여하였습니다.

그의 명성은 날이 갈수록 널리 전해져 점점 높아졌습니다. 셀 수 없는 많은 사람이 그를 모범으로 삼았습니다. 이에 모든 사람이 차부뚜어 선생이 되었습니다. 이런 이유로 중국은 '게으른 자들의 나라(懶人國, 나인국)'가 되고 말았습니다.

예전 어르신들이 즐겨 사용하는 말 중에 "그 사람 기마이가 좋아" 하는 게 있습니다. 기마이는 일본어 '기마에(氣前)'가 한국에 건너와 변형된 말로 '호기를 부리다. 선심을 쓰다'는 의미입니다. 하지만 자신의 본분을 망각하고 지갑을 잘 여는 사람은 결코 합리적인 사람이 될 수 없습니다. 변치 않는 진리는 "세상에 공짜는 없다"이며, 누군가 혜택을 본다는 것은 다른 누군가 비용을 지불했다는 의미입니다.

사람이 '철이 들었다'는 말은 '합리적인 사람이 됐다. 편익과 비용을 잘 계산할 줄 안다'는 뜻으로 해석할 수 있습니다. 이렇게 합리적인 사람이 많아질 때, 세상은 더 발전하고 나아집니다. 이 땅의 많은 젊은이가 '합리적인 생각으로 사는 인격체'가 되기를 희망합니다.

091

'희망고문'에 현혹되지 마라

제임스 스톡데일은 베트남전쟁 때 해군 폭격기 조종사로 참전했다가 포로가 되어 하노이 힐턴 포로수용소에 갇혔습니다. 1965년 9월 9일부터 1973년 2월 12일까지 7년 반 동안 포로생활을 했습니다. 그 가운데 4년은 작은 독방에서 지냈고, 20여 차례의 고문을 당하기도 했습니다. 자신이 '훌륭한 대우를 받는 포로'의 선전용 비디오에 찍히는 것을 피하기 위해 면도날로 자해 소동도 벌였습니다.

스톡데일의 증언에 따르면 포로로 갇힌 미군 장병 가운데 가장 먼저 죽은 사람은 낙관주의자들이었습니다. '크리스마스에는 풀려날 것'이라고 믿었다가 크리스마스가 지나도 풀려나지 못하고, '부활절이면 미국으로 돌아갈 수 있을 것'이라고 기대했다가 또 좌절을 맛본 사람들이 먼저 생명을 잃었습니다. 엄혹한 현실은 인정하지 않고 막연한 희망에만 기대를 걸었다가 더 큰 실망을 맛보고 결국 자포자기 상태에 빠진 것입니다. 스톡데일은 이들과 달리 잘될 것이라는 희망은 잃지 않으면서도 어려운 현실을 외면하지 않고 끝까지 직시해 결국 살아남았습니다. 스톡데일은 귀국 후에 전쟁 영웅으로 많은 사람의 존경을 받았고, 1979년 해군 중장으로 예편했으며 2005년 81세를 일기로 세상을 떠났습니다.

"낙관주의자가 먼저 죽는다", 즉 '희망의 역설'을 빗대어 '스톡데일 패러독스(Stockdale Paradox)'라고 합니다. 미국의 경영 전문가인 짐 콜린스가 스톡데일을 인터뷰한 후 붙인 이름으로, 역경에 처했을 때 그 현실을 외면하지 않고 정면 대응한 회사는 살아남은 반면, 조만간 일이 잘 풀릴 거라고 낙관한 회사들은 무너지고 말았다는 게 그의 설명입니다.

스톡데일과 비슷한 사례로 나치의 강제수용소에 갇혔다가 살아남은 빅터 프랭클이 있습니다. 그는 언제 죽을지 모르는 강제수용소 안에서도 삶에 대한 강인한 의미 추구를 잃지 않았고 '살아남아야 할 이유가 있는 사람은 어떻게든 살아갈 수 있다'고 자신을 채찍질했습니다. 빅터 프랭클은 "절망이 오히려 자살을 보류하게 만들었다"고 말하기도 했습니다.

「쇼생크 탈출」이란 영화가 있습니다. 주인공은 누명을 쓰고 억울한 옥살이를 하면서, 언젠가는 억울함이 풀리고 석방되리라는 막연한 기대에만 의존하지 않았습니다. 그는 교도소라는 냉혹한 현실을 직시하며 매일 벽을 파내며 희망을 잃지 않았고, 결국 탈출에 성공해 자유인이 되었습니다.

젊은이들은 흔히 "당신이 희망입니다. 언젠가는 잘될 거예요. 당신을 응원합니다" 하는 말을 많이 듣습니다. 낙관주의를 강조하는 희망전도사와 이들이 쓴 자기계발서가 인기를 끌기도 합니다. 이처럼 지나친 낙관주의 예찬론은 젊은이들을 '스톡데일 패러독스'에 빠지게 해 그들의 미래를 망칠 수 있습니다. 근거 없이 막연하게 일이 잘될 것이라고 믿는 '낭만적인 낙관주의'와 신념을 잃지 않고 희망을 가지면서도 냉혹한 현실을 직시하는 합리적인 낙관주의는 전혀 다른 결과를 낳습니다. 체코의 작가 밀란 쿤데라는 "낙관주의는 사람들에게 아편이다"라고 독설을 날리기도 했습니다.

최근 서울 노량진에 있는 학원가에 공무원 시험을 준비하는 공시족이 크게 늘었다고 합니다. 다니던 직장까지 그만둔 젊은이도 많다고 합니다. 정부가 공무원 숫자를 늘린다고 발표했기 때문입니다. 하지만 하반기에 7급과 9급 공무원을 뽑는 숫자는 429명인 데 비해 응시자는 10만 6186명이었다고 합니다. 경쟁률이 무려 301.9대 1이니 한 명이 합격의 기쁨을 누릴 때 301명은 절망의 눈물을 흘려야 한다는 얘기입니다. 기회의 문이 넓어진 것이 결코 아니며 '희망 고문'을 당하는 사람만 더욱 늘었습니다.

사람들은 자신을 과대평가하는 경향이 있습니다. 운전을 하는 사람은 자신이 교통사고를 낼 가능성을 낮게 평가합니다. 그렇지만 2015년 통계만 보더라도 하루 636건의 교통사고가 있었으며, 매일 교통사고로 사망한 사람만 12명(총 4612명)이 넘습니다. 사람들은 자신이 사업을 하면 실패할 확률이 적다고 여기지만 사실상 처음 도전하는 사업에서 성공할 확률은 3%에 불과하다는 얘기도 있습니다.

그렇다고 세상을 비관적으로만 보면 그건 더 살기 힘듭니다. 비관주의자는 스트레스 상황을 회피하여 문제를 더욱 풀기 어렵게 만들기 때문입니다. '판도라의 상자' 얘기에도 나오듯이 사람은 희망이 있어야 삶의 의미를 찾을 수 있습니다. 그런 측면에서 낙관주의와 비관주의를 절충할 필요가 있습니다. 알베르트 슈바이처는 "나의 지식은 비관적이지만, 나의 의지와 희망은 낙관적이다"고 말했다고 합니다.

사람들을 관찰해보면 합리적인 낙관주의자는 통제 가능한 상황에서는 문제해결에 적극 대처하고, 통제가 불가능한 상황에서는 현실을 수용하는 융통성을 보인다고 합니다. 이처럼 합리적인 낙관주의자들이야말로 '희망 고문'에 현혹되지 않고, 세상의 파도를 잘 헤쳐 나가는 지혜로운 사람입니다.

092

펀치볼과 십승지

　강원도 양구군 해안면에 있는 'DMZ 펀치볼 둘레길'을 걸었습니다. 4개의 코스 가운데 '먼멧재길'을 찾았는데, 민간통제선 안쪽에 있는 곳이라서 사전에 신청을 했습니다. 해설사 선생님도 동행했습니다. 산 속에 나 있는 임도(林道)를 따라 지뢰 경고판과 전차방호벽 등을 보고, 멀리서 북한이 틀어놓은 대남확성기 소리를 들으면서 온몸으로 최전방임을 실감했습니다.

　먼멧재봉에 오르니 정식 명칭이 '해안분지'인 펀치볼이 한눈에 들어옵니다. 옛날 이곳에는 습지가 많아 뱀이 많았는데, 어느 스님의 권고로 돼지를 키우면서 뱀이 자취를 감췄다고 합니다. 이때부터 돼지(亥)가 마을의 평안(安)을 가져왔다고 해서 해안마을이 되었다는 얘기가 전해집니다. 펀치볼은 한국전쟁 때 격전지였습니다. 외국 종군기자가 가칠봉(1242m)에서 내려다본 모습이 '화채 그릇(Punch Bowl)'처럼 생겼다 하여 '펀치볼'이라고 이름을 붙였습니다. 면적은 44.7km²로 여의도의 6배가 넘는데, 해설사가 지금 약 500가구에

1500명의 주민이 살고 있다고 설명했습니다.

산중에 자리 잡은 널찍한 분지를 보니 문득 한국인의 전통적 이상향인 십승지지(十勝之地)가 생각났습니다. 십승지라고도 하는데 정치적, 사회적 혼란을 피하거나 난세에 몸을 피할 수 있는 곳을 의미합니다. 십승지의 입지조건은 자연환경이 좋고, 외침이나 정치적인 침해가 없으며, 자급자족의 경제생활이 가능한 곳을 의미합니다. 십승지는 조선시대 때 민간에 널리 퍼진 예언서 『정감록(鄭鑑錄)』에 근거하는데 대체로 산중 외진 곳이 많습니다. 대체적으로 공통된 장소는 강원 영월, 경북 안동과 풍기, 경남 합천, 충북 단양과 보은, 전북 남원과 무주, 부안 등의 조그마한 고을입니다.

십승지는 풍수에서 명당으로 불리는 배산임수(背山臨水, 산을 등지고 물을 바라보는 모습)의 조건을 갖추고, 산과 하천으로 둘러싸인 분지 지형의 자연환경을 갖추는 게 일반적입니다. 이러한 십승지는 중국의 무릉도원, 한국의 청학동처럼 사람들이 살고 싶은 이상향이 되었습니다. 예컨대 지리산 청학동은 '십승지 청학동'이라는 이미지를 얻으면서 유명세를 떨치기도 했습니다.

그렇다면 십승지가 모든 사람에게 이상향으로 기능했을까요? 그렇지 않습니다.

당연한 얘기지만 모든 개인은 가족의 구성원 중 하나이며, 가족은 지역 사회의 일원이고, 지역사회는 국가의 일원입니다. 가족이 평안하지 못하면 개인의 안녕이 보장받지 못하고, 지역사회가 어려워지면 가족의 삶이 힘들어지며, 나라가 위태로우면 개인과 가족, 지역

사회가 모두 큰 타격을 받습니다.

첩첩산중에 자리 잡은 십승지에 사는 사람들도 일시적인 전란은 피할 수 있었지만 큰 난리는 피할 수 없었습니다. 특히 일본에 나라를 빼앗겼던 시절에는 십승지 주민도 나라 잃은 민족의 설움과 아픔을 함께 겪어야 했습니다.

영화 「웰컴 투 동막골」은 국군과 인민군, 연합군이 우연히 강원도 두메산골인 동막골에 모여 서로 대립하다가 화해하는 과정을 그리고 있습니다. 치열한 전쟁 대신 인간의 순수하고 따뜻한 인정미를 그리고 있는데, 다른 시각에서 보면 아무리 평화로운 십승지라도 전쟁의 참화에서 결코 벗어나기 어렵다는 사실을 일깨워줍니다. 나라 전체가 전쟁에 휘말리면 천하제일 십승지라도 더 이상 십승지가 아니라는 것입니다.

민간통제선 안쪽에 위치한 펀치볼은 남북이 갈라지지 않고 한국전쟁이 없던 그 이전에는 평화로운 산골마을이었습니다. 그러하던 펀치볼이 지금에 와서는 남북 분단의 아픔을 가장 잘 보여주는 대표적인 장소가 되었습니다. 항상 긴장감이 흐르는 와중에서도 펀치볼에 사는 사람들이 일상을 지켜나갈 수 있는 것은 오늘도 휴전선을 철통같이 지키는 국군장병 덕분이라고 여겨집니다. 안보의 중요성을 생각하는 많은 분이 펀치볼을 찾았으면 하는 생각을 해봅니다.

093

인생은 지구력이다

1980년에 나온 코미디 영화 중에 「부시맨(원래 제목, The Gods Must Be Crazy)」이 있습니다. 실제 부시맨족인 니카우(2003년 사망)가 주연을 맡은 영화로 줄거리는 이렇습니다.

어느 날 칼라하리 사막의 부시맨 마을에 비행기 조종사가 지나가다가 버린 콜라병이 떨어집니다. 부시맨들은 난생 처음 보는 물건을 신의 물건이라 생각해 받아들이고 이로 인해서 평화롭던 마을에 분쟁이 발생합니다. 그러자 주인공 자이는 마을의 평화를 깨트리는 콜라병을 신에게 돌려주기 위해 세상의 끝으로 여행을 떠납니다. 그는 여행 과정에서 문명인들과 만나고 전쟁에도 휩쓸리는 등 좌충우돌합니다.

당시 이 영화는 제작비가 겨우 500만 달러밖에 안 되었는데 수익은 1억 달러가 넘어서면서 대박을 쳤습니다. 한국에서도 1983년 개봉하여 많은 인기를 얻었습니다.

영화 「부시맨」을 보면 사막지대에 사는 그들의 사냥법이 나옵니다. 부시맨은 물을 한꺼번에 많이 마신 후에는 며칠 동안 물을 마시지 않고도 견뎌낸다고 합니다. 그러다 수분이 부족하면 사막에 사는 특정 식물의 뿌리를 캐내 거기에서 수분을 얻기도 합니다. 이런 부시맨의 모습이 과거 수십만 년 전 인류의 모습이었습니다.

인류는 흔히 사자와 호랑이보다 힘도 약하고, 강한 이빨도 없으며, 달리기도 잘하지 못하는 등 약점투성이라고 묘사됩니다. 인류가 이러한 약점을 극복하고 '만물의 영장'이 된 것은 큰 두뇌에서 나오는 지혜 덕분이라고 배웠습니다. 하지만 이는 인류를 정확히 묘사하지 못한 측면이 있습니다. 수십만 년 전 인류의 지혜는 다른 동물들에 비해 크게 나을 게 없었기 때문입니다. 인류가 포유동물을 제압하는 힘은 지구력 덕분입니다.

포유류는 대부분 몸이 털로 덮여 있습니다. 털은 몸을 보호하고, 위장하기 쉬우며, 추위를 피하기도 쉽습니다. 이러한 포유류는 순발력이 필요한 단거리 달리기에 능합니다. 순발력과 속도로 사냥을 할 수 있고, 반대로 맹수를 피할 수 있기 때문입니다. 치타는 100m를 3초에 달릴 정도입니다. 하지만 포유류는 털이 있기 때문에 운동 중에 발생하는 열을 발산하기 힘들어 오래 달리기 어렵습니다. 반드시 중간에 쉬어야 하는 것입니다.

인간은 포유류와 반대로 털이 거의 없기 때문에 열을 발산하기가 쉽습니다. 그래서 지구력에 바탕을 두고 오래 달릴 수 있습니다. 칼라하리 사막의 부시맨은 서너 명이 한 팀이 되어 동물을 뒤쫓아가는데, 시속 6~10km 속도로 3시간에서 4시간을 달립니다. 사냥꾼에게 쫓긴 사냥감은 몸의 열을 발산하지 못해 몇 십분 뛰지 못하고 주저 앉게 되는데, 이때 사냥꾼은 창이나 활로 사냥감을 제압하는 것입니다. 함께 팀을 이루는 인간의 지구력이 각자 생존을 위해 달리는 포유류의 순발력을 이겨내는 원리입니다.

인디언의 명언 가운데 "빨리 가려면 혼자 가고, 멀리 가려면 함께 가라"는 표현이 있습니다. 전통적인 방법으로 사냥을 하며 살던 그들의 세계에서 순발력보다 팀을 이룬 지구력이 훨씬 중요했기 때문에 나온 표현이 아닐까 생각합니다.

젊은이들이 유치원 시절부터 늘 들은 말이 "공부 열심히 해!"입니다. 공부가 인생의 전부는 아니지만, 그래도 공부를 잘하면 인생을 살아가면서 선택의 폭도 넓어지고 아무래도 정신적으로나 경제적으로 더 넉넉한 삶을 살아갈 수 있습니다. 학창 시절 공부를 잘한 친구들은 늘 부러움의 대상이기도 했습니다. 행실도 바르고, 공부도 잘한 친구들은 늘 '엄친아'로 불리면서 많은 젊은이의 자존심에 상처를 내기도 했습니다.

공부를 잘하는 친구들에게 비결을 물어 보면 공통적으로 "평소에 열심히 했다"고 답변합니다. 매일매일 꾸준히 공부를 한 결과이지, 시험을 앞두고 벼락치기 공부를 했기 때문이라고 말하는 우등생은 없습니다. 공부에서도 지구력이 순발력을 이긴다는 의미입니다.

젊은이들이 사회에 나와서 특정 분야의 전문가가 되거나 개인 사업을 할 때도 가장 필요한 덕목이 지구력입니다. 어제와 그리 달라지지 않은 오늘, 오늘과 다를 바 없는 내일이라고 하루하루를 무시할 수 있지만, 그러한 하루하루가 쌓이면 일 년이 되고 십 년이 되고 인생 자체가 됩니다. 그러한 와중에서 실패도 쌓이지만, 이를 버텨내는 인내와 끈기, 즉 지구력을 발휘할 때 비로소 성공적인 삶을 만들어갈 수 있습니다. "인내는 쓰다. 그러나 그 열매는 달다"는 말은 지구력을 강조한 지극히 진부한 말이지만 인류의 위대한 역사를 만들고 개인의 운명을 바꿉니다. 기나긴 미래를 살아가는 젊은 이들이 "승자는 시간을 관리하며 살고 패자는 시간에 끌려 산다"는 말을 기억하고, 인생은 지구력 싸움이라는 사실을 매일 실천하기를 희망합니다.

094

네 가지 유형의 친구 분류법

관포지교(管鮑之交)는 관중과 포숙아의 사귐이란 뜻으로, 관중과 포숙아처럼 친구 사이의 변치 않는 두터운 우정을 이릅니다. 두 사람은 중국 제나라에 살았는데, 당시 제나라에서는 왕위 쟁탈전이 벌어졌습니다. 관중은 공자 규를 섬겼고, 포숙아는 규의 동생인 소백을 밀었습니다. 관중은 소백을 죽이려고 화살을 날렸는데, 다행히 허리띠에 맞아 소백은 목숨을 건졌고 결국 왕위를 차지했습니다. 패배자의 편에 선 관중은 사형 집행을 당하는데, 친구인 포숙아가 왕이 된 소백(제 환공)을 설득합니다.

"전하가 제나라로 만족한다면 제가 재상이 되어도 충분합니다. 하지만 천하를 주무르는 패자가 되려면 관중을 재상으로 임명해야 합니다. 그가 아니면 불가능합니다."

관중은 자신이 죽이려던 소백 밑에서 재상이 되었고, 소백은 천하를 호령하는 제 환공이 되어 이름을 떨쳤습니다. 관중은 "창고가 차야 영예와 치욕을 안다"며 경제를 우선하는 실용노선을 펼쳤습니다. 관중의 이러한 생각은 나중에 맹자의 핵심사상인 '무항산무항심(無恒産無恒心, 항산이 없으면 항심도 없다. 즉, 생업이나 재산이 없으면 올바른 마음가짐도 없다)'의 정신과 이어집니다. 관중은 명재상으로 이름을 떨치면서 사람들에게 이렇게 설명합니다.

"일찍이 내가 가난할 때 포숙과 함께 장사를 했는데, 이익을 나눌 때 내가 더 가졌다. 그런데도 포숙은 나를 욕심쟁이라고 말하지 않았는데, 내가 가난함을 알고 있었기 때문이다. 내가 사업을 하다가 실패하였으나 포숙은 나를 어리석다고 말하지 않았다. 세상 흐름에 따라 이로울 수도 있고 그렇지 않을 수도 있음을 알았기 때문이다. 내가 세 번 벼슬길에 나아갔다가 번번이 쫓겨났으나 포숙은 나를 무능하다고 말하지 않았다. 내가 시대를 만나지 못했음을 알았기 때문이다. 내가 싸움터에 나가 세 번 모두 패하고 도망쳤지만 포숙은 나를 겁쟁이라고 비웃지 않았다. 내게 봉양해야 할 늙으신 어머니가 계심을 알았기 때문이다. 나를 낳은 이는 부모님이지만 나를 알아준 이는 포숙이다(생아자[生我者] 부모[父母], 지아자[知我者] 포숙아야[鮑叔兒也])."

관중이 어느덧 늙고 병들어 국정을 관장하지 못할 때 환공이 직접 문병을 왔습니다. 환공은 그 자리에서 후임 재상을 추천해달라고 부탁을 합니다. 환공은 관중이 몇 차례 고사하다가 친구인 포숙을 추천할 것으로 짐작하고는 "포숙이 재상으로 적임자가 아니겠느냐?"고 은근히 묻습니다. 그러자 관중은 관포지교라는 말이 무색하게 정색을 하며 의외의 답변을 합니다.

"안 됩니다. 포숙은 사람됨이 지나치게 곧고 고집이 세며 일 처리에 과격한 면이 있습니다. 강직하면 백성에게 포악하게 나설 우려가 있고, 고집이 세면 백성의 마음을 잃게 되며, 과격하면 아랫사람이 등용하기를 꺼려할 것입니다. 그는 패왕의 보좌역이 아닙니다."

관중이 걱정한 것은 포숙아의 '결벽성과 원칙주의'였습니다. 정직하고 청렴결백한 성격이 나라를 다스리는 데 장애가 될 수 있다는 점을 알고 있었던 것입니다. 맑은 물에는 고기가 살지 않는 것처럼, 세상은 늘 착하고 바른 사람만 있는 것은 아닙니다. 관중은 냉철한 시각으로 친구인 포숙을 바라보고, 포숙이 자신에게 어울리지 않는 재상을 맡았다가 나라도 망치고 본인도 망치지 않을까 걱정한 것입니다. 그런 의미에서 관중은 포숙을 진정으로 걱정했다고 할 수 있습니다.

사람들은 살아가면서 많은 친구를 사귑니다. 좋은 친구도 있고 나쁜 친구도 있는데, 사람들은 흔히 자신의 인생이 조금이라도 어긋나거나 불행에 빠지면 '친구를 잘못 만나서'라고 말합니다. 이러한 사람들의 말 속에는 '진정한 친구' 사귀기가 정말 어렵다는 삶의 진실이 녹아 있습니다.

사마천이 지은 『사기(史記)』「계명우기(鷄鳴偶記)」편에 보면, 세상에는 네 가지 유형의 친구가 있다고 합니다.

첫째, 서로의 잘못을 바로잡고 큰 의리를 지키려고 노력하는 외우(畏友)가 있습니다. 외우란 학식이나 지혜, 행실 등에서 늘 존경할 만한 친구라는 뜻입니다. 즉, 자신에게 늘 가르침을 주는 친구입니다.

둘째, 힘들 때 서로 돕고 늘 함께하는 밀우(密友)가 있습니다. 달면 삼키고 쓰면 뱉는 세태와 다르게 행동하는 친구로서, 믿을 만한 친구입니다.

셋째, 좋은 일과 노는 일에만 잘 어울리는 일우(昵友)가 있습니다. 주변을 돌아보면 대부분의 친구가 바로 이런 일우에 해당한다는 느낌을 받습니다.

넷째, 이익만 찾아다니고 근심거리나 힘든 일은 서로 미루며, 나쁜 일이 있을 때는 서로 떠넘기는 적우(賊友)가 있습니다. 흔히 도적(盜賊)이라고 할 때 물건을 훔치는 것을 도(盜), 사람을 협박·공갈하는 것을 적(賊)이라고 합니다. 적우는 한마디로 내 인생을 망치는 암적인 존재입니다.

프랑스 격언에 "친구와 포도주는 오래될수록 좋다"는 말이 있습니다. 친구는 오랜 시간을 두고 깊이 사귈수록 우정이 두터워지고, 포도주는 시간이 지날수록 맛과 향이 깊어져 고급 포도주가 된다는 얘기입니다. 오랜 시간 사람을 만나다 보면 그 사람의 됨됨이를 잘 알게 되니, 오랜 친구가 정말 좋은 친구라는 말은 진실일 것입니다.

사람들은 흔히 젊은이들의 장점은 열정과 패기이고, 단점은 성급하고 신중하지 못함이라고 꼽습니다. 놀고 즐기는 일에 몰두하다 보면 아무래도 일우나 적우를 사귀기 쉽습니다. 외우나 밀우와 같은 좋은 친구는 저절로 오지 않습니다. 늘 사람에 대해 생각해보고 '좋은 친구'를 가려내려고 노력하는 것도 삶에서 매우 중요하고 꼭 필요한 일입니다.

095

공부를 왜 해야 할까요

성적이 평범한 학생이 모범생에게 묻습니다.

"공부 잘하는 비결이 뭐니?"

모범생이 책에서 눈을 떼지 않은 채 말합니다.

"공부나 해!"

예전에 봤던 TV 광고의 내용인데, 모범생의 무표정한 얼굴과 누구나 할 수 있는 답변에서 왠지 강한 느낌을 받았습니다.

모든 부모는 자녀들이 공부를 잘하기를 원합니다. 아이들이 공부를 한다면 땡빚을 내서라도 학원에 보내고, 이사를 갑니다. 자녀들을 공부 잘 시키는 방법을 다룬 책이 당당히 베스트셀러가 되기도 합니다. 자녀들은 "공부해라!"는 말을 귀에 못이 박이도록 들으면서 성장합니다. 공부가 이처럼 삶에서 중요한데, 막상 "공부를 왜 하는가?" 하고 질문을 던지면 선뜻 답변하는 사람이 많지 않습니다. "출세와 성공을 위해서? 돈을 많이 벌려고? 좋은 배우자를 만나기 위해서?" 등등 여러 가지 답변을 하지만 왠지 말을 하고도 정답은 아닐 것 같다는 생각이 듭니다. 그렇다면 동서양의 현인들은 공부에 대해 어떻게 말했을까요?

동양인의 생각과 철학에 가장 큰 영향을 미친 사상가는 공자입니다. 『논어』는 공자와 그의 제자들이 세상을 사는 이치나 교육, 문화, 정치 등에 관해 논의한 이야기를 모은 책으로 동양철학의 기둥입니다. 『논어』의 시작은 「학이(學而)」편으로 '학이시습지불역열호(學而時習之不亦說乎, 배우고 때로 익히면 즐겁지 아니한가)'에서 따왔습니다. 『논어』는 이처럼 '배움'에서 시작합니다.

후쿠자와 유키치는 근대 일본의 대표적인 계몽사상가로, 일본의 최고액권인 1만 엔 지폐의 모델이기도 합니다. 후쿠자와 유키치가 널리 알려진 것은 『학문의 권장』이라는 책 때문입니다. 이 책은 1872년부터 1876년에 걸쳐서 출판된 계몽서로 당시 모두 합쳐서 300만 부가 팔렸다고 하니 오늘날 기준으로도 대단한 인기입니다.

140여 년 전에 쓴 책인데도 지금도 유효할 정도이며, 일본의 교과서에도 등장합니다.

"하늘은 사람 위에 사람을 만들지 않았고 사람 밑에 사람을 만들지 않았다'고 한다. 하늘이 인간을 만들었을 때 사람은 누구나 같은 신분으로 태어났기 때문에 태어나면서부터 귀하다든가 천하다든가 하는 차별이 없었다. (중략) 그러나 지금 세상을 살펴보면 똑똑한 사람이 있는가 하면 어리석은 사람도 있고, 혹은 가난한 사람과 부유한 사람, 신분이 높은 사람과 낮은 사람도 있는 등 사람 사는 모습에 엄청난 차이가 있는 것은 어째서일까? 그 이유는 아주 간단하다.

『실어교(實語敎)』라는 책에 '사람은 배우지 않으면 지혜가 없고, 지혜가 없는 사람은 어리석은 사람이 된다'는 말이 있듯이 똑똑한 사람과 어리석은 사람의 차이는 학문을 했는가 안 했는가에 따라 결정되는 것이다."

후쿠자와 유키치는 또 "일신독립(一身獨立)하여 일국독립(一國獨立)한다"는 표현을 강조했습니다. 사람이란 모름지기 다른 사람에게 의지하지 않고 스스로 학문과 실업에 힘써 자신을 책임져야 한다는 뜻입니다. 국민 개개인이 독립적이고 자율적인 존재가 되는 게 우선해야 나라가 발전하며, 무지하고 게으른 국민은 국력을 약화하여 외국의 침략을 불러일으킨다는 게 후쿠자와 유키치의 생각입니다. 개인이 책임과 의무를 다하지 않은 채, 사회와 국가를 향해 권리만 주장하고 각자의 목소리만 높여서는 안 된다는 것입니다. 이처럼 '개인의 책임과 의무'를 제대로 알고 실천할 때 꼭 필요한 게 공부라고 후쿠자와 유키치는 설명했습니다. 그는 일본의 아시아 침략 전쟁을 부추겼다는 비판도 받지만, 일본의 관점에서는 오늘날 '선진국 일본'을 만드는 교육적이며 사상적인 기초를 만드는 데 지대한 공을 세운 인물입니다.

공부는 서양에서도 매우 중요히 여겼습니다. 영국의 철학자인 프랜시스 베이컨은 공부의 장점에 대해 "역사를 공부하면 지혜가 밝아지고, 시를 읽으면 영혼이 아름다워지며, 수학을 공부하면 치밀해지고, 과학을 공부하면 깊이가 생긴다. 윤리학은 사람을 위엄 있게 만들고, 논리와 수사학은 말재주를 좋게 하니, 무릇 모든 학문은 성격을 만든다"고 설명했습니다.

공부는 독서, 청강, 토론, 대화 등 여러 가지 방법으로 할 수 있습니다. 그중 대표적인 게 독서입니다. 중국의 사상가이자 교육자인 후스(胡適)는 독서의 장점을 세 가지로 설명했습니다.

첫째, 책은 이미 알려진 지식과 학문, 경험을 기록해놓은 것이므로 책을 읽는다는 것은 인류의 유산을 받는 것입니다. 둘째, 책을 읽기 위해 책을 읽습니다. 책을 읽으면 더 많은 책을 읽을 수 있습니다. 셋째, 독서를 하면 어려운 일을 해결하고, 환경에 적응할 수 있으며, 사상을 뒷받침하는 근거도 찾아낼 수 있습니다.

수많은 현인이 이처럼 공부의 중요성을 강조했으나, 그들의 설명만으로는 '공부를 왜 하는가?'에 대한 궁금증이 확 풀리지 않습니다. 그나마 정답에 근접한 것은 '공부는 자신의 좁은 시각에서 벗어나 타인의 눈으로 세상과 자신을 바라보는 것'이라는 설명입니다. 예컨대 자신만의 생각을 고집하면 한 사람의 눈으로 세상을 보게 됩니다. 공부를 하여 100명의 생각을 받아들이면, 100명의 눈으로 세상을 보는 것인 만큼 훨씬 더 넓고 깊게 세상을 보게 됩니다. 덧붙여 100명의 눈으로 자신을 돌아보게 되므로 자신을 더 잘 알 수 있습니다.

사람들은 무식쟁이라는 말을 싫어합니다. 여기서 무식(無識)이란 배움이나 지식이 모자란 것이 아닙니다. 이는 세상의 긍정적인 변화나 다름을 받아들이지 않고 자신의 생각과 경험이라는 테두리 안에 스스로 가둬두는 것을 의미합니다. 새로운 지식에 대해 성급히 판단하고, 남과 자신이 다르다는 것을 인정하지 않는 사람들이야말로 무식쟁이입니다. '자기만이 옳다'는 생각이 바로 독선(獨善)입니다. 특정한 인물을 맹목적으로 추종하면서 그와 반대되는 사람을 배척하고, 특정한 사상과 생각만 옳다고 믿는 사람은 무식쟁이이자 공부가 부족한 사람입니다.

'공부를 왜 하는가'에 대한 더 나은 정답은 "공부를 해보면 안다"는 표현이 아닐까 합니다. 공부란 하면 할수록 얼마나 중요하고 왜 해야 하는지 스스로 깨닫는 것이지, 누군가 가르쳐줘서 할 수 있는 게 아니라는 의미입니다.

한 학자는 아예 이렇게 조언하기도 합니다.

"무엇인가를 배우려고 하는데 그렇게 거창한 이유가 필요합니까? 조금 있어 보이려고, 조금 잰 체하려고 해도 괜찮습니다. 동기는 중요하지 않고 공부하는 그 자체가 중요하기 때문이지요."

불경에 복부당연(福不唐捐), 즉 "쌓아놓은 복은 헛되게 사라지지 않는다"는 말이 있듯이, 공부당연(功不唐捐)도 가능합니다. 헛되이 사라지는 공부는 하나도 없다는 믿음으로 공부에 임하는 게 모든 사람, 특히 젊은이들이 지금 당장 해야 할 일이 아닌가 합니다. 아침저녁으로 선선한 바람이 불어서 공부와 독서하기에 참으로 좋은 계절입니다.

096

열린 마음으로 미래를 준비하자

인구 830만 명의 이스라엘은 주변 모든 나라가 적대국가입니다. 국방이 매우 중요한 만큼, 남녀 모두 군에 복무할 의무가 있습니다. 그곳 청년들은 고등학교를 졸업하면 바로 입대합니다. 제대 이후에는 많은 청년이 1년 이상 해외여행을 하거나 체류하면서 인생의 비전과 진로를 고민하고, 대학에 진학하거나 사회 진출을 결정합니다. 20대 초반의 나이에 세상이 어떤 곳인지 직접 경험하고 본인에게 알맞은 미래가 무엇인지 고민하며 결정하는 과정을 거치는 것입니다.

한국의 젊은이들은 대체로 교과서 위주로 공부하면서 대학 진학 때까지 '성적 올리기'에 몰두합니다. 그러다 보니 자기소개서 하나 쓰는 것을 어려워합니다. 자개소개서 항목인 '지원 동기와 진로를 위한 노력'을 쓰라는 대목에서 답변하기를 힘들어합니다. 어린 시절부터 세상을 보는 훈련을 하지 않고, 직업 정신이나 노동의 가치에 대한 체험과 생각을 하지 않다 보니 대학에 가서 무엇을 공부할지조차 모르는 것입니다.

대학을 마치고 직장을 잡을 때도 마찬가지입니다. 직업을 영어로 잡(job)이라고 합니다. 여기서 직업을 잡(job, 노역)이라고 하면 이는 생계유지를 위한 수단이 됩니다. 자신의 일을 노역으로 생각하면 일이 정말 지겹고 출근길을 '지옥으로 가는 길'로 여길 수 있습니다.

직업을 경력(career)으로 생각하는 사람은 돈, 성공, 지위에 따라 직업을 옮깁니다. 그러한 사람은 늘 불만족의 삶을 살게 되고, 하루하루의 직장 생활이 스트레스의 연속이 될 수 있습니다.

직업을 사명(mission)이나 소명(calling)으로 생각하는 사람은 늘 열정과 용기로 일합니다. 마음에서 우러나와 일을 하는 것입니다. 영화「인턴」의 주인공인 벤 휘태커(로버트 드 니로가 연기함)는 70세의 인턴인데, 자신의 열정을 이렇게 표현합니다.

"뮤지션(음악가)한테 은퇴란 없습니다. 단지 음악이 사라지면 멈출 뿐입니다. 내 안에는 아직 음악이 남아 있습니다."

벤 휘태커처럼 70세가 되도록 열정을 잃지 않고 소명으로서 직업을 가지려면 미래 설계를 잘해야 합니다. 미래학자인 토머스 프레이는 2015년 한 강연에서 "앞으로 15년 안에 20억 개의 일자리가 사라지고, 앞으로 5년 안에 전체 근로자의 40%가 프리랜서, 시간제 근로자, 1인 기업 등 기존 근로시스템과 다른 형태로 일할 것"이라고 예측했습니다. 그리고 생애에 네 번 이상의 직업 변화를 겪을 것이라고 설명했습니다.

빠르게 직업이 변화하는 만큼 젊은이들에게 "앞으로 무슨 직업을 선택할 것인가" 하는 질문은 옳지 않습니다. 그보다는 미래에 펼쳐질 그림을 생각해보고, 다양한 공부와 경험을 쌓아 역량을 키우는 게 중요합니다. 「인턴」에서 벤 휘태커는 "경험은 나이 들지 않아요. 경험은 결코 시대에 뒤떨어지지 않습니다"고 말했는데, 젊을 때 다양한 경험을 쌓는 것이 필요하다는 얘기입니다.

그러려면 직업을 직업군으로 이해하고 거기에 맞는 역량을 키우는 게 필요합니다. 한 가지 직업을 위해 훈련된 사람은 평균 13개의 다른 직업을 수행할 수 있는 역량을 갖추기 때문입니다.

예컨대 교육과 정보제공 등 알리미(informers) 직업군에 속하는 사람은 글을 쓰고 가르치는 능력과 소통 역량이 필수입니다. 이런 역량을 갖추면 선생님, 회계사, 정책분석가, 변호사, 심리학자 등에서 쉽게 직장을 옮길 수 있다고 합니다.

돌보미 직업군, 즉 사람들의 몸과 마음을 위해 일하는 사람들은 의사, 사회복지사, 보육사, 카운슬러, 미용관리사 등의 직업 사이를 쉽게 옮겨 다닐 수 있습니다.

디자이너 직업군에 속하는 사람은 문제해결능력, 컴퓨터 이해력, 계획성 등이 필요한데 건축가, 전기기술자, 의류디자이너, 식품기술자 등으로 활동할 수 있습니다.

미래의 가장 큰 특징은 끊임없이 빠르게 변한다는 것입니다. 사회는 끊임없이 바뀌는데 나만 바뀌지 않고 있다면 당연히 뒤처질 수밖에 없습니다. 그러한 미래에 잘 적응하려면 끊임없이 생각하고, 자신의 생각을 잘 표현할 수 있는 글쓰기 능력과 발표 능력을 키우며, 새로운 변화를 기꺼이 수용할 수 있는 열린 마음이 되어야 합니다.

미래를 준비하는 젊은이들이 꼭 염두에 두었으면 하는 표현이 있습니다.

"어리석은 사람은 기회를 포기하고, 평범한 사람은 기회를 기다리며, 똑똑한 사람은 기회를 만든다."

이 표현이야말로 보통 사람과 성공한 사람을 나누는 중요한 기준이 아닌가 합니다.

097

돈 공부는 빠를수록 좋다

"돈 걱정은 하지 마라. 너는 공부만 열심히 하면 돼!"

한국의 젊은이들이 부모님께 많이 듣는 소리입니다. 학창시절 돈을 어떻게 벌고 어떻게 쓰는지에 관심조차 두지 않는 젊은이들도 적지 않습니다. 돈에 대한 자기만의 철학이 없는 데다 올바른 돈벌이와 씀씀이도 제대로 이해하지 못하다 보니, 막상 사회생활을 시작해서 맞닥뜨리는 '돈 문제'에 현명하게 대처하지 못합니다.

유대인의 지혜를 다룬 『탈무드』에 다음과 같은 표현이 있습니다.

"사람에게 해를 끼치는 것은 고민, 싸움, 빈 지갑 이렇게 세 가지다. 그중에서 최고로 해를 끼치는 존재는 텅 빈 지갑이다."

돈 공부를 위해서 젊은 시절부터 해야 할 일은 '충동 억제 훈련'입니다. 이와 관련해 미국 시카고대학에 있던 딜럽 소먼이라는 학자가 재미있는 실험을 했습니다.

소먼은 사람들에게 여러 가지 고지서를 건넨 후 이를 신용카드와 수표 두 가지 중 하나로 결제하게 한 뒤, 휴가비로 450달러를 건넴니다. 비교한 결과 고지서를 신용카드로 낸 사람들은 수표를 낸 사람들에 비해 휴가비를 흥청망청 쓸 확률이 두 배 정도 높았습니다.

또 소면은 대학 내 서점 밖에서 대기하다가 서점에서 나온 사람들에게 방금 전 구매한 물품에 얼마를 지불했는지 물었습니다. 그런 다음 그 액수를 영수증과 대조해봤습니다. 비교해보니 매우 재미있는 결과가 나왔습니다. 현금이나 수표, 직불카드로 지불한 사람들은 정확히 세 명 중 두 명이 작은 단위까지 기억했고 나머지 세 명 중 한 명은 기억의 오차가 3달러 내외였습니다. 반면에 신용카드로 결제한 사람들은 결제한 지 10분도 지나지 않았지만, 실제 구매 금액과 발생한 오차가 1달러 내외는 세 명 중 한 명에 불과했습니다. 다른 세 명 중 한 명은 15~20% 정도 적은 액수로 기억했고, 나머지 세 명 중 한 명은 아예 금액조차 기억하지 못했습니다. 소면은 "신용카드를 습관적으로 쓰는 사람들은 자신이 얼마를 쓰는지 기억하지 못했습니다" 하고 설명했습니다.

신용카드 결제는 지금 당장 구매의 즐거움을 누리고 지불의 고통을 미루는 행위입니다. 그런 만큼 미래를 생각하지 않고 충동적으로 돈을 쓰기 쉽습니다. 사람은 당장 앞에 닥친 일만 생각하여 순간적이고 충동적인 만족에만 신경 쓰는 마음과, 멀리 내다보고 스스로 충동을 억제하며 통제하려는 마음이 같이 있습니다. 이러한 두 마음이 서로 싸우는 과정이 바로 갈등 상황입니다. 사람들은 대부분 순간적인 유혹에 휩쓸리기 쉽고 젊을수록 그 가능성이 높습니다.

사람들이 공부보다는 게임, 독서실보다는 오락실, 운동보다는 음주 등을 선택하는 것은 바로 눈앞의 즐거움만 보는 '근시안적인 마음' 때문입니다. 돈 공부는 바로 이러한 근시안적인 마음을 억제하는 것입니다.

세계적인 투자가로 명성이 높은 워런 버핏은 대학생에게 강연할 때 "신용카드를 없애라. 능력이 없으면 사지를 마라. 연 18~20%에 달하는 신용카드 수수료를 물면서 돈을 모을 수는 없다"고 가르칩니다.

돈 공부에서 또 하나 중요한 것은 소비와 투자를 구분하는 것입니다. 커피숍에 들러 비싼 커피를 홀짝거리는 데 쓰는 돈은 푼돈이자 가치 없는 소비에 불과합니다. 푼돈을 하나하나 모아 일정한 금액을 만들고, 이 돈으로 여행이나 체험에 사용하면 머릿속에도 남고 이력서에도 올릴 수 있으므로 이것은 투자입니다. 의미 있는 투자는 적극 나서고, 의미 없는 소비는 자제해야 합니다. 이처럼 돈을 쓸 때 투자와 소비를 구분할 수 있는 능력을 기르는 것이 바로 돈 공부입니다. 벤저민 프랭클린은 이와 관련하여 "가지고 싶은 것은 사지 마라. 꼭 필요한 것만 사라. 작은 지출을 삼가라. 작은 구멍이 거대한 배를 침몰시킨다"고 조언했습니다.

자녀교육에서 세계 최고라고 평가받는 유대인은 어렸을 때부터 돈을 쓰는 것, 저금하는 것, 기부하는 것을 철저하게 구별하여 가르칩니다. 자녀가 13세가 되면 성인식을 치르는데 이때 참석한 축하객이 축하금을 건넵니다. 이 축하금을 주식 펀드에 투자하거나 예금을 하는 등 금융 플랜을 짜서 모아두고, 나중에 사업할 때 자본금으로 사용하기도 합니다. 돈 공부를 일찍 시작해 자녀가 '독립된 성인'으로 잘 살아갈 수 있도록 하는 게 유대인 교육의 핵심입니다.

20대 초반의 청년들은 사회 진출을 앞두고 있습니다. 이제 자신만의 돈에 대한 철학을 정립해야 하는데, 한 기업인이 말한 것처럼 "바르게 벌어서 바르게 쓸 때 돈은 아름다운 꽃이 되어 활짝 피어난다"는 구절을 기억했으면 좋겠습니다. 젊은이들에게 가장 필요한 '돈 공부', 지금이라도 시작하기를 권하며 『탈무드』에 나온 격언 몇 가지를 적어봅니다.

"하느님은 밝은 빛을 내려주시고 돈은 온기를 퍼뜨려준다."

"돈을 가지고 가서 문을 두드리면 열리지 않는 문이 없다."

"육체는 마음에 기대어 살고, 마음은 돈지갑에 기대어 산다."

"가난이 앞문으로 들어오면, 사랑은 뒷문으로 도망간다."

"돈은 인정 없는 주인일지 모르지만, 능력 있는 심부름꾼임은 분명하다."

"돈은 죄악도 저주도 아니다. 돈은 인간을 축복해준다."

"0에서 1까지의 거리가 1에서 1000까지의 거리보다 더 멀다. (종잣돈 모으기가 참으로 어렵다는 의미입니다.)

098

주인의식과 방관자 의식

중국 당나라의 고승 가운데 임제선사가 있습니다. 그분의 말씀 중에 "수주작처 입처개진(隨主作處 立處皆眞)"이란 게 있는데, 어디서든 주인의 마음으로 최선을 다하면 그곳이 바로 진리의 세계라는 뜻입니다.

주인의식이 없는 사람을 방관자라고 하는데, 승려이자 시인이며 독립운동가인 만해 한용운 선생은 『조선불교유신론』이라는 책에서 중국의 계몽사상가인 량치차오(梁啓超)의 글을 인용해 방관자를 꾸짖습니다.

"천하에 가장 싫어하고 미워하며 천시할 사람은 방관자보다 더한 것이 없다. 방관자는 항상 객관적인 위치에 서서 무슨 일을 대하든지 소매에 손을 넣은 채 바라보는 자를 가리키는데, 실로 인류의 도둑이며 세계의 원수다"라고 표현하며 방관자를 다음과 같이 크게 여섯 종류로 구분하였습니다.

첫째, 혼돈파(混沌派). 이들은 세상이 어떻게 돌아가는지 전혀 알지 못하고, 배고프면 먹고, 피곤하면 자고, 생사와 흥망을 처음부터 생각하지 않는다. 비유하면 물에서 놀던 고기가 잡혀 끓는 솥에 있으면서도 오히려 따뜻한 물을 봄의 강물로 오해하고, 제비가 반쯤 불붙은 집에 있으면서 오히려 해가 떠서 집을 비춘다고 착각하는 것과 같다. 방관자는 스스로 알지 못해 방관자가 되었으며, 실로 방관자 중의 천민(天民)이라 할 만하다.

둘째, 위아파(爲我派). 속담에 벼락이 쳐도 편히 앉아 짐을 싼다고 하는 자들이 이들이다. 이들은 어떤 일을 해도 내게 이로울 게 없고 하지 않아도 손해될 게 없는데 고생과 모험을 할 필요가 없다고 생각한다. 비유하면 입술이 없으면 이가 시린데도 무관하다고 말하고, 토끼가 여우의 죽음을 슬퍼하지 않는 것과 같다. 분수를 지키고 몸을 조심하는 자와 수전노는 모두 이 파에 속한다.

셋째, 오호파(鳴呼派). 저들은 탄식하면서 한숨짓고, 통곡하며 눈물 흘리는 것을 유일무이한 사업으로 삼는 자들이다. 그 얼굴에는 항상 일을 근심하는 기색이 엿보이고, 입으로는 시대를 슬퍼하는 말이 적지 않으나, 마땅히 해야 할 일을 하자고 하면 저들은 "참으로 마땅하지만 할 길이 없으니 어떻게 하겠는가?"라고 말한다. 시대의 위기를 말하면 저들은 "참으로 위태롭지만 구할 길이 없으니 어떻게 하겠는가?"라고 말한다. 저들은 매사를 시운(時運)이며 천심(天心)이라고 할 뿐 팔짱을 끼고 속수무책으로 있다. 마치 불이 난 것을 보고 끄지 않고 불길의 치열함으로 탄식하는 것과 같고, 남이 물에 빠진 것을 보고 구하려 하지 않고 파도의 사나움을 통탄하는 것과 같다. 세상 돌아가는 일을 시와 담론의 자료로 삼지만 일에 착수하지 않는다. 마음이 있으면서 무지하고, 지혜가 있으면서 용기 없는 자들이 이에 해당한다.

넷째, 소매파(笑罵派). 항상 남의 배후에서 비웃는 말과 격렬한 욕설로 다른 사람을 비평하는 자들이다. 저들은 스스로 방관자의 위치에 있을 뿐만 아니라 남을 핍박해서 방관자가 되지 않을 수 없게 만든다. 노인을 대하면 노망기가 깊은 것을 매도하고, 청년을 대하면 경솔히 일을 저지르는 것을 매도한다. 일이 성공하면 '그 녀석이 이름을 이루었네' 하고, 일이 실패하면 '나는 이미 이렇게 될 줄 알았지' 해서 편한 날이 없다. 장차 이루어질 것 같은 일은 반드시 비웃으며 매도해 저지하고, 이미 이루어진 일은 반드시 비웃으며 매도해 깨뜨린다. 저들은 세계에서 가장 음흉한 자들이다. 저들은 비웃고 욕하는 것 외에 본래 아무 계책이 없다.

다섯째, 포기파(抛棄派). 이 파는 자신을 아무것도 할 수 없는 사람이라고 여겨 언제나 남에게 기대하고, 자기에게는 기대하지 않는 자들이다. 정치는 부유층에 기대하고, 도는 성인에게 기대하고, 성공은 영웅에게 기대하는 부류다. 서로 전가하고 없어지게 해서 마침내 하나도 전가하지 않는 것이 없는 자들이다.

여섯째, 대시파(待時派). 이 파는 실제로 방관하면서도 스스로 방관자의 이름에 해당하지 않는다고 여기는 사람들이다. 일을 하는 사람에게는 어느 때라도 일을 할 만한 시기이며, 일을 안 하는 사람에게는 어느 때라도 일을 하지 않는 시기가 된다. 뜻이 있는 사람은 기다리지 않고 대세를 만들어간다. 때를 기다린다는 사람은 세상 형편이 돌아가는 것을 엿보다가 곁에서 남은 이익을 얻으려고 해서 대세가 동쪽으로 향하면 자기도 동쪽으로 가고, 서쪽으로 향하면 자기도 서쪽으로 가는 자다. 이는 위선자의 본색이며, 방관자 가운데 가장 교묘한 자들이다.

한용운 선생의 표현을 빌리면 참으로 많은 사람이 방관자에 해당합니다. 그렇다면 어떤 사람이 방관자가 아닐까요?

인기 드라마 「태양의 후예」를 보면 여주인공(강모연)이 "왜 군인이 됐어요?" 하고 질문하자, 남주인공 유시진 대위가 "누군가는 군인이 돼야 하니까요" 하고 답하는 대목이 나옵니다. 그런 측면에서 '누구나 가기 싫어하지만, 누군가는 꼭 해야 한다'는 국방의 의무를 수행하는 젊은이들은 방관자가 아닌 게 분명합니다. '수주작처'를 실천하는 젊은이들에게 큰 응원을 보냅니다.

099

한가위를 맞는 마음

한 가난한 사람이 부처님을 찾아와 하소연합니다.

"저는 왜 이렇게 되는 일이 없습니까? 왜 이렇게 가난하게 살아야 합니까?"

부처님이 답합니다.

"네가 그동안 베풀지 않아서 그러느니라."

가난한 사람이 반박합니다.

"저는 가진 것이 없어 베풀고 싶어도 베풀 것이 없습니다."

부처님이 알려줍니다.

"재물이 없다고 핑계대지 마라. 무재칠시(無財七施), 즉 재물이 없어도 베풀 수 있는 일곱 가지 보시가 있느니라. 네가 이 일곱 가지를 행하여 습관이 붙으면 너에게 행운이 따르리라."

무재칠시의 첫째는 화안시(和顏施)로서 사람들을 대할 때 얼굴에 밝은 미소를 띠고 부드럽고 정답게 대하는 것을 말합니다. 사람들을 만날 때마다 웃음으로 인사하면, 그 자체로 주위의 많은 사람을 편안하게 만들 수 있습니다. 얼굴을 늘 찌푸리고 사는 사람들이 꼭 기억해야 할 내용입니다.

둘째, 언사시(言辭施)입니다. 공손하고 아름다운 말로 대하는 것을 말합니다. 칭찬하고 격려하는 말, 사랑하고 아끼는 말, 양보하고 베푸는 말, 따스하고 부드러운 말 등이 여기에 해당합니다. 불교를 믿는 분들이라면 널리 아는 것 중에 10악업이 있는데, 그중 네 가지가 입으로 짓는 악업에 해당합니다. 망어(妄語), 기어(綺語), 악구(惡口), 양설(兩舌)이 그것입니다. 망어는 거짓말하는 것이며, 기어는 입에 발린 말을 뜻합니다. 악구는 험한 말을 의미하고, 양설은 이간질하는 말에 해당합니다. 익명이 보장된다고 소셜 미디어에 남의 험담을 하고 비난을 쏟아놓는 사람은 언사시를 행하지 않는 사람에 해당할 것입니다.

셋째, 심시(心施)입니다. 착하고 어진 마음으로 정성껏 사람을 대하는 것을 의미합니다. 행동으로는 남을 위하는 척하면서 마음으로는 그렇지 못하다면 제대로 된 보시가 아닙니다.

넷째, 안시(眼施)입니다. 호의를 담아 부드럽고 편안한 눈빛으로 대하는 것을 말합니다. 눈빛만 봐도 그 사람을 알 수 있다는 말이 있듯이, 착한 눈빛 하나가 여러 사람을 행복하게 만들 수 있습니다.

다섯째, 신시(身施)로 몸으로 베푸는 것입니다. 예의바르고 친절하게 남을 도와주거나 남의 짐을 들어주는 일, 공손하고 예의바른 몸가짐이 여기에 해당합니다. 외국에 나가 보면 문을 통과할 때 뒤에 사람이 따라오는지 살펴보고 사람이 있으면 문을 잡아주는 경우가 많은데, 그런 게 바로 신시에 해당합니다.

여섯째, 상좌시(床座施)로 다른 사람에게 자리를 내어주어 양보하는 것을 말합니다. 지치고 힘든 이에게 편안한 자리를 내어주는 행위인데, 버스나 지하철에서 노약자나 임산부에게 자리를 양보하는 게 대표적인 예입니다.

일곱째, 방사시(房舍施)로 사람에게 편안하게 쉴 수 있는 공간을 제공해주라는 의미입니다. 굳이 묻지 않고도 상대의 속을 헤아려서 도와주는 것으로 찰시(察施)라고도 합니다.

불교에서 말하는 방사시의 대표적인 사례가 '호텔의 왕'으로 불리는 조지 볼트의 이야기입니다.

비바람이 심한 어느 늦은 밤에 필라델피아 변두리의 한 작은 모텔에 허름한 여행가방을 든 노부부가 찾아옵니다. 그날은 인근 도시의 행사와 주말이 겹쳐서 빈방이 전혀 없었습니다. 젊은 종업원이 노부부의 사정이 딱해 여기저기 전화를 걸어서 빈방이 있는지 알아보았지만 예상대로 빈방은 없었습니다. 종업원의 말을 듣고 노부부는 매우 실망하는 눈빛으로 안절부절못했습니다. 그러자 종업원이 이렇게 말합니다.

"비록 누추하지만 제가 쓰는 작은 방이 하나 있습니다. 저는 오늘밤 프런트 담당이어서 방에 들어가서 잘 일이 없으니 괜찮으시다면 거기서 머무시면 어떨까요."

노부부는 종업원의 배려에 너무 감사해하며 그 방에 짐을 풀었습니다.

이튿날 아침 종업원이 방에 가보니 노부부는 안 보이고 한 장의 쪽지가 침대 머리맡에 놓여 있었습니다.

'일찍 떠나야 해서 인사를 못하고 갑니다. 정말 편안한 잠자리였습니다. 이렇게 쪽지로 감사 인사를 하고 떠나 미안합니다. 깊은 배려 잊지 않겠습니다.'

그로부터 2년 후 그 젊은 종업원 앞으로 한 통의 편지가 옵니다. 친절을 잊지 못한 노부부가 보내온 편지인데, 그 속에는 초대장과 뉴욕행 비행기표도 들어 있었습니다.

드디어 노부부와 종업원이 뉴욕에서 만났습니다. 노부부는 만나자마자 젊은 종업원의 두 손을 덥석 잡으며 말합니다.

"우리는 당신이 시골에서 작은 모텔 종업원으로 지내기에는 너무 아깝다고 생각하였소. 그래서 당신을 생각하며 호텔을 하나 지었으니 이 호텔의 총지배인이 되어 마음껏 운영해주시오. 당신이라면 이 호텔을 세계 최고의 호텔로 만들 거라 믿소."

젊은이는 노부부의 제안을 감사히 받아들이고 호텔 총지배인이 되어 성실하게 일했습니다. 그 결과 이 호텔은 중요한 국제회의나 정상회담 때 각국의 대통령과 총리가 머무는 초특급 호텔로 명성을 떨치며 세상에서 가장 아름다운 호텔로 자리매김합니다. 그 호텔이 바로 '뉴욕의 왕궁'으로 불리는 월도프 애스토리아 호텔입니다.

이 이야기는 1897년 월도프 애스토리아 호텔을 세운 윌리엄 월도프 애스토와 애스토리아 호텔의 초대 지배인인 조지 볼트 간에 일어난 실화입니다. 덧붙이자면 조지 볼트는 노부부의 딸과 결혼하며, 미국과 캐나다 사이에 있는 하트 아일랜드에는 볼트가 몸이 아픈 부인을 위해 지은 볼트성이 있습니다.

세상에는 재물이 없어도 행할 수 있는 보시가 이렇게 많습니다. 하물며 재물이 있다면 더욱 큰 보시를 하여 공덕을 쌓을 수 있을 것입니다.

민족의 대명절인 추석입니다. 몸과 마음이 풍성한 계절에 무재칠시의 의미를 생각하고 생활 속에서 실천하는 사람들이 많았으면 좋겠습니다.

일병 진급을 축하하며

어느 마을에 아들 네 명을 둔 노인이 있었습니다. 아버지는 모든 아들이 행복해지기를 바라는 마음에 어떤 교훈을 줄까 고민했습니다.

어느 날 노인은 네 아들을 불러 과제를 하나 냈습니다. 배나무 한 그루를 가리키며 각자 한 계절씩 맡아 관찰하라고 일렀습니다. 한 해를 마무리할 즈음 가족이 모두 모여 자기가 본 계절을 설명하였습니다.

막내아들의 설명까지 들은 뒤, 노인은 아들들을 향해 이렇게 말했습니다.

"너희 개개인이 본 것은 배나무의 한 계절만의 모습이다. 배나무는 계절마다 모습이 다르다. 인생을 살다 보면 의기소침할 때도 있고 실패할 때도 있지만, 즐겁고 행복할 때도 있다. 나무도 이와 마찬가지다. 언제나 그 자리에 있는 똑같은 나무지만 계절은 항상 바뀐단다. 사람도 마찬가지여서 언제나 똑같은 우리지만 마음은 항상 바꿰는 것과 같지."

다시 말하면 세상은 늘 변하므로 하루의 고통과 하루의 즐거움에 굳이 연연하지 말고 의연하게 대처하라는 가르침입니다.

최근 힘든 시기를 보낸 부모에 비해 훨씬 유복한 시절을 보내고 있는 젊은이들의 미래가 훨씬 불행하다고 내다보는 사람들이 많습니다. 대한민국에 사는 게 지옥 같다는 의미에서 '헬조선'이 유행어가 된 지 오래입니다. 젊은이들에게 인기 있는 행복강사들은 "지옥 같은 현실의 근본적인 원인은 무한경쟁 사회 때문이다"고 외치며 사회체질을 개선해야 한다고 주장합니다. 문제는 이러한 행복강사의 주장이 마음의 위안은 줄지언정 실천할 방법이 없다는 점입니다. 사회를 가진 자와 못 가진 자로 나누면 분열과 갈등만 증폭할 뿐입니다.

사람들은 '부의 절대 수준'이 아니라 '부의 상대적 변화'에서 행복을 느낍니다. 예컨대 지갑에 10만 원이 있다가 20만 원으로 두 배 늘어난 사람이 느끼는 행복감은 지갑에 100만 원이 있다가 110만 원으로 10% 늘어난 사람들이 느끼는 행복감보다 훨씬 큽니다. 가난한 시절을 보낸 사람들은 돈을 아끼고 아껴서 TV를 장만하고 그다음에는 냉장고, 몇 달 후에는 세탁기 등을 장만할 때 큰 행복을 느낍니다. 반면 요즘 젊은이들은 기본적으로 TV와 냉장고, 세탁기 등을 갖추고 살았으므로 추가적으로 소비수준을 높이기 어렵습니다. 크게 변화를 느끼며 살아온 부모에 비해 상대적으로 불행함을 느낀다는 것입니다.

사람들은 수준이 아니라 변화 속에서 삶을 경험합니다. 어떤 형태로든 모든 변화는 우리를 더 행복하게 만들거나 불행하게 만듭니다. 그래서 진정한 인생의 즐거움을 느끼려면 삶에 변화를 줄 필요가 있습니다. 특히 기준점을 낮게 잡아야 행복감이 높아집니다.

무더위가 시작되는 6월 20일, 군복을 입은 아들이 100여 일의 일상을 거친 후 일병으로 진급했습니다. 후임병도 들어왔다고 합니다.

"외박을 나가면 제일 먼저 짜장면이 먹고 싶어요. 우리 내무반에 올해부터 에어컨을 설치했는데 우리가 그래도 복이 많은가 봐요. 내년에는 선임병들이 대거 제대를 해서 제 위로 별로 없어요."

군 복무를 하는 사람은 누구나 아는 사실이지만 정말 하루하루가 길고 힘듭니다. 그러다 보니 사소한 일 하나하나를 무척 소중하고 행복한 변화로 느끼는 것 같습니다. 의젓한 군인이 되어 잘 적응하는 모습을 보니 그것만으로도 마음이 뿌듯합니다.

축하합니다! 김 일병님!

아버지에게서 받은
100개의 편지

지은이 김상민

이 책의 편집과 교정은 임인기, 출력과 인쇄는 꽃피는 청춘의 임형준, 제본
은 은정문화사의 양현식, 종이 공급은 대현지류의 이병로가 진행해주셨습
니다. 이 책의 성공적인 발행을 위해 애써주신 다른 모든 분들께도 감사드
립니다. 틔움출판의 발행인은 장인형입니다.

초판 1쇄 인쇄 2018년 3월 7일
초판 1쇄 발행 2018년 3월 16일

펴낸 곳   틔움출판
출판등록   제313-2010-141호
주소   서울특별시 마포구 월드컵북로4길 77, 353
전화   02-6409-9585
팩스   0505-508-0248
홈페이지   www.tiumbooks.com

ISBN 978-89-98171-40-7 03810